웨딩드레스를 벗기는 방법

2

웨딩드레스를 벗기는 방법 2

2018년 7월 25일 초판 1쇄 인쇄
2018년 7월 30일 초판 1쇄 발행

지은이 요안나
발행인 이종주

기획 편집 정시연 주수지
경영 지원 배진경
마케팅 김정수

발행처 (주)로크미디어
출판등록 2003년 3월 24일
주소 서울시 마포구 성암로 330(상암동) DMC첨단산업센터 318호
Tel (02)3273-5135 Fax (02)3273-5134
홈페이지 rokmedia.blog.me
E-mail romance@rokmedia.com

ⓒ 요안나, 2018

값 9,000원

ISBN 979-11-294-8488-8 04810 (2권)
ISBN 979-11-294-8103-0 04810 (세트)

요안나
장편소설

웨딩드레스를
벗기는
방법

2

ROCOCO

Contents

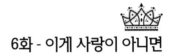

6화 - 이게 사랑이 아니면

우석은 코끝이 맞닿아 있던 거리를 벌려 그녀를 내려다보았다. 그녀는 한심하다는 듯 눈을 가늘게 뜨고 우석을 노려보았다.

"무슨 소리야? 알아듣게 이야기해."

심장이 불안한 박자로 뛰었다. 새벽녘까지 잠을 이루지 못하게 괴롭혔는데도 불구하고 그녀는 멀쩡한 모습으로 출근했다. 마음 같아서는 집에 가둬 놓고 싶을 정도였다. 누군가 그녀를 바라보는 시선조차 용납할 수 없을 것 같았다.

그런 우석을 어르듯 달랜 그녀는 분명 방긋 웃는 얼굴로 우석에게 상큼한 키스를 해 준 뒤 집으로 돌아갔다. 그리고 출근해서 지금 다시 만났는데.

마치 어제 일은 아무것도 아니었다는 듯이 바뀐 그녀의 태도에 기분 나쁠 정도로 아릿한 통증이 가슴께에서 느껴졌다.

"이런 이유로 불러 대면 어떡해요? 무슨 양치기 소년이야? 자꾸 이러면 나 인제 진짜 업무 때문에 불러도 안 와요?"

허탈한 한숨이 비어져 나올 것만 같았다. 눈을 부릅뜨고 노려보는데, 하나도 무섭지가 않다. 가슴께에 일었던 통증은 기분 좋은 두근거림으로 단숨에 바뀌어 버렸다.

우석은 뾰족해진 그녀의 눈가를 입술로 가볍게 누르며 속삭였다.

"이렇게 하면 못생겨진다니까."

"맨날 못생겼다고만 하고, 진짜!"

한심해 죽겠다는 얼굴로 짜증이 난다는 듯이 신경질을 부리는데 그 모습마저 사랑스럽다.

"못생겼는데 보고 싶은 걸 어떡해."

그녀는 이제 포기했다는 듯이 천장을 한 번 바라보고는 한숨을 훅 내쉬었다.

"그래요. 못생긴 얼굴 실컷 봐요. 엄청나게 아름다운 재벌 집 딸들만 보다가 서민 구경하니까 신나요?"

어이가 없다는 듯이 고개를 절레절레 내젓는 목소리는 불퉁스러웠다. 그녀가 한껏 비아냥거리는데도 기분이 나쁘지 않았다.

그리고 우석의 눈에 차는 엄청나게 아름다운 재벌 집 딸들이 어딨겠는가? 눈앞에서 골을 부리고 있는 여자가 세상에서 가장 어여쁜 우석이었다.

"재벌가 딸들 만나 본 적 거의 없는데?"

"거의?"

빈도를 콕 집어 물으며 눈을 치뜨며 목소리를 높이는 데에는 웃음이 났다.

본인 입으로 먼저 재벌 딸을 운운해 놓고, 이런 포인트에서 질투를 해 버리면 남자보고 귀여워서 죽으라는 소린가 보다.

앙증맞은 그녀의 귀여운 애교에 아랫도리가 뻣뻣해지는 게 느껴졌다. 금세 바지 속이 꽉 차오를 정도였다.

"웃겨요? 이게 웃겨?"

"왜 이렇게 뾰족해지셨을까."

우석은 다시금 그녀의 허리를 끌어당겨 안았다. 잔뜩 성이 난 물건을 그녀의 납작한 배 위에 비비며 속삭였다.

"이따 저녁에 약속이 있어. 오늘 못 볼 것 같아서 부른 거야. 내가 직접 갈 수는 없잖아."

나지막이 속삭이듯 이야기하자, 그녀의 표정이 한결 부드러워졌다. 그리고 단단하게 차오른 물건이 느껴지는지, 그녀의 뺨이 새빨갛게 물들고 있었다.

"오늘 못 보면, 내일 보면 되지."

한입에 집어삼키고 싶을 정도로 먹음직스럽게 붉어지는 뺨을 내려다보며 우석이 나직한 목소리로 대꾸했다.

"오늘 보는 건 오늘 보는 거고, 내일 보는 건 내일 보는 거지."

우석은 뭐라 더 떠들려는 그녀의 앙증맞은 입술을 답삭 머금어 버렸다.

입술에 발려 있는 연분홍색 립스틱이 과즙은 아닐 텐데 달콤한 맛까지 느껴지는 듯했다.

립스틱을 거의 다 빨아먹듯이 흡입한 우석은 혀로 그녀의 입술을 부드럽게 가르고 들어갔다.

달콤한 타액이 입안으로 넘어온 순간, 허리가 저릿할 정도로 단전 아래로 피가 몰리는 게 느껴졌다. 당장에라도 그녀를 눕히고 몸 안을 가르고 들어가고 싶은 충동에 휩싸였다.

우석은 그녀의 허리를 바싹 끌어당겨 안은 채로 입을 크게 벌려 혀를 깊숙이 집어 넣었다.

입술과 혀를 얽는 중이지만, 마치 아래를 섞고 있는 것처럼 농염하고 짙은 몸짓에 그녀의 목에서 여린 신음이 울렸다.

우석은 그 소리마저 제 것으로 만들고 싶은 마음에 있는 힘껏 그녀의 혓바닥과 입안을 빨아들였다.

"으음."

그러자 너무 집어삼킬 듯이 몰아붙였는지 그녀가 뒷걸음질 치며 우석의 가슴을 두드려 댔다.

끝내 고개를 비틀어 입술을 떼어 낸 그녀가 숨을 할딱이며 속삭였다.

"숨, 막혀."

우석은 붉게 부풀어 오른 그녀의 아랫입술을 엄지손가락으로 가만히 쓸어 보았다. 손끝에 누구의 것인지 모를 타액이 묻어났다.

그녀는 붉게 달아오른 얼굴로 밭은 숨을 내뱉으며 어깨를 들썩였다.

당장에 그녀를 취하고 싶은 마음이 굴뚝같았다. 하지만 당장 해결해야 할 일들이 산재해 있었다.

우석은 무람한 눈빛을 가장하고는 집무실 안을 한 번 둘러보았다. 이곳에서 그녀를 안는다면 어디가 좋을지 생각하며, 정욕에 취해 탁해진 목소리로 읊조렸다.

"이따 퇴근하면 조심해서 들어가고. 저녁때 미팅 끝나면 전화할게."

자상한 목소리에 지수는 가만히 고개를 끄덕거렸다. 심장이 터질 듯 뛰어 댔다.

아까 서릿발 어린 시선을 보내왔을 때는 진짜 가슴이 철렁했는데, 허리를 당겨 안을 때는 가슴이 녹아내리는 줄 알았다.

이러지 말라고 나무라야 하는데, 자꾸만 웃음이 새어 나올 것만 같아서 엄한 표정을 짓느라 혼났다.

또 마냥 좋을 수만은 없는 게 이상한 소문이 더 퍼질지도 모른다는 걱정이 들어서였다.

지금 호텔 I 본사 인수 건으로도 바쁜 그에게 호텔 직원들 사이에서 흉흉한 소문이 돌고 있다는 사실을 부러 전해서 정신 사납게 할 필요는 없었다.

지수는 넌지시 자신이 곤란해지는 것처럼 입을 열었다.

"호텔에 보는 눈 많아요. 자꾸 이렇게 부르지 마요."

"알았어, 조심할게."

웬일로 순순히 대답하는 모습에 지수는 눈을 동그랗게 뜨고 그를 올려다보았다.

"조심해서 부를 테니까, 앞으로는 저 무서운 좀도둑 달고 오지 마."

조심해서 부른다는 말을 따져 물어야 하는데, 뒤이은 좀도둑이라는 말이 귀에 거슬렸다.

"좀도둑?"

"그런 게 있어."

"그런 거 뭐요? 주은 씨가 대표님 학교 후배라던데? 학교 다닐 때 무슨 일 있었어요?"

그의 눈빛이 갑자기 날카로워졌다. 어금니를 꾹 깨무는지 턱이 굳어지는 것도 눈에 들어왔다. 화가 단단히 난 듯한 얼굴이었다.

왜 이래, 무섭게.

지수는 그의 굳은 얼굴을 빤히 올려다보았다. 그러자 그가 미간을 찌푸리며 마음에 들지 않는다는 투로 말했다.

"이제 이름 불러도 되지 않나?"

"언제는 꼭 대표님이라고 부르라고 했으면서."

기분이 좋지 않은 척을 하는 건지, 진짜 기분이 좋지 않은 건지 헷갈렸다. 지수는 뾰로통한 목소리로 대꾸했다.

"말 놓으라고 안 했는데도, 잘만 놓잖아."

그가 별스러운 걸 본다는 듯이 지수를 내려다보았다.

뭐 이렇게까지 된 마당에 말을 놓는 것 정도야, 라고 생각했지만, 어쩐지 기가 죽어 버렸다.

따지고 보면 그는 지수보다 나이가 좀 많기도 했고, 직장 상사기도 했으니까.

그런데 또 사귀는 사이에 말을 놓을 수도 있는 건데…….

갈팡질팡하는 마음에 툭 하고 변명이 튀어나왔다.

"완전히 놓은 건 아닌데요."

저도 모르게 기어들어 가는 목소리로 대꾸하고 말았다. 차라리 연인 사이에 그럴 수도 있지, 꼬박꼬박 존댓말이 듣고 싶으냐고 물었으면 좋았을 것을.

너무도 구차하고 옹색한 변명에 지수는 저도 모르게 미간을 찌푸렸다. 그 모습이 우스운지 그가 유쾌한 웃음기를 머금은 목소리로 읊조렸다.

"불러 봐."

"싫어요. 갑자기 그런 게 입에 붙나."

지수는 멋쩍은 얼굴로 대꾸했다.

"빨리. 안 부르면 안 보내 준다?"

그는 왼 손목을 들어 시계를 한 번 보고는 바쁘다면서 계속 지수를 채근했다.

그가 고집을 부리기 시작하면 방법이 없었다. 아마 지수가 그의 이름을 부르기 전까지는 한 발짝도 움직이지 않을 것이다. 지수는 하는 수 없이 입술을 달싹거리며 조용히 읊조렸다.

"……우석 씨."

괜히 목덜미가 간지러운 것 같다. 그의 시선이 지수의 입술 위에 머물렀다.

"예쁘네."

예뻐 죽겠다는 눈빛으로 내려다보며 부드럽게 내뱉는 그의 목소리에 지수는 그만 긴장이 풀려서 웃고 말았다.

지을 수 있는 한 가장 예쁜 미소를 지으며 그를 올려다보았다. 예쁘다는 말에 예쁜 척도 아주 조금 한 것 같다.

그런데.

"너 말고, 내 이름."

아, 씨. 진짜!

조금 전까지 세상 예쁜 척하며 웃고 있었는데, 하마터면 고운 입으로 욕지거리를 내뱉을 뻔했다.

놀리는 줄 아는데도 약이 바싹 오른다. 여기서 감정을 드러내면 지는 건데, 토라진 척도 하지 말아야 하는데 표정 관리가 되지 않는다.

그는 그런 지수를 바라보며 웃음을 참는 듯 헛기침을 한 번 하더니 미간을 찌푸리며 근엄한 목소리로 말했다.

"이제 회의 들어가야 해. 이따 전화할게."

세상 멋진 건 자기 혼자 다 하지.

지수는 사무실에 돌아가서 보고 해야 할 일을 떠올리며 물었다.

"D전자 차남이 뭐라고 했는지 팁은 좀 주죠? 강 지배인님이 물어볼 텐데."

"안 물어볼걸?"

아, 이제 생각났어!

맨날 구렁이 담 넘어가듯 하는 바람에 깜빡 잊고 있었다. 눈 앞에 있는 남자와 사무실에 돌아가면 버티고 있는 남자가 뭔가 있는 게 분명했다.

"강 지배인님이랑 개인적으로 아는 사이예요?"

"눈치가 빨라."

"정말 우리 사이가 어떤지도 알아요?"

질문을 던져 놓고 지수는 저 스스로 의문이 들었다.

우리가 대체 무슨 사이지?

"알지."

"어디까지요? 내가 5억 빌린 것도 알고, 계약서에 막 서명하고, 막 그랬다는 것도? 막막? 어?"

대체 무슨 사이인지 떠올리다가 머릿속이 복잡해져서 말이 많아졌다. 제 꾀에 스스로 넘어가 버리기 직전에 지수는 입을 꾹 다물었다.

아니지, 벌써 넘어가 버려서 나불거린 건가?

지수는 대꾸를 기다리며 가만히 그를 올려다보았다. 그는 까맣게 빛나는 눈동자로 지수를 내려다보고 있었다.

눈이 호수처럼 맑다는 게 이런 걸 말하는 거구나 싶었다. 눈동자는 투명한 검정, 투명한 검정을 푸른빛이 도는 맑은 흰색이 감싸고 있다.

지금 이런 생각이 드는 게 새삼스럽기는 하지만, 눈이 참 예쁜 남자다.

"아마 내가."

그는 그리 말하고는 잠시 멈칫했다.

심장이 두근두근 뛰기 시작했다. 그가 무슨 말을 내뱉을지 내심 기대도 되고, 한편으로는 관계를 부정당할 것 같은 묘한 불안감이 엄습했다.

"이지수한테 꽂혀서 괴롭히는 줄 알걸?"

기대한 게 무색하리만큼 허무한 대답이었다. 지수는 일면 수긍이 간다는 듯이 고개를 끄덕거렸다.

"틀린 말은 아니네."

그리 말한 지수는 한숨을 한 번 내쉬었다. 무언가 명확한 관계적 정의가 내려질 줄 알고 기대했었다. 그런데 들려온 대답은 어이가 없을 정도로 단순하고, 표면적이며, 한편으로는 해석하기 나름인 모호한 대꾸였다.

씁쓸한 얼굴을 하고 있는데, 그는 그런 지수가 귀엽다는 듯이 엄지와 검지로 코끝을 가볍게 쥐었다가 놓았다.

"아! 나 비염 있어서 그렇게 잡으면 아파요!"

별로 아프지도 않은데, 괜히 신경질이 나서 아픈 척을 하고 싶어졌다.

"아파? 정말?"

지수가 코를 감싼 채로 끄덕거리자, 그가 지수의 이마에 부드럽게 입을 맞추며 조용히 속삭인다.

"미안."

이걸 또 이렇게 미안해하면 무안하잖아. 지수는 멋쩍은 얼굴로 대꾸했다.

"괜찮아요. 그만 가 볼게."

그리 말하고 돌아서려는데, 그가 지수의 양어깨를 붙잡아 세우고는 장난스럽게 물었다.

"이지수, 못생긴 줄로만 알았더니 생각보다 머리도 나쁜가 봐?"

"뭐요!"

이번에는 버럭 할 수밖에 없었다. 태어나서 머리 나쁘다는 소리는 또 처음 들어 보았다.

"내가 말했었는데."

몰라! 몰라! 하나도 기억 안 나! 뭐! 나 머리 안 나쁜데, 열 받아서 나빠지고 싶다, 뭐!

잔뜩 심통을 부리고 싶은데 뒤이은 말에 화가 맥없이 풀려 버리고 말았다.

"계약서 다시 읽어 봐. 내가 연애하자고 한 것 같은데?"

그의 앞에서 소신이라고는 눈곱만큼도 없는 심장이 또다시 두근두근 뛰었다. 이 남자 정말 여우가 따로 없다.

갑자기 이렇게 훅 치고 들어오는 게 어디 있어.

새삼스레 그의 체취가 관능적으로 느껴졌다. 좀 전까지만 해도 낯설던 그의 향기가 폐부를 조일 듯 스며들었다.

"경고도 했었지, 아마? 버티다 넘어오면, 그땐 안 봐준다고."

어우, 막 세상에 어떻게 안 봐줄지 기대된다고 하면, 나 천하의 변태인가?

입꼬리가 뺨을 타고 오를 것만 같아서 지수는 아랫입술을 비

17

틀어 깨물었다.

"스읍, 입술."

그는 나무라듯 지수의 아랫입술을 내려다보며 이맛살을 찌
푸렸다.

내 입술 내가 깨물겠다는데, 왜.

그는 엄지손가락으로 지수의 아랫입술을 살살 어루만지며
속삭였다.

"이제 이건 나만 깨물 수 있어."

이 남자 어디서 이런 몹쓸 화법을 배워 와서 사람 심장을 이
렇게 떨리게 해?

심장이 바짝 오그라드는 기분이었다. 그의 손가락 끝이 지수
의 입술을 지그시 눌렀고, 지수는 깨물고 있던 입술을 놓아 버
렸다. 입술 안쪽 축축한 속살에 그의 손가락이 닿았다.

심장 떨리고, 애틋하고, 가슴 아릿한 연애는 평생 못 할 줄
알았는데, 얽혀도 묘하게 얽힌 남자가 지수를 쥐락펴락했다.

그의 눈빛에 또다시 정염이 어렸다. 그의 진득한 시선이 살
갗에 닿는 것만으로도 열기가 치솟는 듯했다.

입술에 닿아 있는 그의 손을 잡아 내리며, 지수가 조용히 속
삭였다.

"저, 이제 가 볼게요."

지금 발길을 떼지 않으면, 그가 내뿜는 열기에 불나방처럼
달려들고 싶어질 것 같았다. 그는 아쉽다는 듯 허리를 끌어당
겨 안고 있던 손을 풀어 주었다.

등허리에서 느껴지던 온기가 사라지자, 또렷한 허전함에 가슴이 저미기까지 했다.

백오피스로 돌아온 지수는 허전한 기운을 떨쳐 내지 못하고 자리에 앉았다.

"대리님, 많이 혼나셨어요?"

이리저리 눈치를 보던 주은이 목소리를 낮추며 말을 걸어왔다.

"그냥, 뭐……."

그게 혼난 거면, 나는 평생 호되게 혼나면서 살고 싶구나.

지수가 쓴웃음을 머금자, 주은이 답답하다는 듯 손을 내저었다.

"이따 점심 먹고 저랑 커피 한잔 하세요, 대리님."

일자로 꾹 다문 주은의 입에서 결연함을 넘어선 비장함마저 뚝뚝 흘러넘쳤다.

애, 또 무섭게 왜 이래.

점심시간은 그리 오래지 않아 다가왔고, 주은은 천년 묵은 비밀 이야기라도 할 것처럼 지수를 인적이 드문 곳으로 이끌었다.

백오피스에서 직원용 지하 주차장으로 이어지는 계단참은 양쪽으로 비상문이 있는 협소한 공간이었다. 출퇴근 시간을 제외하고는 오가는 이가 거의 없는 곳이어서 사람들 이목을 피하기에는 적당한 곳이기도 했다.

"사실 대표님이 사람은 굉장히 좋은데, 허들이 너무 높아요. 본인이 너무 완벽하다 보니까, 다른 사람이 완벽하지 않은 걸 이해 못 하는 거죠. 왜, 그런 거 있잖아요. 천재들이 평범한 사람 이해 못 하는 거."

본격 덕질 간증이라도 할 것처럼 주은이 경건하게 입을 열었다.

"제가 중학생 때요, 진짜 실수로……."

주은은 그때만 생각하면 억울하다는 듯 고개를 절레절레 저으며 울먹거렸다.

"선배님한테 고백하려고, 선배님이 체육 수업하러 나가신 사이에 선배님 사물함에 직접 갈아 만든 음료수를 넣으러 갔어요."

근데 손이 너무 떨린 나머지 그가 곱게 벗어 놓은 교복 위로 텀블러가 쓰러졌는데, 연약한 손목 탓에 뚜껑을 제대로 닫지 않아 교복이 엉망이 되었단다.

"그게 포도 주스였거든요? 대리님 그거 아세요? 포도 물 진짜 안 빠지는 거? 그래서 빨리 화장실 가서 선배님 교복 셔츠를 빨려고 했는데, 아니……."

애가 또 눈빛이 이상하게 변하네!

"교복에서 선배님 향기가."

귓불까지 빨개져서는 두 손으로 뺨을 감싸며 어쩔 줄을 몰라 한다.

나는 너를 어쩔 줄 모르겠다, 얘야.

"그래서?"

지수는 어이가 없어서 되물었다.

"그래서어."

얘는 흥분하면 말끝을 길게 늘이는 게 버릇인가 보다.

"화장실에서 선배님 교복 와이셔츠 들고 있다가, 고등학교 학생 주임한테 걸렸어요."

아, 그래서 무서운 좀도둑이라고 했던 거구나?

"어우, 선배님이 기억하시면 어쩌나 맘 졸였는데. 너무 오래 전 일이라 저 기억 못 하시는 것 같아서 다행이에요."

그대의 행복회로에 애도를.

지수가 기억력 좋은 우석이 나쁜 거라며 씁쓸한 표정을 지었을 때였다.

백오피스 쪽 문이 벌컥 열리는가 싶더니 아직 불을 붙이지 않은 담배를 입에 문 오 과장이 모습을 드러냈다.

"어? 여기서들 뭐 해?"

건수 하나 잡았다는 듯 흥미로운 눈빛이다. 그러더니 불현듯 뭔가 생각났다는 것처럼 오 과장이 '아!' 하고 탄성을 내지르며 덧붙여 물었다.

"아까 둘이 대표한테 불려 갔었지?"

그러더니 눈썹을 치뜨고 목소리를 낮추며 음흉하게 웃었다.

"뭐 대책회의라도 해? 도와줄까?"

이 새끼가 또 무슨 개소리를 왈왈 퍼뜨리고 다니려고 침을 질질 흘리실까.

누렇게 떠 있는 흰자와 유난히 작고 검은 눈동자 때문인지 오 과장은 더욱 교활해 보였다.

"어려운 거 있으면 이야기해. 표정들이 왜 이렇게 어두워? 누가 막 괴롭혀?"

"어우, 괴롭히기는요, 과장님. 잠깐 바람 쐬러 나왔다가 들어가는 길이에요. 가요, 대리님."

주은이 지수의 팔에 팔짱을 끼며 살갑게 굴었다. 애는 천의 얼굴을 가졌나 보다.

"아, 주은 씨. 아버님은 잘 계셔? 주은 씨 누가 괴롭히는 거 알면 가만히 안 계실 텐데? 그치? 이번에 당선되시면 삼선인가?"

우석과 같은 사립학교 나왔다고 하더니 애는 재선 국회의원 딸이었어?

지수는 놀랍지도 않다는 듯이 그저 가만히 있었다. 그러자 왜 놀라지 않느냐는 듯 화살이 지수에게로 돌아왔다.

"어이구, 우리 지수 대리는 놀라지도 않네? 얼마나 대애단한 집 따님이시기에?"

'대애단한'이라 부러 강조하며 비꼬는 말투는 이미 지수에 대해 대강 알아봤다는 듯 들렸다.

"아니에요. 제가 원래 감정 표현이 좀 서툴러서요."

지수는 남의 집안사에 호들갑 떠는 성격은 아니라는 말을 돌려 했다.

"아, 그래? 그럼 억울한 거 말하는 것도 잘 못 하겠다, 그치?"

또 그렇게 물러 터진 성격은 아니라고 하고 싶지만, 말을 더 섞는 게 그다지 생산적인 일은 아닌 것 같다는 생각이 들었다.

"어려운 거 있으면 이야기하고. 아, 맞다. 아까 연 대표가 왜 불렀데?"

지수가 입을 열려는데, 주은이 더 빨랐다.

"D전자 차남 결혼 건으로 컴플레인 들어왔다고 해서요."

"그래서 아무 상관 없는 주은 씨도 같이 가서 욕 들어 먹고 온 거야? 아버님 서운하시겠다."

남의 집 딸 걱정을 사서 한다. 너나 잘해, 인간아.

"아뇨, 저는 바로 그냥 왔고요. 이 대리님만……"

들어가서 욕먹었다는 말은 차마 못 하겠나 보다. 지수는 배턴을 넘겨받듯 말을 이었다.

"대표님이 싫은 소리를 좀 들으셨나 봐요. 그래서 좀 혼났죠, 뭐."

지수는 선선히 웃으며 대꾸했다. 그러자 오 과장이 게슴츠레한 눈으로 지수와 주은을 번갈아 보았다.

"그래, 그럼 수고들 해. 우리 대표 보기보다 무지 깐깐하네."

오 과장은 담배를 입에 문 채 건들거리며 주차장으로 나가 버렸다.

"어우, 재수 없어. 진짜."

욕지거리를 내뱉던 주은이 후다닥 제 입을 가리며 지수의 눈치를 봤다.

"더 해. 더 해도 시원찮다."

지수는 고개를 절레절레 내저으며 혀를 끌끌 찼다. 정말 재수 없는 자식이 이번에는 또 어떤 소문을 내고 다닐지 가늠이 되질 않았다.

하루 이틀쯤 후에 퍼질 거로 생각했던 소문은 예상외로 빠르게 퍼져 나갔다.

퇴근 무렵 누군가와 사내 메신저로 메시지를 주고받던 주은이 사색이 된 얼굴로 지수를 불렀다.

"……대리님."

아, 벌써?

지수는 미간을 찌푸리는 것으로 대답을 대신했다.

"이것 좀 보세요."

사촌 언니라는 프런트 데스크 직원이 보냈다는 메시지였다.

[혹시 너희 부서에 불려 간 여직원 있어? 대표가 집무실로 여직원까지 불러 제낀다는 소문이 있어. 다들 조심해야겠다고 난리야. 너, 부른다고 쪼르르 달려가지 말고. 알겠어?]

이거 우리 얘기 맞아요?

주은이 들릴락 말락 한 목소리로 물었다.

지수는 사내 메신저가 아닌 휴대전화 메신저를 통해 주은에게 말을 걸었다.

[주은 씨, 아무리 사촌 언니라도 사내 메신저로는 저런 이야기 하지도 말고, 듣지도 마. 대화 내용 서버에 다 저장되는데, 여차해서 나중에 감사 명목으로 털리면 어쩌려고 그래? 사내 메신저는 업무 외 용도로 사용하지 말라고 되어 있고, 필요시에는 검열 대상이 될 수 있다고 입사할 때 설명 못 들었어?]

일단 거시적인 관점으로 주은의 신경을 돌리기로 했다. 메시지를 확인했는지 옆에 있는 주은이 움찔하는 게 눈에 들어왔다.

[우리가 뭐 죄지었어?]

이렇게 물으면서는 조금 찔린 것 같기도 하다. 주은은 아무것도 한 게 없지만, 이쪽은 다르니까.

[주은 씨 잘못한 것도 없는데 왜 쫄아? 지금 걱정해야 할 건 누군가 퍼뜨리는 악의적인 소문이 아니라, 거기에 휩쓸려서 동요하고 놓치는 것들이야. 아까 지배인님이 오늘부터 우리 연회장에서 시무식 하는 회사들 예약 확인 전화 돌리라는 거, 했어?]

"아, 맞다!"
주은이 옆에서 작게 속삭이는 소리가 들려왔다.
원래 어떤 조직이든 우두머리가 바뀌면 흔들리기 마련이다. 그동안 쌓아 온 익숙해진 조직문화가 변화할까 봐, 거기에 적

응하지 못하고 도태되어 자리를 잃게 될까 봐 걱정한다.

결국에는 자리를 지킬 수 있느냐 없느냐 우려한다는 건데, 그런 우려를 할수록 자신을 어떻게 지켜 낼 수 있을지를 고민해야 한다. 뜬소문만 믿고 남 탓만 하고 있으면, 전혀 새로울 게 없는 상황에서도 도태되고 말 것이다.

"주은 씨, D전자 차남 결혼식에 내 어시 좀 해 줘요. 신경 좀 써야 할 것 같네."

주은이 바로 옆자리에 앉아 있는데도 불구하고 일부러 오 과장 귀에 쏙 박히도록 적당히 큰 소리로 말했다.

"혹시 주말인가요?"

"어, 이번 주말. 애프터 파티도 있어서 아침부터 저녁 늦게까지 있어야 할 거야."

"늦게면 몇 시요?"

"그걸 내가 알아? 어디 고객 행사가 내 맘대로 끝나니?"

지수는 일부러 표독스러운 목소리를 내기 위해 노력했다. 흘끔 보니, 오 과장이 한쪽 눈썹을 치켜뜬 채로 이쪽을 주시하고 있는 게 눈에 들어왔다.

"예비 신부는 6시 스파 도착 예정이야. 우리는 아침 5시 반부터 대기해야 해. 내일 아침에 체크리스트 넘길 테니까, 주은 씨가 점검 좀 해 줘."

"제가요?"

이미 지수가 여러 번 점검을 마친 체크 리스트였다.

"왜, 일 배우고 싶다며, 그것도 못 하겠어? 그런 자세로 뭘 배우겠다고 덤비는 거야?"

"그, 그게 아니고요."

갑작스럽게 무게감 있는 업무 지시를 내렸으니 주은으로서
는 당황하는 게 당연했다.

"안 할 거면 관둬. 알바 쓰게. 알바보다 못 할 거면 왜 거기
자리 차지하고 앉아 있어?"

히스테리를 부리듯 날카롭게 목소리를 올리자 사무실이 순
식간에 정적에 휩싸였다.

자, 이제 어떤 소문이 돌까? 대표한테 불려 갔던 여직원 중
에 직급은 높으나 배경이 좋지 않은 A 양이 배경 좋은 부하 직
원 B 양을 시기해서 괴롭히고 있다고?

지수는 오 과장을 잡기 위해 미끼를 던졌다.

퇴근길, 지수는 울상이 되어 사무실을 나선 주은에게 전화를
걸었다.

잠깐 만나자는 말에, 주은은 잔뜩 얼어붙어서 약속 장소인
강남의 한 선술집으로 나왔다.

"아깐 내가 미안했어."

주은을 괴롭힐 의도는 아니었으므로, 오해는 빨리 푸는 게
좋았다. 선선한 미소를 머금은 채로 사과의 말을 전하자 주은
이 고개를 절레절레 내저었다.

"제가 부족한 탓이죠."

연우석 대표 앞에서 지은이 했던 말을 주은이 시무룩한 목소

리로 내뱉었다.

"아냐, 주은 씨 안 부족해. 내가 좀 오버한 거야. 미안."

술이 몇 잔 오가자 주은이 지수의 눈치를 살피며 조심스레 입을 열었다.

"대리님은요. 사물이건, 사람이건 되게 객관적으로 보시는 것 같아요. 아까 사내 메신저 건도 그렇고."

주은이 낯간지러운 찬양을 하려 드는 것 같아서 지수가 적당히 말을 끊어 냈다.

"그런 건 아니고."

"근데 그런 분이 아까 막 화를 내셔서, 좀 무서웠어요."

난 네가 더 무서워.

지수는 가만히 주은을 바라보았다.

약 한 달여의 시간 동안 지켜본 결과 주은은 똘똘한 것에 비해 처세술이 부족한 탓에 어리숙해 보여서 그렇지, 누군가를 배신할 만한 위인은 못 되어 보였다. 한 남자만 오매불망 짝사랑하는 것만 봐도 그렇고.

"주은 씨."

지수는 나지막이 주은의 이름을 불렀다. 이 일에 주은을 끌어들일 필요가 있을까 싶어서 자꾸만 망설여졌다. 하지만 오 과장이 주은도 함께 표적으로 잡은 이상 이대로 모른 척 보고만 있을 수는 없었다.

더러운 소문으로 대표의 흠을 잡으면서 여직원 두어 명쯤 희생양으로 보내 버리는 거야 대수롭지 않게 생각할 게 분명했다.

"나도 이런 거 돌려 말하는 거 잘 못 해서. 오늘 주은 씨가 메신저로 들었다는 그 소문, 오 과장이 퍼뜨린 거 같지?"

주은이 미간을 찌푸린 채로 조심스럽게 고개를 끄덕거렸다. 지수는 굳게 다짐하듯 크게 숨을 들이마시고는 진중한 목소리를 냈다.

"나 앞으로 사무실에서 주은 씨 많이 괴롭힐 거야. 눈물 쏙 빠지게 갈굴 거니까, 막 울고 나가서 나 나쁜 년 만들어도 돼."

'나쁜 년'이라는 단어를 내뱉을 때는 다소 격앙된 감정이 묻어 나왔다. 주은이 적잖이 놀란 눈빛으로 지수를 바라보았다.

"대리님, 왜…… 그러시는지 여쭤봐도 돼요?"

눈치 빠른 주은은 지수가 이러는 데 분명한 이유가 있다고 여길 터였다.

그런데 차마 연우석 지키자고 오 과장 꼬리 잡으려 한다고는 못 하겠다. 자신은 우석과 각별히 얽힌 관계였지만, 주은은 아니었다. 그렇기에 이 일에서 피해자가 생긴다면 자신 하나로 족하다는 생각이 들었다.

그쪽에서는 지수와 주은을 함께 함정에 빠뜨릴 생각이었으나, 지수는 홀로 그 함정에 깊숙이 발을 들이밀 계획이었다. 따라서 우석을 지킴과 동시에 주은에게 갈 피해를 미연에 방지하는 일이기도 했다. 하지만 굳이 주은에게 이 사실을 알리려, 복잡하게 설명하고 설득시킬 필요까지는 없어 보였다.

"앞으로 대표님이 나 부르시는 일 많을 거야. 아무래도 VVIP 결혼식을 맡고 있으니까. 그럴 때마다 주은 씨는 내 어시 자격으로 동행하고."

평범한 업무 지시인 듯 보이는 말에 주은이 수긍이 간다는 듯이 고개를 끄덕거렸다. 그리고 저렇게 마음을 숨기기가 어려운 건지 주은의 입꼬리가 슬며시 뺨을 타고 오르려는 게 눈에 들어왔다.

"오늘 그 소문 낸 것도, 오 과장 쪽 맞는 것 같지?"

자신이 맡은 일에 대한 열정이 가득 차 있는 사회 초년생의 얼굴을 했던 주은이 입술을 비틀어 깨물며 고개를 가만히 끄덕거렸다.

"거짓 소문을 내다 보면, 나중에는 그게 자신이 만들어 낸 거짓인데도 불구하고 소문을 낸 당사자도 사실로 착각하게 되는 경우가 있어."

지수는 우석에 관한 이야기는 쏙 빼고, 소문의 타깃이 자신이 되어 불쾌하다는 듯 말을 이었다. 여기서 굳이 그를 언급할 이유는 없었다.

"본인 꾀에 본인이 넘어가는 거지."

지수가 한심하다는 듯이 눈을 가느스름하게 뜨고는 고개를 가로저으며 덧붙였다.

"오 과장님 말씀하시는 거죠?"

대답 대신 가만히 고개를 끄덕이자, 주은이 결연한 눈빛을 내며 물었다.

"그러니까 오 과장님이 더 소문내도록 일부러 그러신다는 거죠?"

"아마 대표님한테 우리가 불려 갈 때마다 소문은 더 심하게 돌 거야. 그럴수록 나는 주은 씨한테 히스테리 심하게 부릴 거고. 그럼 오 과장 쪽에서는 본인들이 만든 소문이 진짠가 싶을 거야. 대표 총애 입고 들어온 여직원이, 대표 학교 후배인 여직원 질투해서 괴롭힌다고."

"그걸 진짜처럼 믿게 만드신다는 거죠? 대박!"

주은은 흥미진진한 눈빛을 빛내며 들썩거렸다.

"아마 주은 씨 아버님 때문에 섣불리 주은 씨한테는 접근 못 할 것 같기는 한데……."

사실 국회의원의 딸이라는 이유로 오 과장은 주은의 눈치를 은근히 살피고 있는 것처럼 보였다.

예상했던 것처럼 주은에게 큰 피해가 가지 않을지도 모른다. 그런데 굳이 이런 사실을 알리는 이유는, 자신이 삿되게 내뱉은 가시 돋은 말에 주은이 상처받지 않기를 바라서이기도 했다.

"그럼, 대리님한테……."

주은의 얼굴에 걱정이 어렸다. 당장 지수에게 무슨 일이라도 생긴 것처럼 마주한 얼굴이 금세 하얗게 질렸다.

"아마 어떻게든 나한테 접근하겠지. 나 이용해서 뭐든 득 보려고. 그게 오 과장이 될지, 아니면."

부총지배인이 될지는 모르는 일이다.

"대리님, 위험하지 않을까요?"

여차하면 연우석 대표 괴롭히는 것들 있다고 연인경 회장한테 일러바치지, 뭐.

절대 꺼내지 않았으면 하는 마지막 카드였다. 연인경 회장과 우석의 관계를 생각한다면, 우석이 난관을 홀로 극복하길 바랄 뿐이었다.

지수는 살며시 미소를 머금은 채로 입을 열었다.

"암튼 주은 씨는 나한테 당하는 가련한 부하 직원이야. 알겠어?"

"네! 어우, 오 과장 진짜 재수 없었는데 호되게 당했으면 좋겠어요. 오 과장 잡으면 아마 호텔 노조에서 대리님한테 감사패 만들어 줄걸요?"

있는 집에서 곱게 자란 아가씨처럼 보여서 쫄아서 물러나면 어쩌나 걱정했는데 다행이다.

"사실 저희 아빠가 민주화운동 때 최루탄 가스 좀 맡았던 분이시거든요. 그래서 그런지 저도 불의 보면 못 참아요! 우리 오 과장 같이 잡아요! 나쁜 새끼!"

아, 얘 또 무섭다.

갑자기 취기가 올랐는지 정의감에 불타오르는 주은을 진정시키려 입을 뗀 순간이었다.

왜 하필 휴대전화를 테이블 위에 올려 두었을까?

휴대전화가 진동함과 동시에 두 여자의 시선이 한곳으로 향했다.

반짝거리는 수신 화면에는 섬뜩한 여섯 글자가 새겨져 있었다.

[연우석 대표님]

허공에서 시선이 마주쳤다. 주은의 눈동자에 이채가 어렸다.

"아, 진짜. 퇴근 시간 지났는데."

지수는 일부러 약간의 짜증이 섞인 목소리로 혼잣말인 듯 내뱉으며 휴대전화를 노려보았다.

부하 직원 앞에서 상사 전화 쌩까는 모습을 보일 수는 없어서 지수는 목소리를 한 번 가다듬고 휴대전화를 집어 들었다.

"네, 이지수입니다."

– 뭐 이렇게 딱딱해?

전화를 받기 전 당황스러운 마음에 일부러 짜증을 내뱉었는데, 귓가를 울리는 낮고 매혹적인 목소리는 그저 반갑기만 했다. 그저 한마디 툭 던지는 목소리를 들었을 뿐인데, 심장이 두근거렸다.

지수는 최대한 평범한 목소리를 내기 위해 노력하며 대꾸했다.

"네, 대표님. 퇴근했습니다."

– 어딘데 이렇게 시끄러워?

경계하는 듯한 지수의 대꾸에 그가 마음에 들지 않는다는 듯이 불쾌한 목소리로 물었다.

"팀원과 저녁 식사 중이었습니다."

호텔 직원과 함께 있다는 말에 그가 더욱 낮게 가라앉은 목소리로 물어 왔다.

– 팀원 누구?

"아까 인사드렸던 김주은 사원과 함께 있습니다."

주은과 함께 있다는 말에 내심 안도한 듯 그의 목소리에 옅은 장난기가 어렸다.

– 그 무서운 애 달고 다니지 말라니까.

한결 밝아진 목소리에 괜히 안심되었다. 듣기 좋은 그의 목소리에 입가엔 저절로 미소가 번져 갔다.

지수는 은은한 미소를 머금은 채로 대꾸했다.

"아, 네. 워낙 성실한 친구죠."

지수의 칭찬에 주은이 어쩔 줄 몰라 하며 앉은 채로 발을 동동 굴렀다.

두 주먹을 꽉 움켜쥔 채로 방실방실 웃는 모습이 명랑만화 캐릭터처럼 보여서 지수는 피식 소리 내어 웃고 말았다.

– 왜 갑자기 웃어?

"아, 대표님. D전자 차남 결혼식 건은 내일 다시 체크할 예정입니다."

– 왜 웃냐니까 딴소리야? 다른 놈 결혼에 관심 없고. 어디 있는 거야?

그의 은근한 집요함을 드러내며 물었다.

"아, 네. 강남 어딘가에서 애프터 파티 진행한다는 걸, 호텔 쪽으로 옮기느라 애 좀 먹었습니다."

– 강남 어딘데? 역삼? 삼성?

눈치 하나는 빨라서 편하구나.

마치 암호를 주고받는 것 같아서 심장이 콩닥콩닥 뛰었다.

주은이 보기에 두 사람은 아주 평범한 업무 통화를 하고 있는 것처럼 보일 터였다.

눈앞에서 주은을 속이는 것 같아서 죄스러운 마음도 들었지만, 짜릿한 기분 역시 드는 건 어쩔 수 없었다. 그렇다고 이 앞에서 연우석 대표와 연애한다고 선언할 수도 없으니 말이다.

사람들이 이 맛에 비밀 사내 연애하는 거구나.

지수는 최대한 덤덤한 목소리를 내기 위해 노력했다.

"다행히도 호텔 I를 첫 번째로 삼았던 예비부부여서."

– 역삼이구나?

"대표님 말씀이 맞습니다."

휴대전화 너머에서 유쾌하게 웃는 소리가 들려왔다. 그도 수수께끼를 풀듯 우스운 대화를 하고 있는 상황을 즐기는 눈치였다.

– 이지수 못생겼는데, 내가 왜 반했나 했더니, 웃겨서 반했나 봐. 처음부터 되게 웃기기는 했어.

그가 웃음 섞인 목소리로 말했다. 말끝마다 못생겼다는 소리에 이제는 이골이 날 법도 한데, 속절없이 열이 올랐다.

웃으면서 까면 더 열 받거든요? 근데 지금 반했다고 했나?

지수는 어금니를 꾹 깨물며 평정을 유지하기 위해 애썼다. 앞에 앉은 주은이 눈동자를 반짝반짝 빛내며 두 손으로 턱을 괸 채 바라보고 있었다. 저 존경해 마지않는다는 눈빛은 꿈에 나올까 무서울 정도다.

"제 생각은 다릅니다, 대표님. 그건 다시 생각해 보시는 게 어떨까요?"

― 그래, 못생겼어도 웃기는 재주는 비상하네.

이 사람이 보자 보자 하니까 진짜.

지수는 지그시 눈을 감으며 화를 누그러뜨리려 애썼다.

"그럼, 대표님. 내일 출근해서 보고 드리겠습니다."

얼른 통화를 마쳐야 할 것 같았다. 부하 직원 앞에서 곱게 드리우고 있던 가면을 내던지고 패악을 부리면 안 될 일이었다.

― 내일 보고 드리는 거 말고, 당장 보고 싶습니다.

그는 지수의 말투를 흉내 내며 다정하게 속삭였다. 보고 싶다는 말에 심장이 콩콩 뛰었고, 동시에 얼굴이 홧홧 달아올라 버렸다.

지수의 미묘한 표정 변화를 감지한 듯, 주은이 의미심장한 눈초리로 지수를 유심히 관찰했다.

와, 얘 진짜 무서워.

혹시나, 만에 하나, 아슬아슬한 사내 연애를 누군가에게 걸리는 날이 오게 된다면, 그 누군가는 주은이 되지 않을까 싶은 생각이 들었다.

"송구스럽습니다, 대표님."

― 역삼으로 간다. 이지수가 다시 전화할 때까지 역삼 배회하고 있을 거야.

전화가 뚝 끊겼다. 식은땀이 등줄기를 타고 주르륵 흘러내렸다.

"와!"

주은이 탄성을 자아내며 손뼉을 치기 시작했다.

"대리님 진짜 멋져요! 대박!"

쌍 엄지를 척 치켜세우고는 감동 어린 표정을 했던 주은이 갑자기 한숨을 폭 내쉬더니 시무룩한 얼굴을 했다.

얜 참 표정 변화가 무쌍하다.

"나도 대표님이랑 그렇게 통화하고 싶다. 그런 날은 안 오겠죠?"

대답 대신 미소를 한 번 머금은 지수는 따뜻하게 데운 정종을 호로록 마셨다.

이곳으로 오겠다는 남자의 목소리가 계속 귓전을 맴돌며 술기운에 달아오르는 말초신경을 자극하고 있었다.

역삼역 근처에 도착하고 오래지 않아 그녀에게서 연락이 왔다. 우석은 전화를 받자마자, 그녀의 위치부터 파악했다.

"어디야?"

─ 여기 강남대로인데.

적잖이 취기가 올랐는지 발음이 귀엽게 뭉개졌다. 술기운에 혀가 말리는 소리가 들려오자, 괜한 열기가 치솟았다.

"강남대로 전부 뒤질 수는 없으니까, 어딨는지 말해."

─ 뱅뱅사거리 앞 횡단보도요. 근데 진짜 대표님 역삼동 왔어요?

그녀가 있는 곳이라면 지옥 불구덩이라도 데리러 갈 수 있는 우석이었다. 그런데 고작 역삼동 지척에 와 있다고, 그녀가 놀란 목소리로 물었다.

"왜 이렇게 많이 마셨어?"

– 많이 안 마셨어요.

말끝이 희미하게 흐려지는가 싶더니 그녀가 한숨을 길게 한 번 내쉬었다.

– 있잖아요, 대표님.

대표님이라 부르지 말라고 호칭을 정정해 준 것 같은데, 그녀의 말투에서 어쩐지 묘한 거리감이 느껴져서 우석의 미간이 구겨졌다.

무슨 심각한 이야기를 하려고 하는 건지, 그녀가 묘하게 시간을 끄는 게 느껴졌다.

"어, 있긴 뭐가 있어."

불안감이 엄습했다. 그러고 싶지 않았는데, 흘러나온 대꾸가 딱딱하기만 했다.

– 대표님은 똑똑하니까, 통찰력 있는 대표님이시니까. 그러니까.

그녀가 꺼내기 어려운 말을 하려는 것처럼 뜸을 들였다.

"그러니까, 뭐. 얼른 말해. 똑똑하고 통찰력 있는 대표지만, 인내심 바닥나면 안 봐준다."

– 사람들이 나 나쁜 년이라고 손가락질해도.

그녀의 조용한 목소리가 휴대전화 너머에서 스산하게 울렸다. 분명 혀가 말려 발음이 꼬리고 뭉개진 목소리였는데, 방금 내뱉은 말은 또렷하기만 했다.

불안감의 정체가 서서히 고개를 들려는 듯해서, 우석은 숨을 멈추었다.

– 대표님은 나 믿어 줘야 해요?

그녀가 간절한 목소리로 속삭였다. 들릴락 말락 한 물음에 우석은 잠시 아무런 대꾸도 하지 못하고 잠자코 있었다. 그대로 굳어 버렸다는 게 맞는 말일지도 모른다. 마치 둔기로 뒤통수를 얻어맞은 기분이었다.

어젯밤 그녀에게 미행을 붙였지만, 수행원이 안타깝게 놓쳤다는 보고를 해 왔다며 홍 실장이 전해 주었다.

홍 실장이 일을 잘하는지는 모르겠지만, 온전히 제 사람이 아니라는 것을 우석은 잘 알고 있었다. 조부의 압박으로 홍 실장은 우석에게 한 일의 보고를 일부 누락하거나, 변질하는 경우가 더러 있었다.

지금까지는 그게 미미한 수준이어서 지켜보는 중이었는데, 수행원을 따로 접촉했더니 예상 밖의 대답이 나왔다.

'이지수 대리는 그날 연인경 회장님과 만난 것 같습니다. 이지수 대리가 백당을 떠나고 난 뒤, 15분쯤 후에 연 회장님이 나오셨습니다.'

게다가 같은 공간에 자리하고 있었다는 사실에 기가 막혀 왔다. 방금 수행원에게서 어제의 일을 보고받은 참이었다.

그런데 그녀가 이상한 말을 하고 있었다.

사람들이 자신을 나쁘다고 해도, 자신을 믿어 줘야 한다고.

– 하아, 못 믿나 보네요, 대표님.

그녀가 짙은 한숨을 내쉬며 허탈하게 웃는 소리가 들려왔다. 왼쪽 가슴에 찌르르한 통증이 이는 듯했다. 우석은 눈을 질끈 감으며 여상한 목소리를 내기 위해 노렸다.

"대표님으로는 못 믿어."

얕게 들이마셨다 내쉬는 그녀의 숨소리만 들려왔다. 마치 바로 옆에 그녀가 있는 듯, 귓가를 울리는 숨소리가 지척에서 들리는 듯했다.

우석은 그녀의 존재를 상기시켜 주는 것처럼 조용히 울리는 숨소리에 귀를 기울였다.

– 그럼.

그녀가 뭐라 덧붙이려는데, 우석이 말을 끊어 냈다.

"연우석은 믿어. 연우석은 이지수 믿어."

그녀가 또다시 허탈하게 웃는 소리가 들려왔다. 그리고 저 멀리 횡단보도 앞에 비스듬히 서서 휴대전화를 들고 있는 낯익은 여자의 모습이 눈에 들어왔다.

우석은 그녀가 서 있는 곳 바로 앞에 차를 멈춰 세웠다. 그녀는 우석의 차가 다가온 줄도 모르고 여전히 통화에 집중한 채였다.

– 대표님은 못 믿고, 연우석 씨는 믿어요? 그게 무슨 소리야. 회사 일은 못 믿는다는 건가? 나 일 못해요?

본인이 괜한 말을 했다고 여기는 건지 그녀는 해사한 웃음을 머금은 채로 말을 돌리려 애썼다. 그 모습에 또다시 왼쪽 가슴이 통증이 일었다.

이지수, 너 대체 뭘 하고 있는 거야.

운전석을 박차고 나온 우석은 여전히 휴대전화를 붙든 채로 아슬아슬하게 버티고 서 있는 그녀의 앞에 섰다.

"인사고과 아직 한 번도 안 해 봤잖아. 그런데 어떻게 믿어?"

바닥으로 뚝 떨어져 있던 그녀의 고개가 천천히 들렸다. 술에 취해 흐트러진 그녀의 시선이 위태롭게 떨렸다.

"나 대형 사고 하나 치려고 하는데."

"그래서 수습하는 데 도움이 필요해? 어떻게, 얼마나 도와줄까?"

대체 그녀가 무슨 일을 벌이고 있는지 모르겠지만, 왜 자신에게 말을 하지 않고 조부를 따로 만났는지 궁금했다.

"수습은 내가 알아서 할 건데요. 근데 수습한 보람도 없이 연우석 대표님이 나한테 화내고 뭐라고 할까 봐서요."

그녀는 내리박히는 시선이 부담스럽다는 듯 고개를 비스듬히 내리며 쓰게 웃었다. 자조하는 그녀의 표정에 숨이 턱 막혀 왔다. 갑자기 확연하게 느껴지는 거리감에 입에 쓴맛이 감돌았다.

물을 수가 없었다. 조부와 만나 무슨 이야기를 들었는지, 또 무슨 이야기를 했는지. 그래서 이지수가 지금 무슨 생각을 하는 건지.

묻고, 캐고, 따지고, 닦달하면 그녀가 마치 우석의 곁에 존재하지 않았던 것처럼 사라져 버릴 것만 같은 불안감에 휩싸였다.

우석은 허공을 향해 길게 한숨을 내쉬었다. 공기 중에 숨결이 흩어지는 것처럼 그녀가 없어질 것만 같았다. 술 취한 모습을 처음 보는 것은 아니었지만, 오늘처럼 그녀가 위태로워 보였던 적은 없었다.

이유를 알 수 없는데도 불구하고 명백해 보이는 위태함이 우석의 심장을 조여 왔다.

"이지수, 많이 취했다."

우석은 별일 아니라는 듯이 자신을 다독이는 것처럼 조용히 읊조렸다. 그저 그녀가 술에 취해서 엉뚱한 소리를 하고 있는 거라고 여기고 싶었다.

"술 취해서 주정하는 거 아니고요."

그녀는 그런 거 아니라는 듯 손을 휘휘 저었다. 그저 손을 휘젓는 가벼운 동작에 그녀의 낭창한 몸이 갸우뚱 기울었다.

우석은 그녀의 등허리를 가볍게 끌어당겨 안았다. 그녀에게서 옅은 술 냄새가 뒤섞인 매혹적인 향기가 풍겼다.

안 그래도 그녀가 풍기는 불안한 기운 때문에, 그녀를 꼼짝도 못하게 곁에 꽉 묶어 두고 싶은 욕구가 치솟고 있는 중이었다.

그런데 거기다, 탐스럽게 흐트러진 긴 웨이브 머리, 위태롭게 흔들리는 시선, 몸을 가누지 못하고 흐느적거리는 걸음걸이, 달콤하게 벌어졌다 다물어지는 입술까지.

그녀는 지금 자신의 모습이 우석에게 얼마나 외설적으로 보이는지 모를 것이다. 그 외설적인 모습이 우석을 얼마나 요염하게 자극하고 있는지도 모를 게 분명했다.

"무슨 일이 있어도, 나 믿어 줄 수 있어요?"

그녀가 턱을 비스듬히 들어 올리며 시선을 마주했다. 시선을 들어 올리는 것조차 버거울 정도로 그녀는 취기가 올라 있었다. 내일 아침이 되면 우석에게 이런 질문을 했는지조차도 모를 것 같은 분위기다.

"그래, 믿어."

우석은 그녀가 기억하건 못 하건 솔직히 대꾸했다. 설마 그녀가 자신에게 해를 입히거나, 자신의 곁을 떠나고자 터무니없는 일을 벌일 리는 없었다. 강단 있는 이지수라면 어떻게든 제 사람을 지키기 위해 위험을 무릅쓸 여자였다.

그래서 속이 새까맣게 타들어 갔다. 차라리 무슨 일이 벌어지고 있는 건지, 자신에게 속 시원히 말해 줬으면 하는 바람만이 간절할 뿐이었다.

우석의 대꾸가 마음에 들었는지, 그녀가 빙그레 미소를 짓는가 싶더니 대번에 인상을 찌푸렸다.

"나 다리 아파요. 그리고 춥고."

그녀는 몸을 부르르 한 번 떨더니 배시시 웃었다. 우석은 얼른 그녀의 어깨를 감싸 조수석에 태우고는 운전석에 올랐다.

"나 오늘은 집에 들어가야 해요. 딴 데로 가면 안 돼. 나 진짜 집에 바래다줘야 해요."

그녀는 눈을 꼭 감은 채로 으름장을 놓았다.

"걱정 마, 곱게 데려다줄게."

"곱게 안 보내 주고, 잡아먹은 적도 있으면서."

그녀가 예쁘게 웃으며 눈을 떴다. 그런 적 없느냐는 듯 채근하는 눈빛에는 장난기가 가득했다.

아까는 믿느니, 마느니 심각하게 굴더니 언제 그랬느냐는 듯이 생글거리는 모습에 잔뜩 죄어들었던 가슴이 맥없이 풀어져 버렸다.

"입은 삐뚤어져도 말은 바로 해야지. 그때 잡아먹힌 건 이지수가 아니고, 나야."

그녀는 대수롭지 않다는 듯이 '그랬나.' 하고 심드렁히 내뱉고는 고개를 돌려 버렸다.

그저 그녀가 고개를 돌렸을 뿐인데 풀어진 가슴이 공허해지는 기분이었다. 분명 함박웃음을 머금고 장난을 걸고 있는데, 어딘지 모르게 진심처럼 느껴지지 않았다.

당장 그녀를 닦달해도 절대 대답해 주지 않을 것 같았다. 좀처럼 남에게 기댈 줄을 모르는 자주적인 성격이다. 섣불리 건드렸다가는 분명 제 발로 멀어질 여자다. 자신은 아쉬울 게 하나도 없다는 듯이.

계약서니 뭐니 해서 그녀를 붙들 수도 있지만, 우석은 그녀의 진심을 오래도록 갖고 싶었다.

또 조부가 그녀를 곱게 대했을 리 없는 것도 분명했다. 하지만 지금 당장 조부 쪽에 따져 묻는 것도 곤란하기는 마찬가지였다. 자신이 수습하겠다고 믿고 기다리라고 했는데, 못 믿어서 그런 거냐며 또 멀어지려고 할 테니까.

쓴웃음이 났다. 가진 게 많으면 뭐하나, 진심 하나 제대로 품지 못해서 안달이 나는 것을.

그녀가 자신의 곁에서 사라지는 일은 없어야 했다. 다른 방법이 필요했다.

그녀의 집 앞에 차를 멈춰 세우자, 깨우지도 않았는데 그녀가 몸을 똑바로 세워 앉았다.

"다 왔네요."

그녀는 아쉬운 듯 읊조리더니 운전석을 향해 생긋 웃었다.

"기사님, 얼마예요? 카드 되죠? 제가 현금을 못 뽑아서요."

그녀는 주섬주섬 핸드백 버클을 풀며, 횡설수설했다.

미치겠네, 진짜.

우석이 어이없다는 듯이 그녀를 바라봤다. 그녀는 지갑에서 신용카드 한 장을 꺼내서 우석의 얼굴에 들이댔다.

"어? 이 기사님 요금 안 받으려고 하나 보네. 요금을 이걸로 내면 안 되는 건가?"

그녀의 눈가에 장난기가 어려 있는 것을 우석은 그제야 발견했다.

이렇게 사람 마음이 한순간에 돌아서도 되나 싶어서 걱정될 정도였다.

온갖 상념으로 얼어붙었던 가슴이 그녀의 장난기 어린 눈동자를 마주하자마자 속절없이 녹아내렸다.

"카드 안 돼요?"

"안 돼."

"그럼 뭘 드려야 하나."

머뭇거리던 그녀가 단숨에 다가와 우석의 입술에 쪽 소리가 나도록 입을 맞췄다. 발그레한 얼굴로 빙그레 웃더니 '됐죠?' 하고 묻는다.

됐을 리가.

우석은 양손으로 그녀의 뺨을 감싸듯 쥐었다. 술기운 때문인지 그녀의 뺨은 뜨거웠고, 벌어진 입술 틈에서는 알싸하고 달콤한 술 냄새가 났다. 그 사이로 보이는 붉은 혀는 촉촉하게 젖어 있었다.

조수석 쪽으로 몸을 기울인 우석은 단번에 그녀의 입술을 집어삼켰다. 그녀의 붉은 혀가 고여 있는 달콤 쌉싸래한 술 냄새가 섞인 타액을 빨아 마셨다.

혀가 얽히고 거칠게 비벼졌다. 술기운이 옮겨 오는 것도 아닐 텐데, 취한 것처럼 정신이 몽롱해졌다. 그녀는 술에 취했지만, 우석은 그녀에게 취하고 있었다.

그녀의 작은 손이 더듬거리는가 싶더니 우석의 단단한 어깨를 꼭 끌어안았다. 우석은 뺨을 감싸고 있던 손을 내려 그녀의 등허리를 바짝 끌어안았다. 그러자 어깨를 안고 있던 그녀의 손이 올라와 우석의 목덜미를 와락 감싸 안았다.

두 사람의 몸이 자연스레 밀착되었다. 앞가슴에 그녀의 말랑말랑한 젖가슴이 와닿는 게 느껴졌다.

우석은 오른손으로 그녀의 왼쪽 가슴을 꽉 움켜쥐었다. 더욱 가까워진 거리에 고개가 옆으로 비틀렸고, 입은 더욱 크게 벌어지며 깊게 맞물렸다.

"으음."

우석은 그녀의 신음을 삼킬 듯 깊이 빨아들였다. 술기운이
오른 탓인지 그녀가 평소보다 훨씬 빨리 달아오르는 게 느껴졌
다. 손바닥 가득 차오르는 가슴을 주무르자 그녀가 품 안에서
몸을 바르작거렸다.

이미 바지 속이 단단하게 차올라 있었다. 우석은 당장에 그
녀의 치마를 걷어 올리고, 제 분신을 박아 넣고 싶은 충동이 일
었다.

그녀의 등허리를 오르내리는 성마른 손짓에 살갗과 옷감이
쓸리는 소리가 야했다. 재킷과 블라우스가 흐트러졌고, 우석의
손이 자연스레 그녀의 매끈한 피부에 닿았다.

블라우스 안으로 손을 집어넣어 브래지어째로 가슴을 움켜
쥐자, 손끝에서 볼록 솟아오른 가슴살이 느껴졌다.

"음, 으음."

그녀가 가녀린 신음을 내뱉고는 몸을 들썩이며 우석에게 몸
을 비벼 댔다. 지난번에도 느꼈지만, 그녀는 술을 마시면 이런
쪽으로는 적극적으로 돌변했다.

우석은 깊게 맞물렸던 입술을 서서히 떼어 냈다. 그러자 그녀
가 아쉬운 듯 우석의 입술에 자잘한 입맞춤을 더하며 매달렸다.

"……이지수."

낮게 성기는 우석의 목소리가 차 안을 조용히 울렸다.

그녀가 긴장한 듯 숨을 크게 들이마셨다. 붉게 달아오른 눈

가에는 아직 가시지 않은 정염이 그득했다.

"오늘은 집에 들어가야 한다며?"

우석이 흐릿한 미소를 머금은 채로 물었다. 그러자 그녀가 빙그레 웃으며 대꾸했다.

"키스 좀 했다고 집에 못 들어가?"

장난기 어린 그녀의 물음에 우석은 그냥 웃어 버렸다.

그래, 무슨 일이 생기건 나는 너를 믿을 거야.

우석은 그리 다짐하며 지수의 이마에 가만히 입을 맞추었다.

그녀가 무슨 일을 벌이고 있건, 그녀가 무슨 생각을 하고 있건, 그녀를 존중하겠다는 마음을 담아 애틋하게 입술을 가져다 댔다가 조심스레 떼어 냈다.

"조심해서 들어가."

그녀는 빙그레 미소를 머금을 뿐이었다. 문을 열어 주려고 하자, 그녀는 추운데 그럴 필요 없다며 스스로 차 문을 열고 내려 버렸다. 그러고는 뒤도 돌아보지 않고 대문 안으로 사라졌다.

사위가 어두웠다. 그녀가 눈앞에서 사라진 세상은 적요하기만 했다. 갑자기 혼자 버려진 것처럼 외롭고 혼란스러웠다. 그녀가 곁에 없고 혼자가 되었다는 상황이 역겨울 정도였다.

분명 방금 전까지 상냥한 미소를 머금고 있는 그녀였는데, 마치 그 상냥함이 거대한 폭력이 되어 심장을 겨누기라도 한 듯 가슴이 아렸다.

평소의 주량을 넘어설 만큼 술을 많이 마신 것도 아닌데, 유독 취하는 날이 있다. 어제가 그런 날이었다.

또 유난히 술을 마시고 그 남자를 만나면 없던 취기가 한꺼번에 몰려오는 것 같은 착각이 일 만큼 단번에 취해 버린다.

술에 취하는 건지, 그 남자에 취하는 건지.

숙취가 남아 있어 어지러웠지만, 그래도 출근 시간에는 늦지 않으려 준비를 서둘렀다. 대문을 나서자 어젯밤 문 앞에 서 있던 그의 차를 애써 돌아보지 않고 집으로 들어왔던 게 생각났다.

지수는 두 눈을 질끈 감으며 다시는 술 따위 마시지 않겠노라고 다짐했다. 필름이 끊긴 건 아니었다. 하지만 술이 가진 요망한 기운 때문에 괜한 말을 해 버린 것 같아서 입술이 바짝바짝 말랐다.

'나 대형 사고 하나 치려고 하는데.'

그에게 그런 말을 했던 걸 보면, 주은에게는 무슨 일이 생기면 잠자코 있으라고, 자신이 나쁜 년이 되겠다고 큰소리쳤어도 겁은 났나 보다.

그게 뭐라고 겁이 나?

또 막상 술이 깨고 나니 별것 아닌 것처럼 느껴진다. 구린 짓을 벌이는 것들은 꼭 한 방향으로만 냄새를 풍기는 법이 없다. 괴소문이 끊임없이 도는 것을 보면 다른 쪽으로도 일을 벌이고 있는 게 분명했다.

지금 섣불리 그에게 알렸다가 그들이 꼬리 자르고 도망간다면 몸통을 놓치고 다른 쪽에서 더 크게 당할 수도 있다.

지수는 그들이 쳐 놓은 덫에 제 발로 걸어 들어갈 예정이었다. 어차피 소문이야 나중에 당사자인 지수가 부인하면 금방 사그라든다. 호사가들은 언제나 더 자극적이고 위험한 소문을 즐기는 법이었기에 그들과 관련한 진실이 밝혀지면, 당연히 화살은 그쪽을 향할 것이다.

왜 이런 짓을 벌이고 있느냐 묻는다면, 글쎄.

정의감에 불타올라서? 불의를 보면 그냥 지나치지 못하는 성격이라?

단순히 그를 지켜 주고 싶어서 시작한 일이었다. 이게 얼마나 어마어마한 파장을 불러일으킬지 계산도 못 하고 바보같이 뛰어들었다.

아니, 감정의 무게에 추를 달고 계산하려 드는 것은 어리석은 짓이다. 지수는 그런 어리석은 짓을 하지 않았으니 오히려 잘한 것이라 여기기로 했다.

그를 지켜 주고 싶으니까, 그를 아끼고 싶으니까, 그가 하는 모든 일이 잘됐으면 좋겠으니까, 그에게 방해가 되는 이는 없었으면 좋겠으니까.

이게 사랑이 아니면 뭘까.

지수는 저도 모르게 쓰게 웃었다. 성인이 되고 나서 자신의 모든 것을 걸고 사랑하고 싶은 남자와 평범하지 않은 방식으로 얽혔으니까.

옛 같다고 욕할 수도 있겠지만, 그렇게 평범하지 않은 방식이 아니었다면, 우리가 얽힐 수나 있었을까?

오늘따라 출근길 사색이 깊다.

사무실에 도착하자, 주은이 어제보다 더욱 존경해 마지않는다는 눈빛으로 지수를 바라보았다.

"오셨어요. 대리님."

"어, 좋은 아침. 주은 씨."

"오늘부터 무지 바빠질 것 같아요."

미리 이야기는 들었다. 국가 원수에 준하는 인사들이 참석하는 세계 경제인 포럼이 한 달 후에 호텔 I에서 개최될 예정이었다. 해서 연회 판촉팀은 오늘부터 비상근무 체제에 들어간다고 했다.

공식 건배주로 쓰일 술부터 대테러 방지 훈련까지 말 그대로 비상이었다.

이런 긴박한 상황 속에도 오 과장의 개소리는 그칠 줄을 몰랐다.

"어제 둘이 한잔했나 봐?"

오 과장이 묘한 미소를 띤 채로 지수의 책상 옆 낮은 파티션에 팔을 기대며 노란 눈알을 굴려 댔다.

"안녕하세요, 과장님."

지수는 선선하게 인사하는 것으로 대답을 대신했다. 어제 둘이 함께 퇴근한 것도 아닌데, 술자리를 같이한 걸 안다는 것은 누군가 미행을 붙였다는 의미인지도 모른다.

"어? 저는 어제 친구랑 치맥 했는데, 대리님도 어제 술 드셨어요?"

옆에서 주은이 시치미를 뚝 떼며 물어 왔다. 지수나 주은이나 술 먹은 티는 하나도 나지 않는데, 저렇게 물으니 이상한 낌새를 눈치채고 회피하는 듯했다.

"어, 집에서 그냥."

오 과장은 눈을 게슴츠레 뜨며 지수와 주은을 번갈아 보았다. 다 알고 묻는데, 둘이 짜고 피하는 게 괘씸하다는 얼굴이었다. 표정을 숨기지 않은 오 과장이 비열한 얼굴을 지수에게 가까이 들이대며 조용히 물었다.

"왜, 거기 다른 사람 끼어 있었어? 소문나면 큰일 난대?"

물밑에서 조용히 움직일 줄 알았는데, 오 과장은 예상했던 것보다 훨씬 아둔한 건지 속내를 훤히 드러냈다. 아니면 이쪽에서 눈치를 채고 연막을 치는 것 같으니 속이 타서 어쩔 줄을 몰라 하는 것인지도 모르겠다.

후자라면 정말 아무짝에 쓸모없는 멍청한 인간이다. 이런 인간을 믿고 프락치로 내세운 것을 보면 부총지배인 쪽도 별 볼일 없는 인간이지 싶었다.

"무슨 말씀이신지."

지수는 영문을 모르겠다는 얼굴로 오 과장을 빤히 올려다보았다. 그러자 오 과장의 표정이 대번에 심각하게 변한다.

"이 대리, 잠깐 나 좀 볼까?"

오 과장이 이렇게 빨리 자신을 따로 불러낼 줄은 몰랐다. 지수는 그 이유가 대충 짐작이 가서 알겠다며 고개를 끄덕이고는 오 과장의 뒤를 따랐다.

소문에 의하면 난항을 겪고 있던 호텔 I 본사 인수 건이 급물살을 탔다고 했다. MOU를 체결하기 직전까지 가서 인경개발 쪽 주식이 조금 올랐다고도 했다.

그러니 우석을 반대하는 쪽에서는 발등에 불이 떨어진 격이었다. 어떻게 해서든 그가 제대로 인정받기 전에 흠이라도 내고 싶을 게 분명했다.

CEO의 평판은 회사의 신용평가에도 영향을 미친다. 신용평가 기준이 한 단계 떨어지면 경제적 손실이 뒤따르는 것 또한 당연했다.

신용도가 떨어진다. 투자자가 손을 뗀다. 주가가 내려간다. 회사 가치가 떨어진다. 물론 회사가 최고 경영자의 평판 하나로 돌아가지 않는다.

하지만 호텔은 일종의 이미지 사업이다. 최고 경영자의 이미지가 곧 호텔의 이미지가 될 수도 있기에, 경영자 이미지 메이킹에 단연 힘을 쏟는다. 오 과장 쪽에서는 당연히 그것을 역이용하고자 하는 거였다.

오 과장은 자신이 항상 담배를 태우는 곳이라며, 직원용 주차장 구석으로 지수를 데리고 갔다. 그는 습관처럼 슈트 안주머니에서 담배를 꺼내 입에 물었다.

"있잖아, 이 대리."

담배 한 개비가 탐욕에 젖은 그의 입술에 달라붙어서 그가 말할 때마다 볼썽사납게 나풀거렸다.

"내가 이 대리 진짜 동생 같아서 하는 얘긴데. 아무리 국회의원 딸이라도 주은 씨도 힘들걸? 연 회장님이 욕심이 좀 많아야지."

그러니까 올라가지도 못할 나무는 쳐다보지 말라는 뜻이었다.

"아니, 내가 지수 대리가 못났다는 말을 하는 게 아니야."

그리 말하는 오 과장의 불경한 시선이 지수를 위에서 아래로, 다시 아래에서 위로 훑었다. 그러면서 누런 눈알이 봉긋 솟은 가슴에 머무는 게 느껴졌다. 끔찍한 시선에 소름이 오싹 돋아났다.

여기서 '무슨 말씀인지 압니다. 감사합니다, 과장님.'과 같은 모범적인 답안은 제쳐 두기로 하자.

적당한 떡밥을 던져 왔으니, 무는 척이라도 해야 저쪽에서 더욱 적극적으로 움직일 것이다.

"무슨 말씀이신지 이해 못 하겠는데요?"

지수는 무구한 얼굴로 오 과장을 올려다보았다.

"아, 이런 말까지 해도 되나? 지수 대리 연 대표가 직접 스카우트했다며."

"네."

이건 사실이니까 부정할 필요는 없다. 지수를 영입했다는 소식에 다른 곳을 예약했던 재벌가 예비부부들이 호텔 I로 다시

54

예약을 잡기 위해 몰려들기까지 했으니 말이다.

재벌이라고 다 받아 주는 웨딩플래너 이지수가 아니었다. 그러니 오히려 예비부부들이 안달이 나서 이쪽으로 몰려왔다.

"우리 이 대리 훌륭하잖아? 그래서 내가 걱정돼서."

노골적인 시선에 소름이 오스스 돋아났다. 하지만 지수는 당연한 소리를 하느냐는 듯 거만하게 굴기 위해 턱을 들어 올렸다.

"어떤 걱정이요?"

그가 입에 물고 있던 담배를 손으로 잡아내려 재킷 주머니에 쑤셔 넣고는 진지하게 대꾸했다.

"소문 들었는지 모르겠는데, 연 대표가 사람 갖고 노는 데 도가 텄대요. 조심해, 우리 지수 대리."

오 과장이 지수를 위하는 척 다가오더니 등허리를 툭툭 두드렸다.

이 새끼 손모가지를 그냥, 확!

지수는 떡밥을 문 척 심각한 얼굴로 대꾸했다.

"말씀 감사해요, 과장님. 아, 근데 과장님 혹시 그 소식은 들으셨어요?"

솔깃할 만한 이야기가 있다며, 지수는 목소리를 낮췄다.

"왜, 뭔데? 연 대표가 뭐 또 사고 쳤대?"

지수는 안타깝게도 그건 아니라며 고개를 내저었다.

"제가 좀 아는 분한테 들은 얘긴데요. 암행 평가 나온다던데요, 우리 호텔?"

오 과장은 그게 뭐 그렇게 비밀스러운 이야기냐며 재킷 주머니에서 담배를 도로 꺼내 물었다.

"그럼, 수고해. 이 대리. 나는 이거 한 대 피우고 들어갈게."

사무실로 돌아온 지수는 조용히 폭풍 전야를 만끽했다. 오 과장은 아무런 생각이 없을지 몰라도, 부총지배인이라면 암행 평가에 대해 다르게 반응할 게 분명했다.

점심시간 직전, 지수를 찾는 전화벨이 울렸다.

"네, 이지수입니다."

– 연회 판촉팀, 이지수 대리 맞습니까? 나 부총지배인 진흥렬입니다.

역시나.

이미 내선 전화 화면에 뜬 발신인 이름을 통해 전화를 걸어 온 이가 누구인지 알아차린 지수였다.

"처음 인사드리겠습니다, 부총지배인님. 이지수입니다."

– 바쁘지 않으면, 점심 함께하지 않겠습니까?

급하긴 어지간히 급한가 보다. 미끼를 던진 게 아침인데 겨우 반나절 만에 연락이 왔다.

은밀한 접촉도 아니고 회사 내선 번호로 당당히 연락해 왔다는 사실에 어쩐지 의구심이 들었다.

이걸 달리 생각하면 표면적으로 업무적인 용건하에 부하 직원을 호출했다는 것으로 해석할 수도 있다. 그 이면에는 얼마나 열심히 더러운 이빨과 치졸하게 길러 낸 발톱을 숨기고 있을지 두고 볼 일이다.

점심 식사 자리는 호텔 I의 6층에 위치한 한식당이었다. 부총지배인은 한식당 점검도 할 겸 식사 장소를 이곳으로 정했다며 푸근한 미소를 머금었다.

"함께 식사하게 되어 영광입니다."

부총지배인은 깍듯이 예를 갖추며 지수를 대했다.

"제가 영광입니다, 부총지배인님."

식사 분위기는 평범했다. 부총지배인은 호텔 I 객실 판촉부서의 말단 직원으로 입사해, 차근차근 단계를 밟아 지금의 자리에까지 올랐다고 했다.

한국 호텔 I의 역사와 더불어 지금의 운영 환경 그리고 수십 년 호텔리어로 일하며 쌓은 그의 폭넓은 지식은 충분히 감탄할 만했다.

"이런, 내가 내 얘기를 너무 많이 했나?"

"아닙니다, 부총지배인님. 많이 배우고 있습니다."

지수가 은은한 미소를 머금은 채로 대꾸했다. 후식으로 나온 오미자차와 다식을 내려다보며 부총지배인이 한숨을 내쉬었다.

"식사를 마쳤으니, 이제 내가 왜 이 대리를 불렀는지 이야기해도 되겠지?"

지수는 그저 은은한 미소를 유지하며 고개를 한 번 가볍게 숙였다.

"내가 슬하에 딸만 둘이 있다네. 첫째는 시집을 가 평범하고 단란한 생활을 하고 있는데, 둘째가 걱정이 이만저만이 아니야."

첨언을 할 수 있는 상황은 아니어서 지수는 가만히 그다음 말을 기다렸다. 한동안 회색 하늘을 바라보던 부총지배인은 조심스레 입을 열었다.

"둘째가 인경개발 부사장과 교제 중이네."

인경개발 부사장이 누구지? 거기까지는 정보가 없었다. 지수는 가만히 고개를 끄덕거리기만 했다.

"곧 식을 올려야 할 텐데, 그 식을 자네가 맡아 줄 수 있겠는가?"

"믿고 맡겨 주시면 최선을 다해 임하도록 하겠습니다."

지수는 다시 한 번 고개를 숙이며 대꾸했다.

그런데 이게 본론이 아닌 것 같은 느낌은 왜일까?

고개를 들어 올린 지수는 가만히 부총지배인을 응시했다.

"뭐, 우리 애 결혼식 준비를 이 대리가 맡아 준다면야 내가 영광이지. 지금껏 여러 혼사를 도맡아서 했다지?"

자, 이제부터 게임을 시작하지.

부총지배인이 그리 말하는 듯한 착각이 일 정도로 그의 눈빛은 종전과 달랐다. 이제껏 매너 있는 태도로 일관하던 사람의 눈동자에 시커먼 탐욕이 어리는 듯했다.

지수는 일단 겸손을 떨었다.

"열심히 하다 보니 여기까지 오게 되었습니다."

"허허, 사람, 참. 다른 이들 결혼 준비만 하느라 본인 연애 사업은 못 챙기시는 거 아닌가?"

농담처럼 묻는 듯 했지만, 결코 그냥 하는 질문이 아니었다.

"아직은 일이 더 좋습니다, 부총지배인님."

"워라밸(work & life balance)이라는 말도 못 들어 봤나? 요즘은 일과 삶이 균형을 이뤄야 하는 세상이야. 그래, 내 중신 한번 서지. 어떤 쪽이 좋은가?"

지수는 속을 감추기 위해 짙은 미소를 머금었다.

"그동안 좀 고생을 하면서 살아서인지 시집은 편한 곳으로 가고 싶습니다."

"이 대리, 참 솔직해서 좋구만. 이 대리도 솔직하게 말하니, 나도 좀 솔직해지겠네. 오 과장이 내 사위인 건 알지?"

"네, 알고 있습니다."

"The tail wags the dog. 무슨 뜻인지 아나?"

대답을 원하는 것 같지는 않아서 지수는 잠자코 부총지배인을 바라보았다.

"꼬리가 몸통을 자꾸 흔들려고 해서 내가 요즘 골치가 좀 아파."

오 과장이 퍼뜨리는 소문은 자신과는 관계가 없다는 듯이 발을 빼는 말이었다. 지수는 은은한 미소를 유지한 채로 미간을 미미하게 찌푸리며 상냥한 목소리를 내기 위해 노력했다.

"신경 많이 쓰이시겠습니다."

"그래서 내가 둘째 사위는 좀 신경을 썼는데 말이야."

인경개발 부사장에 관한 정보가 없는 게 어쩌면 다행인지도 모르겠다. 지수는 무구한 얼굴로 부총지배인을 바라보았다.

"그만한 사람 찾기 힘들어. 우두머리가 될 상이지."

지금 우두머리인 연 대표를 돌려 까는 말이었다.

"흡족하시겠습니다."

"흡족하다마다. 아, 참. 듣자 하니 암행 평가 이야기를 이 대리가 했다던데?"

오 과장이 하고 다니는 말이 전부 제 귀에 들어오기는 하나, 소문은 몸통인 자신이 아닌 꼬리인 오 과장이 흘리고 다니는 거다? 그러니 지수에게도 말조심하라는 경고의 의미를 담은 질문이었다.

부총지배인의 시나리오가 대충 눈에 들어오기 시작했다.

"한 번 맺은 인연을 소홀히 하지 않다 보니, 저를 도와주시는 분들이 더러 계십니다. 흘리듯 말씀하신 것을 운 좋게 알아들었습니다."

부총지배인은 눈을 가늘게 뜬 채로 고개만 까딱거렸다.

"이 대리 참 여러모로 쓸모가 많은 인재인데, 겨우 그 자리에 만족하나?"

"아직은 만족하고 있습니다."

일부러 '아직은'이라는 말로 여지를 두었다.

"그래, 내 이 대리 앞으로 지켜보도록 하지."

형형한 부총지배인의 눈빛을 받으며, 지수는 그저 고개를 숙여 보일 뿐이었다.

점심 식사를 마치고 난 뒤, 방으로 돌아온 부총지배인은 곧장 첫째 사위인 오 과장에게 전화를 걸었다.

"어렵게 살아서 속물근성 있을 거라는 말이 맞더구만. 이용할 가치는 충분하겠어."

지수가 던진 미끼를 부총지배인이 덥석 무는 순간이었다.

백오피스로 돌아온 지수는 인경개발 부사장이 어떤 인물인지부터 조사해 보기로 했다. 다행히 언론사에 등록되어 있는 유료 인물DB에서 김우혁에 관한 비교적 상세한 정보를 얻을 수 있었다.

인경개발의 부사장인 김우혁은 연인경 회장의 여동생인 연인희 전무의 늦둥이 아들로, 한 번 이혼한 전력이 있었고, 이혼 후 전 부인에게서 난 두 남매를 홀로 키우고 있었다.

재혼 자리에라도 딸을 시집보내서 호텔 I의 총지배인 자리를 꿰차고 싶은 건가?

지수에게 대놓고 결혼식을 맡기겠다는 말을 할 정도로 혼담이 오가고 있다면, 우석이 모를 리가 없었다.

그렇다고 김우혁 부사장에 관해 떠보기엔 아직 이르다. 일단은 잠자코 그들이 어떻게 움직이는지를 기다리기로 했다.

"이 대리, 점심 맛있게 먹었어?"

자리에 앉아 있는데, 오 과장이 만면에 미소를 띤 채로 다가왔다. 웃는 낯에 침 못 뱉는다는데, 저 재수 없는 낯짝에는 가래침도 부족할 것 같았다.

"아, 오늘 직원 식당에 대표님도 오셨더라? 여직원들 깔깔거리고 호들갑들을 떠는데."

61

"언제 여직원들이 꺅꺅거렸어요. 그냥 눈치만 봤지. 그리고 대표님 정도면 여직원들이 꺅꺅거릴 만도 하죠, 뭐."

머그컵을 든 주은이 커피 냄새를 풍기며 자리에 앉았다. 주은은 오 과장이 하는 말이 못마땅하다는 듯 투덜거렸다.

"아, 우리 주은 씨는 사람을 너무 좋게만 봐. 이렇게 순진하면 당하고 산다니까. 몸담은 회사의 대표도 그렇고, 사수도 그렇고. 사람 조심해야 하는 거야."

그러니 네 옆에 앉아 있는 여직원도 조심하라는 듯이 오 과장의 노골적인 시선이 지수를 향했다.

"그치, 지수 대리? 우리 지수 대리는 아마 똑 부러져서 당하고 살지는 않을 거야? 골탕 먹였으면 먹였지. 그치?"

면전에서 대놓고 까는데도 속이 빤히 보여서 약이 오르질 않았다. 얕은수로 사람을 우습게 만드는 데 도가 튼 놈이었다. 하지만 그 얕은수야 모른 척하면 그만이다. 저런 수준 낮은 찜에 꼬여서 발끈하는 게 저놈이 원하는 바였다.

원하는 대로 들어줄 생각이 눈곱만치도 없는 지수는 오 과장 비위에 거슬리지 않게 적당히 맞장구를 쳐 주었다.

"그러게요. 우리 주은 씨가 좀 많이 순수하죠. 그게 우리 주은 씨 매력인데요, 뭐."

오 과장은 말 만들어 내는 데는 선수였다. 지금 세 사람이 나눴던 대화는 돌고 돌아서, 순진한 주은을 이지수 대리가 쥐 잡듯이 잡는다는 말로 퍼질 것이다.

"이 대리."

시의적절한 타이밍에 강 지배인이 지수를 불렀다.

"네, 지배인님."

"대표님이 완도 연회장 건으로 부르셔. 가 봐. 그랜드볼룸으로 오라고 하시네."

지수는 알겠다는 대꾸를 하고, 주은을 향해 입을 열었다.

"주은 씨, 가자."

어제 술자리가 아니었으면 머뭇거렸을 주은이 잽싸게 자리에서 일어섰다.

"주은 씨 오늘도 데리고 가게? 어제 그냥 왔잖아."

오 과장이 콕 집어 주은을 걸고넘어졌다.

"어제는 제가 좀 혼날 일이 있었거든요."

지수는 대수롭지 않은 일이었다는 듯 대꾸하고는 사무실을 나섰다. 등 뒤로 따라붙은 뱀 같은 시선이 느껴졌지만 무시했다.

그랜드볼룸에 도착하자 그를 위시하여 여러 사람이 연회장 한가운데 서 있었다.

그의 주변을 둘러싼 이들은 설계와 디자인을 맡은 사람들로 보였다. 그는 지수를 그들에게 소개하며 그랜드볼룸의 이미지를 연장선상에 놓고 완도 호텔 연회장에 관한 대략적인 설명에 들어갔다.

지수가 부러 입을 열 기회가 있지는 않았다. 그는 자신이 기억하고 있는 내용이 맞는지 확인하기 위해 지수를 부른 듯했다.

"이쯤 되면 다 설명한 건가, 이 대리?"

"네, 대표님. 빠짐없습니다."

지수의 대답에 그는 흡족한 미소를 지으며 걸음을 옮겼다. 지수와 주은은 조용히 그 뒤를 따랐다.

"이제 완도로 내려가야 하는데, 이 대리."

우석의 말에 지수와 주은이 서로 마주 보았다.

"헬기로 내려갔다가, 확인만 하고 바로 올라올 거야. 이지수 대리는 동행해야 하는데."

우석의 시선이 주은에게 닿았다가 이내 지수에게로 넘어왔다.

"가능하다면 같이 가고 싶습니다."

지수의 제안에 우석이 고개를 여상하게 끄덕이며 대꾸했다.

"가지, 같이."

주은이 입 모양으로 '대박!'이라고 말하는 게 눈에 들어왔다.

그렇게 인경개발 소속의 헬기를 타고 완도 호텔까지 가서 디자인 점검을 마친 뒤 다시 올라오기까지는 약 4시간이 소요되었다.

그랜드볼룸에서는 우석의 곁에서 그의 의견에 확인만 해 주는 역할이었다면, 완도에서는 설계 아이디어 제시를 지수가 맡았다. 지수가 제시한 아이디어를 설계자와 디자이너가 구체화한다고 했다.

일을 마치고 서울에 도착했을 때는 이미 퇴근 시간이 지난 후였다. 갑자기 완도까지 끌려갔다가 왔더니 몸이 천근만근이었다.

어제 늦게까지 술을 마신 것도 한몫했지만, 전과 다른 피로감은 지수의 양옆을 차지하고 있던 남과 여 때문이었다.

우석은 계속해서 아슬아슬한 뉘앙스로 지수를 놀려 먹었고, 지수가 업무적 제안을 늘어놓을 때마다 주은은 별처럼 반짝이는 눈을 하고 지수를 우러러보았다.

"두 사람 오늘 수고했어요. 퇴근 조심히 하고."

오늘은 웬일로 곱게 보내 주는 우석이 고마울 따름이었다. 오 과장 상대하랴, 부총지배인한테 불려 가랴, 주은 눈치 보랴, 이만저만 힘든 하루가 아니었다.

"대리님."

헬기에서 내려 백오피스로 향하는 길, 주은이 심각한 얼굴로 지수를 불렀다.

"저, 괜찮아요."

뭐가?

복도 한가운데 선 주은이 결연한 시선으로 지수를 응시했다.

쟤 또 뭔가 무서워지려고 한다!

지수는 잔뜩 긴장한 시선으로 서너 걸음 떨어진 곳에 서 있는 주은을 바라보았다.

"대리님이라면, 이 대리님이라면, 선배 양보할 수 있을 것 같아요!"

너무 놀라서 하마터면 딸꾹질이 튀어나올 뻔했다.

쟤 지금 뭘 알고 말하는 거야?

지수는 놀란 기색을 감추며 주은을 응시했다. 무슨 뜻인지 설명해 보라는 듯한 시선을 보내자, 주은이 황홀경에 젖은 얼굴로 떠들기 시작했다.

"오늘 대리님 진짜 멋졌어요! 선배님은 눈에 들어오지도 않더라니까요!"

난 또 뭐라고.

지수는 한숨을 내쉬며 가슴을 쓸어내렸다.

"솔직히 좀 의아했거든요? 대표님이 왜 자꾸 이 대리님 부르시나. 아무리 일을 잘한다고 해도 그 정도인가?"

주은은 침까지 튀어 가며 장광설을 늘어놓기 위한 시동을 거는 듯 했다.

좋은 소리도 한두 번이지, 사회주의 국가원수도 아니고 주은은 지수를 우상화하려 들었다. 이러다 지수에게 충성하겠다는 말까지 나올 것 같은 분위기다. 지수의 사진을 인쇄해서 액자도 만들고, 스티커도 만들고, 포스트잇도 만들고, 막막 그럴 것 같다.

"그런데 오늘 보니까 알 것 같아요. 와, 대리님 진짜 완도 내려가서 거기 막 설명하실 때는 대리님 뒤에서 후광이 비치는 느낌이었어요. 혼자 반사판 조명 대고 오지게 빛나고, 막 공사판에서 꽃잎 흩날리면서 서 계셨다니까요! 완전 오지고, 지리고, 알파고!"

아이고, 애야!

지수는 눈을 가느스름하게 뜨고는 어디까지 하나 두고 보자는 눈빛으로 주은을 바라보았다.

"완전 눈이 멀 것 같은 비주얼이었어요, 진짜. 마치 이건 까만 하늘에서 빛나는 유일한 별이 있기에 손을 뻗었더니, 그거슨 이 대리님의 눈동자! 사막에 핀 한 떨기 가녀린 수선화의 향기를 맡으러 다가갔더니 세상에, 그거슨 이 대리님의 향기! 사막에서 목이 타들어 가는 중에 발견한 오아시스로 달려갔더니, 그거슨 이 대리님의 노고가 깃든 땀방울! 한 치 앞도 보이지 않는 저승길에서 부처를 만난 줄 알고 반가운 마음에 손을 잡았더니, 그거슨 이 대리님의 호의!"

주은이 호들갑을 떨어 대며 발을 동동 굴렀다. 저렇게 터무니없이 심오하고, 쓸데없이 창의적이며, 듣는 이로 하여금 손발이 오그라들게 만드는 신기한 화법은 대체 어디서 배웠는지 궁금할 정도다.

"근데 이걸 저만 그렇게 느낀 게 아닌 것 같은 그런 느낌적인 느낌을 제가 느꼈거든요?"

그 느낌 한번 복잡하구나.

"우리 선배님이 미소가 굉장히 비싼 분이에요. 그 비싼 미소는 제가 진짜 몇 년을 관찰했는데, 차담회 때 딱 웃는 거? 그게 전부였단 말이에요!"

말이 생각의 속도를 따라오지 못해서 답답하다는 듯이, 또 지수가 아무런 반응도 보이지 않아서 속이 터진다는 듯이 주은이 속사포 랩을 쏟아붓기 시작했다. 다음번 쇼미더머니에 주은의 참가 신청서를 꼭 넣어 줘야겠다.

"뭐랄까, 천년의 가뭄이 계속되는 가운데 겨우 재배한 콩을 모아 만든 두부로 만든 전골을 먹는 것보다 어려운, 그거슨 선배님 미소! 그러니까, 또!"

"그래, 알았으니까. 하고 싶은 말이 뭐야?"

지수가 차마 더는 못 들어 줄 것 같아서 말을 끊어 버리자, 주은의 얼굴에 비장한 기운이 어렸다.

주은은 크게 숨을 들이마시고는 마치 진리를 깨달았다는 듯 호기롭게 눈동자를 빛내며 단언했다.

"대표님이 선배님 좋아하는 것 같아요."

지수는 잠시 얼이 빠진 표정으로 주은을 바라보았다.

얘가 진짜, 뭘 알고 하는 말이야?

"무슨 헛소리야."

일단은 부정하고 본다.

"대리님 못 느끼셨어요?"

얘 레알마드리드 무서워!

"못 느꼈어. 괜한 소리 하지 말고, 얼른 가자."

"진짜라니까요, 대리님! 선배님이 막 그렇게 웃고, 막 저렇게 상냥하고, 막 이렇게 눈까지 맞춰 주면서 대꾸해 주고 그러는 사람이 아니라니까요. 대리님이 유일해요. 그 이유가 뭐겠어요? 대리님 좋아해서 그러는 거라니까요!"

내내 그랬지만, 주은이 이렇게 이야기하니 미안한 마음이 들었다.

중학교 때부터 짝사랑했다는 남자인데, 지금 지수는 그 남자 지키자고 여기저기 일을 벌이고, 거기에 주은까지 다리를 걸치고 있는 거나 마찬가지였다.

하긴 주은이 다리를 걸치게 된 건 오 과장이 지수와 더불어 주은에 관한 이상한 소문까지 퍼뜨리고 다니려고 하니까, 거기에 엿 먹이기 위해 도움을 청했다는 게 맞는 말이다.

우석을 지키는 것과 지수와 주은의 평판을 지켜 내는 일은 같은 일인 듯 다른 일이었다.

"주은 씨."

"네."

지수는 화제를 전환하려 오 과장 이야기를 꺼냈다.

"오 과장이 뭐라고 해도 주은 씨는 대들지 말고. 그럼 사람들이 소문을 진짜라고 여길 수도 있어. 여지를 주지 마, 알겠지?"

노파심에 한 말인데 주은이 또 두 손을 모아 쥐고 칭찬 랩을 한바탕 쏟아부을 기세로 크게 숨을 들이마시는 게 포착되었다. 주은이 입을 열기 전에 지수가 빠르게 덧붙였다.

"오 과장은 내가 상대할 테니까, 주은 씨는 그런 줄로만 알아."

"완전 걸크러시! 다 때려 부술 것 같아요!"

대체 내가 뭘 때려 부순다는 거야? 나는 비폭력주의자거든!

"그만 가자."

걸크러시 두 번 했다가는 내 뇌가 크러시 될 것 같아.

지수는 한숨을 몰아쉬며 사무실로 들어섰다.

"어? 주은 씨 울었어?"

세상에. 얘 눈시울도 붉힌 거야?

하필 그걸 발견한 게 오 과장이었다. 지수는 침음을 삼켰다.

내일이면 A 여직원이 B 여직원과 외근 나갔다가 눈물이 쏙 빠지도록 갈구고 왔다는 소문이 파다하겠구나!

"아니에요, 과장님."

이럴 때는 또 말을 잘 듣는다. 주은이 비련의 여주인공처럼 처량하게 눈가를 닦으며 자리로 얼른 사라졌고, 오 과장은 뱀처럼 의심 가득한 눈초리로 지수를 바라보았다.

"일이 좀 힘들었나 봐요."

지수는 역시나 대수롭지 않다는 듯이 여상한 언급을 한 번 하고는 자리로 향했다. 자리에 앉자 외근 때문에 쌓인 업무가 어마어마했다.

아, 이래서 외근은 정말 싫다.

지수는 자리를 비운 동안 들어온 이메일을 확인하고, 승인받아야 할 업무들을 시스템에 업로드하기 바빴다. 다른 직원들은 거의 다 퇴근을 했고, 외근을 나갔던 주은과 지수 둘만 사무실에 남게 되었다.

"주은 씨, 다 했으면 들어가. 나 기다리지 말고."

"아니에요, 대리님. 저 혼자 나가기 무서워요, 같이 가요."

네가 랩 하면 다들 도망갈 거야. 세상에 관한 편견을 버리렴, 아가. 너는 강한 아이야.

결국 먼저 가라는데도 끝끝내 자리를 뜨지 않는 주은 때문에 지수는 주은과 나란히 퇴근하게 되었고, 백오피스 복도에서 타

부서 직원 몇몇과 마주쳤다.

묘한 소문이 어디까지 돌았나 궁금해서 지수는 스쳐 지나가는 직원들의 면면을 살폈다.

남직원 몇몇은 안타깝다는 시선으로 주은을 바라보았고, 여직원 한둘은 노골적으로 지수를 곱지 않은 시선으로 쳐다보며 지나갔다.

이렇게 될 줄 알고 있었다지만, 입맛이 썼다.

정말 피곤하네.

씁쓸함이 밀려오자, 다정한 얼굴이 그리웠다. 오늘 저녁에는 만나자는 연락이 없으려나 했는데, 아니나 다를까 기다리던 전화가 울리기 시작했다.

지수는 전화가 끊길세라 휴대전화를 꼭 움켜쥐고는 주은에게 잘 들어가라며 서둘러 인사를 건넸다.

"주은 씨, 그럼 조심해서 가."

호텔 앞에서 주은을 먼저 보내고 지수는 그의 전화를 받았다.

"정말 완전 집착하는 거 알아요?"

대뜸 묻는 말에 휴대전화 너머에서 유쾌한 웃음소리가 들려왔다.

– 내가?

"그럼 다른 사람인가?"

– 자꾸 그러면 집착의 끝을 보여 주는 수가 있어?

낮게 가라앉은 목소리가 정말 무섭다. 이 남자 한다면 정말

할 것 같다.

"이렇게."

시커먼 형체가 갑자기 지수의 눈앞에 나타났다.

"아, 깜짝이야."

그는 회색 트레이닝복 위에 벤치 패딩 코트를 입고, 검은 모자를 눌러쓴 뒤, 거기에 패딩 코트에 달린 후드까지 뒤집어써서 얼굴 확인이 어려울 정도였다.

지수는 고개를 갸우뚱 기울이며 그의 얼굴을 확인하려 애썼다.

"복장이 왜 이래요?"

"퇴근하는 이지수 기다리다 보니까. 가자, 춥다."

그가 지수의 어깨를 끌어당겨 안으며 걸음을 재촉했다.

"지금 퇴근하는 직원들 있을 텐데, 들키면 어쩌려고."

"걱정 마. 이렇게 가렸는데 난 줄 어떻게 알아."

밤이 어두웠다. 일부러 가까이 가서 그의 얼굴을 확인하는 게 아닌 이상, 누군지 알아보는 것은 사실상 불가능해 보이기는 했다.

"근데 이러고 어디 가요?"

"이지수 집에 데려다주러."

"어떻게요? 차는?"

"저 앞에 세워 뒀어. 좀만 걷자."

그는 춥다면서 지수의 어깨를 더욱 바짝 끌어당겼다.

"온종일 떡 된 소감이 어땠어?"

이거 뭔가 굉장히 야한 질문인 것 같은 느낌인데?

뭔 소린가 싶어서 지수는 모자 때문에 그늘진 얼굴을 빤히 올려다보았다.

"종일 그림의 떡이었잖아."

"내가?"

"그래, 네가. 옆에 있는데 손도 못 잡고, 안지도 못하고, 키스도 못 하고. 죽는 줄 알았네."

그가 얼굴을 구기며 상당히 곤란했다는 듯이 한숨을 내쉬었다.

"그래서 이렇게 변장하고 달려왔어요?"

"누가 변장을 했다고 그래, 추워서 이렇게 입은 거지."

직원들 눈에 띄는 게 그도 신경이 쓰이기는 할 테지. 지수는 팔을 뻗어 그의 허리에 둘렀다.

"이제 좀 따뜻한 것 같네."

그가 기분 좋게 웃으며 지수의 이마에 입을 맞추었다.

"근데 그 무서운 애는 왜 계속 달고 다녀?"

"저한테 일 배우고 싶다는데, 가르쳐 줘야죠."

"호텔 들어온 지 얼마나 됐다고 누굴 가르쳐?"

정색하는 말투가 분명 놀리는 투였다.

"앞으로 부르면 나 안 가요?"

지수는 앙칼진 목소리로 으름장을 놓으며 토라진 척했다.

"무섭게 왜 이래."

그러자 그가 지수의 어깨를 제 품으로 더 꼭 끌어안으며 몸을 부르르 떠는 시늉을 했다. 불현듯 그가 몸을 떠는 시늉을 과장되게 하는 모습에 주은이 떠올랐다. 대표가 자신을 오해하고 있을지도 모른다는 사실에 전전긍긍하며 금방이라도 오열할 듯 떨던 모습이 눈 앞에 아른거렸다.

"그거 오해래요."

대뜸 던진 말에 무슨 오해를 말하는 것이냐는 듯 그가 고개를 비스듬히 기울여 지수의 얼굴을 응시했다. 어둠 속에서도 그의 눈빛은 언제나처럼 다정하게 빛났다.

새삼 이 남자가 원래부터 이렇게 다정했나 싶은 생각이 들었다. 처음 만났을 때는 분명 오만방자한 남자였는데, 어느샌가부터 이렇게 달콤한 눈빛을 하고 있었다.

지수는 분명 학창 시절에 모든 이에게 오만방자했을 그의 모습을 떠올리며 입을 열었다. 가엾은 주은의 누명을 벗겨 주고 싶은 마음에 최대한 안쓰럽다는 목소리를 냈다.

"직접 갈아 만든 주스, 사물함에 넣어 두려고 했는데 너무 떨려서 실수로 엎었대요. 교복 셔츠 빨아 주려고 하다가 걸린 거랬어요."

"아, 그래?"

별 감흥 없는 되물음이었다. 누군지 묻지도 않는 걸 보니 지수가 하는 말에 별로 관심이 없는 건지, 아니면 그런 변명 따위 믿지 않겠다는 결연한 의지를 드러내는 것인지 헷갈렸다.

지수가 부연 설명을 하려던 참이었다.

"이 대리님?"

등줄기가 오싹할 정도로 낭랑한 목소리가 뒤에서 들려왔다. 목소리의 주인공은 바로 전에까지 지수가 누명을 벗겨 주려고 역성을 들어 주던 주은이었다.

'이 대리 아닙니다!' 하고 도망가야 하나?

호랑이도 제 말 하면 온다더니, 애는 정말 스토커 호랑이 수준이다!

"어? 주은 씨."

지수는 그의 허리를 감고 있던 팔을 풀어내며 '여기서 또 마주치다니, 뜻밖인데?' 하고 놀랐다는 듯한 목소리로 대꾸했다.

절대 뒤돌아보지 마요!

지수는 그에게 무언의 압박이 실린 눈빛을 한 번 보낸 뒤, 환한 미소를 머금은 채로 주은에게 돌아섰다.

"어, 주은 씨. 아까 간 거 아니었어?"

"사무실에 핸드폰 놓고 온 줄 알고 돌아가다가 엄마가 전화하셔서 가방에서 찾았거든요. 그래서."

다시 들어갔다가 나오는 길이라고 설명하는 주은의 눈길이 계속 우석의 등을 관찰했다.

마치 외계 생명체를 보는 듯 신기하게 바라보는 눈빛이 미묘했다. 얼른 작별 인사를 하고 돌아서야겠다 싶어서 입을 열었다.

"그래, 주은 씨, 그럼 조심."

해서 들어가라고 말하려고 했다.

그런데 그 순간.

"선배……님?"

10년 짝사랑의 관찰력은 개에게서 조건에 의한 반응을 관찰해 냈던 파블로프와 견줄 만했다. 꽁꽁 싸맸는데도 불구하고 얼굴도 확인하지 않고서 주은이 그를 알아차리고 말았다.

"맞네, 맞죠? 선배님 이런 복장이신 거 처음 봐요."

그래서 그렇게 신기하게 봤구나.

아니, 지금 이런 거 깨달을 때가 아니잖아!

우리 뭐 했지, 내가 이 남자 허리 안고, 이 남자가 내 어깨 안고. 막 뽀뽀도 했나? 내 이마에?

동공이 마구잡이로 흔들렸다. 등줄기를 타고 식은땀이 주룩 흘러내렸다. 갑자기 한기가 들고 손끝이 저릿한 정도로 긴장되었다.

주은은 고개를 끄덕거리며, 체념했다는 듯이, 혹은 다 알고 있었다는 듯이, 그것도 아니라면 해탈한 듯이 읊조렸다.

"어쩐지 선배님께서 대리님 보는 시선이……."

곧 울음을 터뜨릴 것 같아서 어떻게 달래 줘야 하나 난감할 정도였다. 둘이 찰싹 달라붙어서 연애질 신나게 하다가 대놓고 들킨 마당에 아니라고 발뺌을 할 수도 없는 노릇이었다.

그러니까 회사 앞에서 이런 식으로 붙어 있으면 안 되는 거였다. 아니, 지수도 처음에는 못 알아볼 정도로 꽁꽁 싸맨 남자를 뒷모습만 보고 알아차리다니, 얘가 정말 무서운 거다.

아, 어느 장단에 맞춰 줘야 하는 건지 헷갈린다.

지수가 뭐라 변명이라도 하려고 입을 떼려던 순간이었다.

주은이 결연한 눈빛을 빛내며, 굳은 결심을 이야기하듯 단언했다.

"괜찮아요. 저는 대리님이라면 선배님 보내 드릴 수 있어요."

그 순간 그가 돌아섰다. 더는 못 들어 주겠다는 듯이 어이없다는 얼굴을 한 그가 입을 열었다.

"누굴 보내 줘? 언제 내가 그쪽에 있었어?"

딱딱한 물음에 지수는 나무라듯 그를 쏘아보았다. 아니나 다를까, 주은이 얼굴이 새빨개진 채로 당황해서는 횡설수설했다.

"아, 그런 뜻이 아니고요. 저는 정말…… 그러니까…… 제가 좋아하는 두 분이 만나셔서 정말 좋다는…… 그러니까."

급기야 주은이 울먹이기 시작했다. 지수는 우석을 향해 눈살을 한 번 찌푸리고는 주은의 곁으로 다가섰다.

"주은 씨, 미안해. 내가……."

지수가 사실 이야기를 할 수가 없었노라고 덧붙이려고 했는데, 주은이 더 빨랐다.

"아녜요, 대리님! 저 같아도 말 못 해요."

고개를 세차게 흔들며 주은은 지수의 역성을 들었다. 그러고는 다시 한 번 강조하듯 말했다.

"맞아요! 말 못 해요. 정말 미안해하지 마세요. 그리고."

주은이 또 울먹인다. 이번에는 말을 마치고 나면 울음을 빵 터뜨릴 것 같은 분위기다.

"에가 이향한 호문에 휩흘릴까 바 힌경허 두혔하나여!"

예상과 달리 주은은 말을 채 내뱉기도 전에 울음을 빵 터뜨렸다.

"뭐라는 거야?"

그가 혼잣말처럼 읊조렸다. 울음 섞인 주은의 말을 해석해 보자면,

'제가 이상한 소문에 휩쓸릴까 봐 신경 써 주셨잖아요!'

그래서 눈물이 앞을 가릴 정도로 고맙다는 뜻인 듯했다.

따지고 보면 지금 지수가 주은의 사수였다. 원래 사수가 까면 그 윗선에서는 못 까는 법이다. 내 새끼는 내가 지켜야지. 그리고 사수가 뒤집어쓰면 내 새끼는 안전하다. 내 새끼는 내가 지켜야지, 암.

그리 오래 함께한 건 아니지만 인연에 대한 책임감이 강한 편인 지수는 주은을 아껴 주었다.

"그래, 무슨 말인지 알겠어. 울지 마."

지수가 눈물을 뚝뚝 흘리고 있는 주은의 등을 쓸어내려 주며 달래느라 애썼다.

주은은 아무래도 지금 10년 짝사랑과 이별을 하는 중인가 보다. 그렇게 생각하니 짠하고, 안쓰러운데, 10년 동안 시달렸다며 혀를 내두르는 남자를 보니 뭔가 무섭기도 하다.

"밥이나 먹자."

내내 불퉁스럽게 서 있던 남자의 입에서 의외의 말이 툭 튀어나왔다. 지수와 주은의 시선이 동시에 우석에게로 향했다. 승강이가 더 있을 줄 알았는데, 밥을 먹으러 가잔다.

"배 안 고파? 밥이나 먹으러 가자고."

그러고 보니 늦은 퇴근에 아직 저녁 식사도 하지 못한 탓에 배가 고프기는 했다. 지수와 주은은 그저 홀린 듯 고개를 끄덕거렸다.

그가 두 사람을 이끈 곳은 조용한 일식 레스토랑이었다. 그는 주문을 마치자마자 잠시 통화를 해야 한다며 자리를 비웠다.

진짜 볼일이 있어서 나간 건지, 일부러 둘이 이야기할 수 있는 자리를 마련해 준 건지 모르겠다. 제멋대로인 것처럼 보이지만, 늘 지수를 배려하는 그의 성정을 고려하면, 후자가 맞는 것 같았다.

"대리님, 선배님 오시기 전에 여쭤볼 게 있어요."

얘 또 무섭도록 결연하다.

지수는 당황하지 않은 척 평정을 유지하려 애쓰며 되물었다.

"뭔데?"

"저, 그거요. 대리님이 오 과장 잡으려고 하는 거요. 물론 제 걱정도 되시고, 대리님이 그런 데 얽히는 거 싫으셔서 그런 것도 있지만요."

간신히 달래 놓았더니 주은이 또다시 울먹이기 시작했다. 툭 건드리면 폭풍 눈물을 와락 쏟아 낼 분위기다.

"어, 주은 씨. 울지 말고 얘기해."

지수는 어린아이를 어르고 달래듯 상냥한 목소리로 주은을 대했다.

"선배님이 해 입으실까 봐, 나서신 거죠?"

지수는 긍정도 부정도 하지 않고 그저 가만히 주은을 응시했다.

"저는 진짜 대리님한테 안 되겠네요. 저는 대리님처럼 못 나설 것 같아요. 아마 선배님한테 일러바치고, 그 뒤로 숨었을 거예요."

급기야 콧물까지 훌쩍이며 주은이 말을 이었다.

"선배님은 모르시는 거죠? 대리님이 이러시는 거."

대답 대신 고개를 가만히 끄덕여 주자, 주은이 또다시 울음을 와앙! 하고 터뜨릴 것처럼 시동을 걸려고 했다.

아냐, 아냐! 제발 울지 마!

"아까 그 주스, 사물함 이야기하면서 제 오해도 풀어 주시려고 한 거죠?"

그걸 또 뒤에서 다 듣고 있었니? 얘를 진짜 무섭다고 해야 하는 건지······.

이럴 때 보면 오 과장이 사람 보는 눈은 있는 건가 싶다. 주은은 무섭다기보다 정말 순해 빠졌다.

어떻게 자기를 속이고 뒤통수를 칠 수 있느냐며 따질 수도 있고 일부러 악의적인 소문을 내고 다닐 수도 있는데, 주은은 끊임없이 지수의 역성을 들어 주려고 애썼다.

"진짜 대리님은요. 전쟁터에서 포로로 잡혀 갔는데 적국에서 만난 인류애 넘치는 수장, 그거슨 대리님."

얘 울면서 랩 하는 재주도 있다.

참으로 신기한 애야. 한 맺힌 랩도 가능한 걸 보니, 다음번 쇼미더머니 참가신청서를 꼭 내 줘야겠어. 아니, 이런 거 지금 깨달을 때가 아니라.

순한 애라는 말은 취소다. 주은은 자신만의 코스모스를 이루고 있는 범은하적 존재인 듯했다. 쉽게 말해 4차원이라는 뜻이다.

지수는 냅킨 몇 장을 집어서 주은에게 건네며 입을 열었다.

"미안해. 말 못 해서. 그 주은 씨 선배님이랑은 나도 만난 지 얼마 안 돼서 누구한테 말하고 그럴 정도는 아니라."

"근데 선배님 생각하셔서 그렇게 움직이시는 거예요?"

"아니, 그건 오 과장이 하는 짓이 괘씸하기도 하고."

"그건 그렇지만."

이건 마치 뫼비우스의 띠 위를 걷고 있는 기분이다. 울음을 그치게 하려고 하면 할수록 했던 얘기를 또 하고, 다시 하고, 계속하고.

"저는 다 이해해요, 대리님."

"그럼, 고맙고."

잠시 침묵이 내려앉은 사이 그가 식사실 문을 열고 들어왔다. 그는 눈이 새빨개질 정도로 운 주은을 보고 흠칫 놀란 얼굴을 했다.

"부하 직원을 얼마나 갈궜으면 이렇게 울어?"

얄밉게 장난을 치는 걸 보니 그도 주은에 대한 경계심을 좀 풀었나 보다.

"갈구지는 않았고요."

주은은 그 와중에 또박또박 대답도 잘한다.

"대리님이 자꾸 저를 감동시켜서."

"일단 먹자, 주은 씨."

그는 웃음을 참지 못하겠다는 표정으로 지수와 주은을 번갈아 보았다.

"무슨 감동을 그렇게 줘? 이지수 나한테는 감동 같은 거 허락 안 하는 여잔데?"

"감동을 왜 허락을 받아요. 그냥 이 대리님 존재 자체가 감동인 건데!"

너 참, 듣는 이 모두를 당황케 하는 비상한 화법을 가졌구나.

누가 귓불에 불이라도 붙인 양 홧홧 달아오르는 게 느껴졌다.

"그런가? 존재 자체가 감동인 건가."

그렇게 말한 그가 지수를 빤히 바라보았다. 검고 투명한 눈동자가 지수를 더듬어 보았다.

마치 주은은 자리에 없는 것처럼 그의 시선은 솔직하고 노골적이며 외설적이었다. 지수는 저도 모르게 민망해져서 먼저 시선을 돌려 버렸다.

식사가 끝나고 난 뒤, 주은은 택시를 타고 집으로 돌아갔고 지수는 당연히 그의 차에 올랐다.

"분발해야겠어. 이러다 뺏기겠는데?"

식사 내내 주은이 우러르는 시선으로 그를 바라보는 듯했다.

"누가 쉽게 뺏긴대요?"

또 놀리려고 드는 것 같은데, 이번에는 은근히 기분이 나빠서 발끈한 지수의 목소리가 튀어 올랐다.

아무리 어리숙해도 후배한테 연애 상대를 뺏길 정도로 멍청하지는 않았다. 그런데 그가 못 말리겠다는 듯이 웃으며 입을 열었다.

"나 말고, 너."

장난스러운 그의 대꾸에 지수가 사태 파악을 하지 못하고 잠시 멍한 표정을 지었다.

"존재 자체가 감동이라잖아. 우리 이지수 좀도둑이 훔쳐 가면 어쩌나."

그러면서 그는 차 앞 유리창을 가만히 응시했다.

"누가 할 말을 감히 지가 해."

그는 혼잣말인 것처럼 조용히 읊조리고는 시동을 걸었다. 심장이 두근두근 뛰었다. 지금 눈앞에도 없는 주은을 나무라는 듯한 그의 목소리는 진중하기만 했다.

내 존재 자체가 당신한테 감동이야?

정확히 따져 묻고 싶었지만, 감정의 여운을 길게 즐기고 싶은 생각에 지수는 입을 꾹 다물었다.

잠시간의 침묵이 흘렀다. 그도 그 여운을 즐기는지 쉽사리 입을 열지 않더니만, 낮고 매혹적인 목소리로 시보를 대신하듯 시간을 알려 왔다.

"아직 9신데."

그의 목소리가 미세한 열기를 품고 낮게 떨렸다. 그가 지금 시각을 들먹이는 이유가 단지 물리적인 시간 확인을 위한 것이 아님을 지수도 깨달았다.

그런데 어쩐지 순순히 넘어가고 싶지 않은 생각이 들었다. 그가 안달 내고 긴장하는 모습을 보는 게 좋았다.

"늦었네요. 9시면."

지수는 일부러 튕기는 척 대꾸했다.

"1시간만 더 같이 있자."

마침 신호 대기에 차가 멈춰 섰고, 그가 조수석 쪽으로 고개를 돌리며 말했다. 이렇게 빨리 단도직입적으로 나올 줄은 몰랐다.

"1시간이면 돼요?"

그럴 의도는 아니었는데, 다소 도발적인 말투가 튀어나왔다.

"안 될 것 같은데…… 노력해 볼게."

그의 목소리는 낮고 음험했다.

"그래요, 그럼."

대답하는 지수의 목소리도 요염하게 떨리기는 마찬가지였다.

말이 떨어짐과 동시에 차가 출발했다. 그는 평소보다 다소 거칠게 그의 아파트로 차를 몰았다.

목적지에 도착해 차에서 내린 그는 누군가에게 쫓기듯 지수의 손을 잡고 다급하게 움직였다.

고층에 올라가 있는 두 대의 엘리베이터를 바라보며, 그의 입에서 욕 비슷한 말도 튀어나왔다.

그런 말도 할 줄 아느냐고 묻고 싶었지만, 그러면 또 그를 자극하게 될 것 같아서 참았다.

지금 그가 이렇게 폭주하는 모습으로도 심장은 충분히 떨리니까.

엘리베이터가 도착하자 그는 지수의 어깨를 당겨 안으며 급하게 발걸음을 옮겼다.

지하 3층에서 엘리베이터에 올라탄 그들은 누가 먼저랄 것도 없이 서로의 입술을 다급하게 집어삼켰다. 밀폐된 좁은 공간의 공기가 농밀하게 차오르는 게 느껴졌다.

그는 지수를 엘리베이터 벽으로 밀어붙였고, 지수는 등 뒤로는 차가운 엘리베이터 벽을 느끼며 그의 품에 안겨 숨이 막힐 듯 관능적인 키스에 빠져들었다.

심장이 터질 듯 두근거렸고, 이곳이 어딘지 구분이 되지 않을 정도로 정신이 혼미해지기 시작했다.

지수가 그의 목에 매달리듯 안겨서 여린 신음을 내뱉으려던 순간, 엘리베이터가 멈춰 섰다. 두 사람은 아무 일도 없다는 듯이 거리를 벌리고 떨어져 섰다.

1층에서 엘리베이터에 올라탄 중년의 아주머니는 상기된 얼굴로 타인인 척 서 있는 두 사람을 번갈아 보았다.

이 분위기가 뭔지 알지만, 굳이 아는 체하지는 않겠다는 표정이었다. 뭐 여기서 굳이 모르는 사람이 둘이 뭐 했느냐고 묻는 것도 우습기는 하다.

아주머니는 두 사람의 앞에 서 계셨고, 엘리베이터 문 맞은편 벽에 딱 붙어선 두 사람은 터져 나오려는 웃음을 참으려 애썼다.

민망하기도 하고, 우습기도 하고, 당황스럽기도 하고, 재미있기도 했다.

커다란 손이 스커트 옆선에서 꼼지락거리는 손을 슬며시 잡았다. 손가락 하나하나를 얽은 그는 손바닥이 밀착되도록 지수의 손을 꽉 잡았다.

그의 악력에서 집요한 정염과 애틋한 조바심이 느껴지는 듯해서 심장이 더욱 빠르게 뛰었다.

아주머니는 그의 집 바로 아래층에서 내리며, 혼잣말처럼 읊조렸다.

"입술이나 좀 닦지."

엘리베이터 문이 닫힘과 동시에 두 사람은 서로를 마주 보았다. 시치미를 뚝 떼고 모른 척할 줄만 알았지, 서로의 입술이 지수의 립스틱으로 인해 붉게 번져 있는 것을 미처 깨닫지 못했다.

입술을 닦을 겨를도 없이, 엘리베이터가 그의 집 앞에서 멈춰 섰다. 우석은 지수의 손을 꼭 맞잡은 채로 서둘러 엘리베이터에서 내렸다. 도어록에 지문을 인식하는 시간조차 길게 느껴졌다. 마침내 도어록 잠금이 해제되는 소리가 들려오자 심장이 쿵쿵 널을 뛰었다.

그의 집에 들어서자 익숙하고 시원한 향기가 폐부 깊숙이 닿았다.

심장은 뜨겁게 달궈져서 미치도록 떨리는데, 머리는 차갑게 식어서 정신이 또렷해졌다. 그래서 그런지 뒤에 서 있는 남자의 숨소리가 더욱 분명하게 귓가에 울렸다.

마치 지금 이 순간, 아주 사소하고 하찮은 그의 움직임까지도 모조리 기억하겠다는 듯 머릿속은 점점 더 선명해졌다.

등 뒤에 선 그가 지수의 어깨 위로 고개를 기울이는가 싶더니, 뜨거운 입술이 지수의 목덜미에 닿았다. 부드럽게 빨아들이는 입맞춤에 지수는 고개를 뒤로 젖히며 가볍게 신음을 흘렸다.

"으음."

뒤로 손을 뻗어 그의 목덜미를 감싸 안았다. 그는 지수의 목 안쪽에 코를 묻은 채로 깊게 숨을 들이마셨다.

허리를 감싸 안는 듯했던 그의 손이 지수의 재킷을 벗겼다. 이제는 익숙해졌다는 듯이 그는 능숙하게 블라우스 단추를 풀고는 브래지어 끈과 함께 끌어 내렸다.

뽀얀 젖무덤과 함께 발딱 선 유두가 차가운 공기와 맞닿았다. 아직 구두도 벗기 전에 옷은 하나둘 바닥에 떨어졌다.

"하아."

긴장감 어린 한숨이 저절로 흘러나왔다. 제 가슴이 크게 들썩이는 것을 내려다보는데, 그의 손길이 스커트 지퍼를 끌어 내리는 소리가 들려왔다. 골반 근처에 오스스 소름이 돋아났다.

그는 스커트 허리춤에 손바닥을 밀어 넣었다. 골반 라인을 따라 허벅지를 쓸어내리는 손길에 스커트가 따라 내려갔다.

마침내 스커트 자락이 바닥으로 툭 떨어졌을 때, 발이 허공으로 붕 떠올랐다. 지수가 발을 털어 내자 현관 대리석 바닥 위로 하이힐이 나동그라졌다.

그는 지수의 이마에 다정하게 입을 맞추며 성큼성큼 발을 옮겼다.

방까지 갈 만한 시간도, 여유도, 정신도 없었다. 두 사람은 소파 위에 뒤엉키듯 몸을 눕혔다.

"으음."

마침내 입술이 닿았다. 시작과 끝을 알 수 없을 정도로 깊고 아찔한 입맞춤이 계속되었다.

숨을 끊어질 듯 헐떡이면 어느새 입술이 멀어졌고, 허전함을 미처 느끼기 전에 다시금 맞물렸다. 혀의 돌기가 거칠게 비벼졌다. 입술에 느껴지는 압박에 미련한 통증도 일었다. 너무 깊게 입을 맞추느라 서로의 치아가 부딪치기까지 했다.

그는 입술을 떼어 내지 않은 채로 옷을 벗어서 소파 아래로 던졌다. 지수는 그가 수월하게 옷을 벗을 수 있도록 드레스셔츠 단추를 풀고, 벨트 버클을 끌러 냈다.

그의 바지 지퍼를 내리는데, 이미 잔뜩 성이 나 있는 그의 분신이 손끝을 스치자 소름이 쫙 돋아났다.

그저 손에 닿기만 했는데도 불구하고, 뭉툭하게 질구를 자극하는 선단이 느껴지는 것만 같았다.

불을 켜지 않은 탓에 그의 아파트 거실은 칠흑처럼 어두웠다. 그 어둡고 적막한 공간을 거친 숨소리가 지배했다.

마침내 옷을 전부 벗은 그가 전라의 몸을 지수에게 겹쳐 왔다. 말랑말랑하고 부드러운 살갗에 그의 단단한 근육이 와닿은 것만으로 전율이 흘러서 지수는 밭은 신음을 내뱉었다.

"하응."

그가 지수의 입술에 가볍게 입을 맞추고는 제 분신을 손에 쥐었다. 핏줄이 도드라진 그의 페니스는 평소보다도 훨씬 부풀어 있는 듯했다. 어두운데도 불구하고 그의 모습은 충분히 압도적이었다.

지수는 홀린 듯 그의 물건을 내려다보았다. 그는 뿌리부터 천천히 한 번 훑어 올리며 신음을 내뱉었다.

"하아."

그의 외설적인 모습을 지수는 관능적인 시선으로 바라보았다. 그러자 그가 낮게 성긴 목소리로 느른하게 말했다.

"너무 오래 참아서, 바로 넣어야 할 것 같은데."

이미 엉덩이골을 타고 애액이 흘러내리는 게 느껴졌다.

지수는 괜찮다는 듯이 양손으로 그의 목덜미를 부드럽게 감쌌다. 그러자 그가 한숨을 몰아쉬며 뭉툭한 선단을 질구에 비벼 댔다.

"으응."

묵직한 접촉만으로 신음이 흘러나왔다. 애액이 흐르는 입구를 비벼 대는 질척이는 소리가 청각을 자극했다. 지수는 밭은 숨을 몰아쉬며 그의 목을 감싼 손을 움직여 단단한 어깨를 어루만졌다.

"흐웃."

충분히 젖었다고 생각했는데, 단번에 몸을 꿰뚫고 들어오는 부피감에 숨이 턱 막혀 왔다. 배 속 깊숙이 꿰뚫고 들어온 그는 전조조차 보이지 않고 단번에 몸을 빼냈다가 다시 깊게 박아 넣었다.

몸이 치받아 올라갔고, 그새 등줄기에서 흐른 땀으로 살갗이 소파 가죽에 달라붙어서 함께 쓸려 올라갔다.

"아아."

젖은 등이 가죽 소파에 달라붙었다가 떨어지는 느낌이 생경했다. 지수는 위로 더 밀려 올라가지 않기 위해 소파 등받이 오른손으로 가죽을 꽉 움켜잡았다. 그는 여느 때와는 다르게 급하게 허리를 놀렸다.

"아응, 하앗. 으으응. 으윽. 아!"

지수는 끊임없이 신음을 내뱉으며 그의 허리에 다리를 감아 올렸다. 그러자 배 쪽으로 올라오던 그가 등허리 쪽으로 깊게 찌르는 느낌이 났다. 몸속 구석구석을 그가 훑고 찌르고 맛보고 있었다.

그는 곧고 단단한 시선으로 지수를 응시한 채로 턱을 굳혔다. 지수의 왼손이 닿은 그의 어깨와 목덜미에서 땀이 배어났다.

"으음."

그도 못 참겠다는 듯이 신음성을 집어삼키며 허리를 추어올렸다. 질퍽거리는 소리가 더해질 때마다 그의 묵직한 고환이 질구 아래를 자극했다. 애액으로 젖은 살에 부딪치는 소음은 퍽 야했다.

"하앙. 으읏."

그가 몸을 뒤채며 움직일 때마다 경이로운 감탄이 흘러나왔다. 타인이었던 두 사람의 결합이 신비롭다 느껴질 정도로 가슴이 벅차올랐다. 두 사람의 몸이 하나의 심장이 되어 빠르게 내달리고 있었다.

지수는 소파를 잡고 있던 손을 뻗어 그의 목을 와락 끌어안았다. 그는 소파를 짚고 있던 팔로 지수의 등허리를 감싸 안았다.

지수의 몸이 그의 몸에 매달린 채로 사정없이 흔들렸다. 더는 깊게 닿을 수 없는 곳에서 서로의 존재가 선연했다.

만난 지 겨우 한 달여 되는 시간이 지났는데, 이렇게 깊게 빠져들 수 있느냐며 묻는 사람이 있다면.

시간은 인간이 정해 놓은 물리적 영역이고, 사랑은 신이 인간에게 허락한 무한의 감동이라고 대답할 수 있을 것만 같았다.

7화 - 우린 아직 준비가 안 된 거야

점심 식사를 마치고 짬을 내어 오랜만에 호텔 주변을 산책했다. 매일 껌딱지처럼 따라다니던 주은이 독감에 걸려 벌써 사흘째 회사에 나오지 못하고 있었다.

옆에서 계속 달라붙어 있던 사람이 없으니 허전하기도 하고, 과한 찬양으로 사람 부담스럽게 하던 소리 안 들으니 편한 것 같기도 하고. 든 자리는 몰라도 난 자리는 표가 난다는 말을 지수는 주은을 통해 실감하는 중이었다.

한동안 눈비가 계속 오다가 날씨가 풀린 덕에 오랜만에 시리도록 선명한 푸른 하늘을 볼 수 있었다. 눈비로 씻긴 대기가 쾌청했고, 햇볕도 따스했다. 서늘한 바람이 불어와 머릿속까지 파고들 때면 추위보다는 상쾌한 기분을 만끽할 수 있었다.

시계를 보니 점심시간이 끝나기까지 15분이나 남아 있었다.

점심은 잘 먹었냐고 연락이나 해 볼까. 지수가 그에게 연락을 해 보기 위해 휴대전화를 찾으려 코트 주머니를 뒤적일 때였다.

예닐곱 살쯤 되어 보이는 여자아이가 오도카니 서서 호텔 메인동을 올려다보고 있는 모습이 눈에 들어왔다.

주위를 둘러보니 부모나 보호자로 보이는 어른의 흔적은 찾아볼 수 없었다. 지수는 조심스레 아이 곁으로 다가갔다. 길을 잃은 것치고 아이의 표정이 의연해서 지수는 조금 의아했다.

하지만 예닐곱 살밖에 되어 보이지 않는 아이가 홀로 호텔 정원에 있는 모습이 정상적인 모습은 아니었으므로, 지수는 조용히 목소리를 냈다. 지금 이 주변에서 아이에게 도움을 줄 수 있는 어른은 지수밖에 없었다. 어떤 이유에서건 호텔을 배회하는 어린아이를 외면하는 것은 호텔리어로서 직무 유기나 마찬가지였다.

"꼬마 아가씨, 길을 잃었나요?"

지수의 목소리를 듣고 흠칫 놀란 아이가 지수가 서 있는 쪽으로 천천히 고개를 돌렸다. 보호자도 없이 홀로 호텔 정원에 서 있는 아이의 시선에는 일말의 흔들림조차 없었고, 그저 무구한 얼굴이었다.

"안녕하세요? 이 호텔 직원인가요? 혹시 여기 인경개발 사옥이 어딘지 알아요?"

낭랑한 목소리로 건네는 인사와와 똑 부러지는 물음이 아이가 예사롭지 않다는 것을 알려 주었다. 아이는 지수가 자신에

게 도움을 줄 수 있는 사람이라는 것을 단번에 파악한 얼굴이
었다. 하대를 하지는 않았지만, 아이의 몸에 배어 있는 습관적
인 자세와 말투는 지배자가 피지배자에게 권력을 부릴 때의 것
과 비슷했다.

"인경개발 사옥 찾아가려고 왔어요?"

지수는 은은한 미소를 머금은 채로 되물었다.

"네, 거기 우리 가족이 일하고 있거든요. 꼭 전해 줄 말이 있
어서요."

아이는 정당한 이유가 있다는 듯이 대꾸했다. 아이가 '가족'
이라 말할 때는 선뜻 그 나이 또래다운 오기도 내비쳤다. 마치
가족이라는 사실을 강조하려는 것처럼 느껴졌다.

"전화로는 못 하는 이야긴가 봐요."

지수는 그럴 만한 사정이 있다는 것을 짐작하듯이 아이의 마
음이 상하지 않도록 상냥한 목소리로 말했다.

"내 전화를 안 받아요. 내 전화도 안 받고, 우리 엄마 전화도
안 받고, 우리 할아버지랑은 이야기를 좀 하는 것 같은데."

마치 중년 부인이 제 전화를 받지 않는 자식을 걱정하는 듯
한 투였다. 지수는 어른스럽게 굴려고 노력하는 아이와 눈높이
를 맞추기 위해 허리를 굽히며 물었다.

"엄마나 할아버지는 여기 와 있는 거 알아요?"

흔들림 없던 아이가 잠시 멈칫했다. 하지만 이내 아이는 자
신이 그런 질문에 대답해 줄 의무와 이유가 없다는 듯이 힘주
어 대꾸했다.

"지금 제가 원하는 건 인경개발 사옥으로 가는 거예요."

아이는 단호했다. 미간을 찌푸리며 눈을 가느스름하게 뜨고 목에 힘을 주는 모양새가 자신이 잘 아는 누군가와 닮은 것 같다는 착각도 일었다. 그러고는 귀찮은 말을 왜 여러 번 하게 만드냐는 듯이, 혹은 질문한 사람이 못 알아듣는 게 답답하다는 듯이 아이가 다소 짜증 섞인 목소리로 물었다.

"거기 내 가족이 있다는데 왜 다른 가족을 들먹이는 거예요? 내가 말하는 가족이 누군 줄 알고?"

확실히, 분명하고도 명백하게, 누군가와 닮았다.

지수가 안내할 기미를 보이지 않자 아이가 덧붙여 말했다.

"호텔 직원이면 손님이 물었을 때 안내해야 할 의무가 있는 거 아닌가요?"

고작해야 일곱 살쯤 되어 보이는 아이가 한심하다는 듯이 고개를 내저었다. 그 모습조차도 기시감이 일어서 지수는 입술을 가늘게 말아 물고는 아이를 바라보았다.

호텔 내 안내를 돕는 것은 당연하지만, 확인되지 않은 누군가의 가족이라 말하는 아이를 오닝 컴퍼니 사옥으로 안내해야 하나?

지수가 아무 말도 없이 아이를 바라보았다. 낯이 익은 게 착각이 아니라는 생각이 든 순간 아이는 하아, 하고 한숨을 내쉬더니 포기한 듯 물었다.

"……울면 데려다줄 거예요?"

아이가 최후의 방법이라는 듯이 눈을 부릅뜨고 시동을 걸려고 했다. 적재적소에서 자신이 원하는 것을 얻어 내는 것까지 닮았다. 기이할 정도로 닮았다.

"안내해 드리겠습니다. 손님."

지수는 손을 가지런히 모으고 고개를 살짝 숙이며 기꺼이 에스코트하겠노라 대꾸했다.

인경개발 사옥 앞에 다다랐을 때, 아이는 그간의 기세등등함은 온데간데없이 건물을 가만히 우러러보기만 했다. 아직 미취학 아동으로 보이는데, 세계 평화에 이바지하지 못하여 어깨에 벽돌 백 장씩을 쌓아 올리고 있는 것 같은 심오한 히어로의 얼굴을 하는지 의아할 정도였다.

"이곳이 인경개발 사옥입니다."

조용한 지수의 안내에 아이가 시선을 천천히 내렸다. 아이의 시선은 허공을 맴돌았다.

"고마워요."

아이가 이제 자신이 찾아보겠다는 듯 가 봐도 좋다며 고개를 한 번 주억거렸다. 그런데 그 모습이 어딘지 모르게 불안해 보였다. 아까 울면 데려다줄 거냐고 묻던 패기는 달아나고, 겁에 질린 아이가 그곳에 있었다.

이대로 두고 가면 안 될 것 같은데?

"찾으시는 분이 누구세요? 제가 안내해 드리겠습니다."

상냥하게 덧붙인 말에 아이가 어깨를 움찔했다. 아이의 시선은 붙박인 듯 유리문 너머를 향해 있었다.

지수는 아이의 시선이 향한 곳을 따라 사옥 유리문 안쪽을 바라보았다. 아이가 한숨을 훅 내쉬더니, 드디어 올 것이 왔다는 투로 말했다.

"저기 오네요. 제가 찾는 사람."

수행원을 대동하고 로비를 가로지르며 유리문을 향해 다가오는 이는 우석이었다.

아이가 깊게 숨을 들이마시며 긴장감이 역력한 목소리로 말했다. 나이에 어울리지 않았던 당당함과 지수를 당황케 했던 총명함은 진작 온데간데없이 사라진 뒤였다.

"저기요, 언니."

지배자를 흉내 내듯 굳은 얼굴로 제법 오만하게 굴 때는 언제고, 이제는 언니라고 부르며 지수의 손을 덥석 잡은 아이가 떨리는 목소리로 속삭였다.

"가지 말고요."

아이가 마른침을 꿀꺽 한 번 삼키며 당부하듯 지수를 올려다보았다. 지수는 무슨 말이든 들어 줄 용의가 있다는 뜻을 밝히듯 상냥하고 은은한 미소를 지으며 아이를 내려다보았다.

"멀리서 지켜보고 있다가 나 혼나는 것 같으면."

갑자기 아이의 목소리가 잦아들며, 손이 달달 떨렸다. 마침내 자동 유리문이 열리는 소리가 들려왔다.

그 소음에 지수와 아이의 시선이 자연스레 사옥 현관으로 향했다. 유리문을 나서다가 두 사람을 발견하고 우뚝 멈춰선 그는 지수의 얼굴 한 번, 그리고 아이의 얼굴을 한 번 번갈아 보았다.

"이건 무슨 조합이지?"

그가 한쪽 눈썹을 치뜨며 물었다. 지수가 뭐라 대꾸를 하려는데, 그가 수행원들을 무르며 차갑게 일갈했다.

"둘 다 따라와."

이제껏 우석이 지수에게 저렇게 차가운 얼굴을 보인 적은 없었다. 이토록 무섭게 얼굴을 굳히는 것은 처음 보았다. 아이의 손에서 땀이 배어나고 있었다. 아무렇지 않은 척 굴려고 안간힘을 쓰는 듯했지만, 아이는 곧 울음을 터뜨릴 것 같은 얼굴이었다.

그는 집무실 안으로 두 사람을 들인 뒤, 비서진에게 아무도 들여보내지 말라는 언질을 주고 문을 쾅 닫아 버렸다. 그는 무슨 말을 어떻게 꺼내야 할지 모르겠다는 황망한 얼굴로 지수를 바라보다가 이내 아이에게로 시선을 옮겼다.

"여긴 왜 왔어?"

그가 툭 내뱉은 아이를 향한 목소리가 제법 거칠었다. 아이는 여전히 겁먹은 얼굴로 지수의 손을 꼭 잡고 있었다.

이건 뭐하는 시추에이션?

그러니까 아이가 말한 가족이 예상했던 대로, 이상한 기시감 그대로.

연우석이었다는 뜻이다.

혹시 숨겨 둔 딸이야?

지수가 마주 선 그의 얼굴을 한 번, 그리고 제 손을 꼭 붙들고 울먹이는 아이를 한 번 번갈아 보았다. 아이가 이내 입을 벙

굿거리며 힘없이 대꾸했다.

"오빠 얼굴 보려고."

오빠? 아빠는 아니라 다행인 상황인 건가?

아니면 제 딸한테 밖에서는 아빠 말고, 오빠라고 부르라고
시켰나?

분명 우석은 무녀독남 외아들이었다. 그런데 여자아이가 그
를 오빠라고 부르며, 터져 나오려는 울음을 참으려 입술을 깨
물었다.

아, 뭐야? 진짜 아빤데 오빠고 뭐 그런 거야? 내가 처음이라
며! 이 남자가 진짜?

지수는 당황스럽다는 시선을 어찌하지 못하고 이리저리 굴
렸다. 그러자 그가 어깨가 들썩이도록 한숨을 내쉬고는 귀찮다
는 듯이 말했다.

"엄마 불러 줄게, 집에 가."

마치 집으로 찾아온 외판원에게 '안 사요.'라고 말하는 투와
비슷한 그저 성가시다는 투의 대꾸였다.

"오빠는?"

그런데 아이는 간절한 어투로 되물으며 그를 바라보았다.

"뭐?"

그가 얼굴을 찌푸리며 어이가 없다는 듯이 되물었다.

"오빠는 집에 왜 안 와?"

아이의 목소리에 울음기가 섞여 들기 시작했다. 아이는 그를
두려워하면서 그리워하는 듯했다. 사무치게 그리운데, 자신을

돌아봐 주지 않을까 봐 두려운 감정처럼 보였다.

"이제 나는 거기 안 살아. 그러니까 엄마랑 집에 가. 알겠어?"

아이의 설움이 곧 폭발할 것처럼 차올랐다는 것을 느꼈는지, 그가 이번에는 제법 미지근한 투로 말했다. 그렇다. 따뜻하지는 않았다. 타인에게도 베풀 수 있는 미적지근한 호의가 담긴 목소리였다.

그가 아이 엄마에게 전화를 걸려는지 휴대전화를 꺼내 들었다. 그와 동시에 집무실 문을 두드리는 소리가 들려왔다.

아무도 들이지 말란 말을 그르쳤다는 것은, 밖에 어쩌면…….

그가 짜증 섞인 얼굴로 성큼성큼 걸어와 집무실 중간에 어정쩡하게 서 있는 두 사람을 지나쳐 문가로 다가섰다. 대답도 없이 문을 벌컥 연 그는 화가 난 것처럼 보였다. 그는 밖에 서 있는 이의 얼굴을 확인하자마자 고개를 절레절레 내저었다.

그가 어이가 없다는 듯 한숨을 내쉬며 물었다.

"이제 애로 들이댑니까?"

"우리 우희 여기 있죠?"

칼칼하게 쉰 여자의 목소리가 들려왔다. 우석은 문가에서 비켜서며 여자에게 보시다시피 여기에 있다는 듯이 아이를 향해 고갯짓만 까딱했다.

"우희야!"

"엄마!"

지수의 손을 꼭 잡고 있던 아이가 맞잡았던 손을 뿌리치고 문가에 서 있는 제 엄마를 향해 달음질쳤다.

아니. 그러니까, 진짜 오빠야? 어떻게?

"혼자 여길 오면 어떡해! 어쩌려고 여길 혼자 와."

그리 말하는 여자의 목소리에 울음이 섞여 있었다. 혼은 내고 있지만, 아이의 속을 헤아리자 속상해서 견디기 힘들다는 투였다. 그런 두 사람의 모습을 여상하게 쳐다보며 그는 진부한 막장 신파 드라마를 보듯 한심하다는 표정을 지었다.

"애 혼낼 거면 집에 가서 하시죠?"

삐딱하게 서서 비스듬히 얼굴을 기울인 그가 두 모녀를 향해 딱딱하게 읊조렸다. 이렇게 삭막하게 구는 모습은 또 처음 봐서 지수의 속이 다 상할 지경이었다.

여자가 부드러운 손길로 가만히 아이를 보듬더니 아이를 향해 굽혔던 허리를 세웠다. 그제야 사무실 안에 서 있는 지수를 발견한 듯 빨갛게 충혈된 여자의 눈에 이채가 어렸다.

눈이 마주치자 여자가 가만히 묵례를 해 왔다. 지수 역시 고개를 살짝 숙이는 거로 인사를 대신했다.

낯이 익은 여자였다. 어디선가 본 듯한 기억이…….

지수는 불현듯 떠오른 그날 저녁 식사 자리를 되짚었다. 연인경 회장의 부름으로 그의 본가에서 저녁 식사를 하던 날, 나중에 모습을 보였던 여자였다.

저 여자가 등장하자마자 그는 못 볼 걸 봤다는 얼굴로 자리를 박차고 일어났다.

여자는 우석의 눈치를 보며 자신을 소개하는 것도 머뭇거렸다. 여자가 하는 모양새를 보니, 저쪽에서도 지수를 알아본 것 같았다.

"이제 애 찾았으면 가시죠? 애 하나만 보고 남겠다고 한 사람이 애가 혼자 돌아다니도록 내버려 뒤서야 되겠습니까?"

그의 목소리에 서슬 퍼런 날이 서 있었다. 그 칼날이 정확하게 모녀를 향해 있었다. 아슬아슬한 분위기 속에서 아이의 엄마는 죄인의 얼굴이 되어 그에게 고개를 숙였다.

저 아이가 오빠라고 불렀으니까, 그의 동생이 되는 거라면, 그럼 아이의 엄마인 저 여자는……. 새어머니?

그의 모친이 돌아가신 이후로 부친은 홀로 지내는 것으로 공식화되어 있었다.

"미안해요. 앞으로 이렇게 신경 쓰이게 하는 일 없도록 조심할게요."

여자는 허리를 깊이 숙여 인사를 하고는 억울함과 두려움에 울먹거리는 아이의 손을 잡고 집무실을 나섰다.

아이와 엄마가 사라지고 난 뒤, 집무실 안은 이루 말할 수 없이 어색한 적막에 휩싸였다. 그는 기분 나쁘게 들끓어 오른 감정을 삭이듯 연신 한숨을 내쉬었다. 하지만 들불에 바람을 불면 더 멀리 불길이 번지듯이 그의 화는 가라앉을 기미를 보이기는커녕 더욱 격앙되었다.

"그만 가 볼게요."

섣부른 위로의 말조차 전할 수 없는 분위기였다. 물어보고 싶은 것은 많았지만, 여기서 비겁하게 위안을 핑계 삼아 그의 화를 돋우는 일은 하고 싶지 않았다. 그는 지수의 얼굴도 보지 않은 채로 손을 휘휘 저었다. 차오른 감정이 힘에 겨운 나머지, 손을 휘젓는 것조차 버겁게 보일 정도였다.

공식적으로 드러나지 않은 가족이라면, 그에게는 치부와 같은 존재들일지도 모른다. 갑작스러운 순간에 나타나 지수의 눈에 보이고 말았으니 패닉 상태에 빠진 듯 보였다.

지수는 조용히 집무실에서 나왔다.

신경이 쓰여서 오후 내내 일에 집중할 수가 없었다. 퇴근 시간이 지나고 밤이 늦도록 그에게서는 연락이 오지 않았다.

먼저 전화를 해 볼까 싶다가도 그가 진정될 때까지 기다리는 편이 낫겠다는 생각에 휴대전화만 만지작거렸다.

결국 울리지 않는 휴대전화만 마르고 닳도록 매만지다가 밤을 하얗게 새우고 난 뒤 출근했다. 오늘쯤이면 좀 괜찮아졌으려나 싶었는데, 출근해서도 역시나 연락이 없다. 지수는 미동도 하지 않는 휴대전화만 하염없이 바라보았다.

퇴근 무렵, 겨우 하루 그와 연락이 닿지 않았는데 심장이 무겁게 가라앉은 듯했다. 주변 공기가 탁하게 응집해서 지수의 주변을 매캐하게 에워싸고 있는 듯한 착각이 일 정도였다. 차라리 앞으로 얼마 동안 피할 예정인지 묻고 싶은 심정이었다.

사무실을 나서는데, 복도를 스치고 가는 무리가 떠드는 소리가 귀에 들어왔다.

"그래서 애 데리고 온 여자가 대표 방으로 갔다고? 대표 애래?"

가십을 좇는 목소리와 말투는 거칠었다.

"몰라, 징그러워. 애도 숨겨 놨나 봐. 오늘 대표 출근도 안 했대."

숨이 턱 막혔다. 출근도 하지 못할 정도로 심각한 상황인가 싶어서 가슴이 답답했다.

그리운 마음에 지수는 어제 그의 모습을 가만히 떠올려 보았다. 생각해 보니, 그는 눈이 새빨갛게 충혈될 정도로 피로한 얼굴이었다. 그의 낮은 목소리가 어쩐지 더 차갑게 느껴졌던 건 평소보다 약간 쉬어 있어서 그런 것 같았다.

혹시, 아픈가?

갑자기 심장이 철렁 내려앉았다. 지수는 코트 주머니에서 얼른 휴대전화를 빼 들었다. 피로했던 그의 얼굴을 떠올린 순간부터 종일 망설인 게 어리석게 느껴졌다.

그에게 여러 번 전화를 걸어 보았지만, 받지 않았다. 발걸음이 빠르게 움직였다. 무작정 그에게 가 봐야겠다는 생각만 간절했다.

갑자기 어제 그렇게 집무실에서 나오는 게 아니었는데, 하는 후회도 밀려왔다. 아무것도 묻지 않더라도, 그를 가만히 한 번 안아 주고 나올 걸 그랬다는 생각도 들었다.

그의 집으로 향하는 길, 퇴근길 정체로 꽉 막힌 도로가 야속했다. 급하게 택시를 잡아탄 게 무색하리만큼 오래 걸려서 그의 아파트에 겨우 도착했을 때에는 심장이 떨어져 나갈 것처럼 불안하게 날뛰었다.

공동 현관에 서서 그의 집 호수를 눌렀다. 아무리 세대 호출을 눌러도 반응이 없어서 지수는 결국 경비실의 도움을 받아 그의 집 현관 앞에 도착할 수 있었다.

심장이 쿵쿵 뛰었다. 아픈 게 아니라 그냥 혼자 있고 싶은 건데, 무턱대고 찾아온 거면 어떡하나 싶은 생각이 이제야 들기 시작한다.

지수는 조심스레 초인종을 눌러 보았다. 그런데 마음 졸였던 게 무색하게 안에서는 아무런 기척도 들려오지 않았다.

한 번만 더 눌러 보고 가자.

지수가 다시 한 번 초인종을 누르려는데, 뒤에서 엘리베이터 도착음이 울리고 문이 열렸다.

존재를 확인하기도 전에 익숙하고 시원한 향기가 먼저 느껴졌다. 지수는 얼른 고개를 돌려 그의 얼굴을 바라보았다. 눈가에 갑작스럽게 습기가 이는 듯한 기분이 들었다. 겨우 하루 연락이 되지 않았던 것뿐인데, 눈시울이 젖어 들려고 했다.

"이지수?"

그의 목소리는 어제보다 더 깊이 가라앉아 있었다. 그는 뜻밖이라는 듯 웃었다. 그 미소에 울컥거리던 심장이 단숨에 잠잠해졌다.

"감기 걸렸어요?"

그는 가벼운 트레이닝복 차림이었고, 손에는 약봉지가 들려 있었다.

"요즘 좀 무리했더니, 몸살 왔나 봐."

지수는 깊게 한숨을 한 번 몰아쉬었다. 안도의 한숨이었다. 이걸 다행으로 여겨야 하는 건지 모르겠지만, 어젯밤 사이 그가 본가와의 골을 더 깊게 만든 것처럼 보이지는 않았다.

"걱정했잖아요. 종일 연락 없어서."

나무라듯 한 말에 그가 나른한 미소를 머금은 채로 눈을 가느스름하게 뜨며 대꾸했다.

"나는 언제쯤 이지수가 전화하려나 기다렸지? 꾀병 좀 부리려고."

그가 지수의 등허리를 부드럽게 감싸며 현관문을 열었다.

"나 없으면 어쩌려고 연락도 없이 왔어?"

"전화했는데, 안 받던데?"

"아, 핸드폰을 집에 두고 나왔나 보네."

그는 트레이닝복 주머니를 더듬거리고는, 더 진한 미소를 머금으며 덧붙였다.

"그래서 걱정했어?"

"안 했어요. 설마 재벌 3세 챙기는 사람 하나 없겠어요?"

지수는 뾰로통한 목소리로 받아쳤다. 어쩐지 오늘 종일 마음을 깎아 내며 걱정을 했던 게 억울해지려고 했다.

"그런데 왜 울 것 같은 얼굴이야?"

현관에 들어서자 그가 손가락으로 지수의 턱을 들어 올리며 물었다. 그의 말마따나 지수의 눈동자에 이미 눈물이 가득 고여 있었다.

왜 갑자기 이렇게 서러울까.

재벌 3세씩이나 되는 남자가 아픈데 챙겨 주는 사람도 없어서 혼자 약봉지 딸랑딸랑 들고 들어오는 모습에 괜히 화딱지가 났다. 지수는 약간의 신경질이 섞인 눈빛으로 그를 올려다보며 물었다.

"밥은 먹었어요?"

"대충."

"왜 대충 먹어요? 아픈데 제대로 챙겨 먹어야지."

신경질이 나는데, 눈물이 뺨을 타고 주르륵 흘러내렸다.

"작게 말해. 골 울려."

그는 눈살을 찌푸리면서도 입가에는 미소를 머금고 있었다.

"뭐 먹고 싶은 거 있어요? 가서 사 올까?"

"먹는 건 배달시키면 되고. 그거 말고."

"그거 말고, 뭐요?"

필요한 게 있으면 말하라는 듯이 지수가 코를 한 번 훌쩍이고는 다정한 시선으로 그를 올려다보았다.

"뭐든 다 들어줄 얼굴이네?"

쉿소리가 나는 그의 목소리 때문에 지수는 자신이 아픈 것처럼 느껴질 정도였다.

"말해 봐요. 뭐 필요해?"

거실로 들어서는 그의 뒤를 따라 집 안으로 들어온 지수는 이유 모를 삭막함에 몸을 떨었다.

이전에는 느끼지 못했는데, 깔끔하게 정리된 집 안에서는 사람의 온기가 느껴지지 않았다. 분명 실내는 적정 온도를 유지하고 있었고, 그가 내내 집에 있었는데도 말이다.

지수는 손을 뻗어 그의 이마를 짚어 보았다.

"열은 없네요, 다행히."

"응, 독감은 아니래."

"일단 앉아요. 뭐 필요한 거 있으면."

"지수야."

평소보다 훨씬 살가운 부름에 가슴이 녹아내리는 듯했다. 그가 약한 척을 하고 있는 건지, 어제 일로 약간 무너져 내린 것인지 분간이 되질 않았다.

"응?"

"욕조에 물 좀 받아 줘. 뜨거운 물에 몸 담그고 있고 싶어."

"알겠어요. 지금 바로 받을게."

지수는 침실에 달린 욕실 안에 들어가 욕조에 물을 받기 시작했다. 욕조는 두 사람이 들어가고도 남을 정도로 커다래서 괜한 상상에 귓불에 열이 올랐다.

아픈 사람 두고 무슨 생각을 하는 거냐.

푸른빛을 띠며 차오르는 뜨거운 물을 내려다보고 있는데, 뒤에서 기척이 느껴졌다.

"아직 멀었어?"

"거의 다……!"

그가 뒤에서 몸을 밀착시키며 욕조를 바라보고 서 있던 지수를 끌어안았다. 두꺼운 물이 떨어지는 소리는 요란했고, 욕실 안은 더운 습기가 밀도 높게 차오르고 있었다.

허리를 감싸 안은 그의 팔은 단단했다. 마치 꼼짝도 하지 말라는 듯이 그는 품 안에 지수를 가두었다. 그의 손이 스르륵 미끄러지는가 싶더니 지수의 블라우스 단추를 아래쪽부터 풀며 올라오기 시작했다.

지수는 가슴이 들썩이도록 크게 숨을 들이마셨다가 내쉬었다. 더운 공기 때문인지 가슴이 답답했다. 물이 쏟아지는 소리에 가려져 심장이 뛰는 소리는 들리지 않는 게 다행이라면 다행이었다.

"뭐 하는 거야, 뜨거운 물에 몸 담그고 싶다면서요."

지수는 그를 나무랐지만, 그의 손을 저지하지는 않았다. 블라우스가 벗겨졌다. 그는 지수의 목덜미에 부드럽게 입을 맞추며 속삭였다.

"혼자 들어간다고는 안 했는데."

감기 기운에 낮게 쉰 그의 목소리는 정염이 어려 더욱 야하게 들렸다. 게다가 그는 이미 욕실로 들어오기 전 탈의를 마친 전라의 상태였다.

"왜 이래, 아픈 사람이."

나무라는 지수의 목소리가 잦아들었다.

"누가 뭐 한대?"

그는 능청스럽게 대꾸하며 지수의 스커트 지퍼를 내렸다.

그래. 그쪽은 뭐 안 한다지만, 이쪽은 긴장된다고!

지수가 한숨을 몰아쉰 순간 스커트 자락이 바닥으로 툭 떨어졌다. 그 위에 속옷이 떨어져 내리자마자, 그가 지수를 가볍게 안아 들었다.

"욕조에 혼자 멍하니 앉아 있으면 얼마나 심심한지 알아?"

모른다. 홀로 욕조에 들어가서 입욕을 즐겼던 적이 단 한 번도 없었으니까.

"그럼 음악이나 라디오를 듣든지, 책이라도 봐요."

지수가 눈을 가늘게 뜨며 나무라듯 말했다.

"골 아프다니까. 욕실에서 음악 울리면 얼마나 시끄러운데. 그리고 젖은 손으로 무슨 책이야."

그는 아랑곳하지 않고 지수의 말에 요목조목 반박한 뒤 욕조 안으로 들어섰다. 찰박거리는 소리와 함께 두 사람의 몸이 물속에 잠겼다.

이럴 줄 알았으면 입욕제는 없는 거냐고 물어보는 거였는데, 환한 욕실, 새하얀 욕조 안을 가득 채운 투명한 물이 살갗을 훤히 비쳤다.

그는 지수의 뒤에 앉아서 지수를 감싸 안듯이 자리를 잡았다. 허리께에 닿은 그의 손이 물속에서 어른거렸다.

몸이 노곤하게 풀리는지 그가 '하아.' 하고 한숨을 내뱉는 소리가 들렸다. 한숨 소리에서조차 그의 목소리가 깊게 가라앉아 있음이 느껴졌다.

"언제부터 아팠어요?"

걱정스러운 마음에 심장이 아릿했다.

"글쎄."

그는 지수가 한 질문에는 별 관심이 없다는 듯이 얼버무렸다.

대충 대답하는 말투가 대답하기 싫은 건지, 귀찮은 건지, 아니면 정신이 다른 데 팔린 건지.

그의 입술이 지수의 목덜미에 가볍게 닿았다가 떨어졌다. 물기에 젖은 탓인지 촉 하는 소리가 무척 생경했다.

그는 따뜻한 물을 커다란 손으로 퍼 올려 지수의 어깨 위에 흘려보내며 물장난을 쳤다. 가느다란 물줄기가 어깨를 타고 내려와 가슴골 사이로 흘러내렸다. 목덜미에 입술을 묻고 있는 그의 시선이 물줄기를 따라 움직이는 게 느껴졌다.

그저 물속에 함께 들어앉아 있는 것일 뿐인데 몸이 움찔거릴 만큼 아찔했다.

"내일은 출근할 수 있겠어요?"

아픈 사람을 두고 성적 긴장감이 고조되고 있었다. 지수는 긴장감을 완화하려 화제를 돌릴 만한 질문을 꺼냈다.

"해야지."

여전히 그는 질문이 성가신 것인지, 귀찮은 것인지, 아니면 딴 데 정신이 팔린 것인지 알 수 없는 뉘앙스로 대꾸했다.

"그냥 감기 맞대요? 독감 검사해 봤어요?"

"어, 그거 되게 굴욕적이더라. 면봉으로 코를 푹 쑤시는데, 어우."

그는 아직도 코가 아픈 것 같다며 인상을 찌푸렸다.

"밥 먹고 약 먹어야겠다. 뭐 먹고 싶은 건 없어요?"

"말 좀 그만 시켜. 나 목 아파."

아프니까, 아픈 사람한테 이런 생각을 품으면 안 되니까, 아픈 사람이랑 그러면 안 되는 거니까. 그를 환자라 여기기 위해 던진 질문들을 더 이상 하지 못하게 막아 버리고 말았다.

이러면 곤란하다!

지수가 어쩔 줄을 모르고 욕실 대리석 벽에 붙은 물방울을 바라보고 있을 때였다. 그의 입술이 목덜미를 타고 조금씩 올라오는 게 느껴졌다. 귓바퀴에 평소보다 조금 더 체온이 높은 그의 숨결이 닿았다.

"쫑알쫑알 떠드는 입 막지도 못하는데. 내가 지금 그 입 얼마나 막고 싶은지 알아?"

아니, 질문도 못 하게 해 놓고선, 그게 입 막은 게 아니고 뭐지?

안다, 그 뜻이 아니라는 걸. 하지만 모르고 싶다.

그리고 안 그래도 등 뒤에서 부풀어 오른 그의 존재가 선명하게 느껴지는데, 자꾸 이렇게 꼬시면 진짜 아픈 사람 확 덮쳐 버릴지도 모른다.

물속에 잠긴 손끝이 파들파들 떨리는 듯한 착각이 일었다. 대꾸하는 목소리마저 떨릴 것 같아서 지수는 호흡을 한 번 가다듬고는 입을 열었다.

"그냥 하면 되지, 뭐."

아, 이게 아니었는데.

고민이 깊었던 나머지, 속마음이 툭 튀어나오고 말았다. 게다가 뜻하지 않게 너무 앙탈을 부리는 말투가 흘러나와서 지수는 이맛살을 슬쩍 찌푸렸다.

"안 돼. 감기 옮아."

그가 단호하게 대꾸했다. 아픈 사람이 다 할 것같이 덤벼들어 놓고선 새삼 감기 옮는다고 선을 긋는 말에 하마터면 헛웃음을 내뱉을 뻔했다.

그는 고개를 비스듬히 기울여 미소를 머금고 있는 지수를 바라보았다.

"내가 아픈데 웃고 있네. 이상한 여자야."

낮게 가라앉은 그의 목소리는 평소보다 훨씬 육감적이었다.

"꼭 말을 그렇게 하더라. 그냥 예쁘다고 해 주면 안 돼요? 맨날 못생겼다고 하더니, 이제는 이상하대."

투덜거리는 모습을 바라보는 그의 눈빛은 새삼 진지했다.

"자꾸 예쁘다고 하면 더 예뻐질까 봐."

검고 투명한 눈동자에는 장난기라고는 전혀 찾아볼 수가 없었다.

"그래서 겁나서."

진중한 얼굴로 한 단어, 한 단어 곱씹듯 내뱉은 말에 지수는 저도 모르게 얼굴을 붉혔다.

부끄러워서 슬쩍 시선을 돌린 지수가 조용히 되물었다.

"그래서 못생겨지라고?"

"못생겨지라고 하면, 못생겨질 수 있나?"

웃음기 머금은 물음이 수증기 가득한 욕실 안으로 조용히 퍼졌다. 지수는 고개를 돌려 가만히 미소를 머금고 있는 그의 입술에 쪽, 소리가 나도록 입을 맞추었다.

그러자 그가 미간을 찌푸리며 나무라듯 지수를 바라보았다.

"감기 안 옮아. 나 감기 잘 안 걸려요."

"바본가 봐. 바보는 감기 안 걸린다던데."

이 남자가 진짜 계속!

지수는 찰싹 소리가 나도록 그의 어깨를 때렸다.

"아! 아파. 아픈 사람을 때리고 그래. 폭력적이야. 자비도 없어."

"그렇게 아프게 때리지도 않았는데, 엄살은."

근육이 도드라진 상체를 비틀며 그가 미간을 찌푸렸다.

"이번 감기 근육통이 얼마나 심한지 알아? 살짝만 건드려도 아파."

"진짜 아파요? 미안해요. 얼마나 아파요?"

지수는 미안해서 그의 몸에 손도 대지 못하고, 허공에서 손을 붕붕 휘저으며 물었다.

그러자 그가 손을 뻗어 지수의 손을 낚아채더니 단숨에 품 안으로 끌어당겨 안았다. 물이 찰박거리는 소리가 욕실을 울렸다.

뜨거운 물 안에 몸을 담그고 있는 탓에 예민하게 달아오른 살갗 위로 그의 젖은 피부가 닿자 심장이 들끓는 것만 같았다. 지수를 품에 안은 그의 몸 역시 파르르 떨렸다.

그런데 그 진동이 성적 긴장감으로 인한 것은 아닌 것 같은 묘한 기분이 들었다.

지수는 고개를 옆으로 길게 빼며 어깨에 얼굴을 묻고 있는 그를 흘끗 보았다.

이 남자 지금 웃음 참느라 그러는 거야?

"아, 뭐야. 놔요. 짜증 나, 진짜! 맨날 놀리기만 하고."

"그럼 놀림 받을 짓을 하지 말든지."

와! 지가 놀려 놓고 지금 내 핑계 대네?

"뭐, 놀리는 맛이 있어서 놀린다 이거예요?"

"어. 정확해."

부인도 하지 않는 뻔뻔한 대꾸에 기가 찼다.

"그런데 이렇게 말로 놀리는 건, 그렇게 재미있지는 않고."

"그럼, 뭐? 뭐요? 뭐가 재밌는데?"

신경질이 나서 되물은 말에 그가 지수를 번쩍 안아 들고는 욕조 밖으로 나왔다.

"이지수는 침대 위에서 놀려야 제일 재미있어."

아픈 사람이 지금 뭐래!

저지할 틈도 없이 그는 욕실을 나와 침대 가로 성큼성큼 걸음을 옮겼다. 대리석 바닥으로 물기가 뚝뚝 흘러내렸다. 시트가 젖는 것도 아랑곳하지 않고, 그가 지수를 품에 안은 채로 침대 위에 몸을 눕혔다.

"으음."

그의 입술이 지수의 쇄골 언저리를 깊게 빨아들였다. 지수는 그의 젖은 머리카락에 손을 파묻으며 끊임없이 새어 나오는 신음을 집어삼켰다. 손가락 사이사이로 물기가 스며들었고, 팔을 타고 물방울이 흘러내렸다.

쇄골을 머금었던 입술이 젖무덤을 지나 단단하게 곤두선 유두를 건드리자, 밭은 신음이 터져 나왔다.

"흐응."

눈이 저절로 감겨들었다. 지수는 목을 젖히며 저도 모르게 가슴을 그에게 내밀어 주었다.

그는 왼손으로 지수의 오른쪽 가슴을 움켜잡고는 입술로는 왼쪽 가슴을 희롱하기 시작했다. 입술 끝으로 유두를 살짝 문 채로 혀로 구멍을 자극하는 통에 감질이 났다.

그의 뜨거운 입안 가득 가슴을 욱여넣고 싶은 심정이었다.

"흐으응."

다시 한 번 신음을 흘리자, 이번에는 아이스크림을 핥듯이 그가 가슴 밑동부터 유두 끝까지 혀로 핥아 올렸다.

"아아."

감기 때문에 입에 키스하지 못하는 대신, 그는 지수의 가슴에 매달릴 생각인 것 같았다. 혀끝으로 끊임없이 정점을 자극하는 통에 아래는 이미 흠뻑 젖어 버렸다.

엉덩이 아래로 애액이 흥건하게 흘러내리는 게 느껴졌다. 진득하고 느리게 흘러내리는 뜨거운 액이 욕조에서 묻어 나온 물기가 아니라는 것은 본능적으로 알 수 있었다.

지수는 손을 뻗어 그의 등을 쓸어 올렸다. 이제 위로 올라타 몸속 깊은 곳까지 꿰뚫고 들어오길 바라는 손짓이었다.

하지만 그는 갑자기 가슴 페티시라도 생긴 사람처럼 오로지 가슴에만 매달렸다.

"아훗."

내내 핥기만 하다가 그가 혀로 휘감으며 입안 가득 가슴을 머금은 순간, 지금까지와는 톤이 다른 신음이 흘러나왔다. 혀끼리 맞부딪치고 깊게 빨아들이는 키스처럼, 그는 지수의 가슴을 깊게 빨아들였다.

"흐으응……. 그만……. 응."

지수는 신음을 흘리며 그의 어깨를 끌어 올리듯이 안았다. 하지만 가슴에서 입을 떼어 낸 그는 예민하게 달아오른 살갗에 입술을 붙인 채로 점점 아래로 내려갔다.

지수의 무릎을 잡고 들어 올린 그는 자신의 어깨에 지수의 다리를 걸치며 고개를 숙였다.

"하앗!"

손가락으로 질구를 한 번 쓸어 올린 그가 애액이 줄줄 흐르고 있는 곳에 혀를 밀어 넣었다. 지수는 고개를 들어 자신의 비부를 빨고 있는 그를 내려다보았다. 그는 지수의 안에 혀를 밀어 넣은 채로 지수의 얼굴을 빤히 올려다보고 있었다.

검고 깊게 가라앉은 그의 눈동자가 정염으로 젖어 있었다. 가장 은밀한 곳에 입을 대고 있는 그의 눈빛을 바라보고 있는 것만으로도 절정에 오를 듯했다.

"아웃."

그는 멀쩡히 자신을 내려다보고 있는 지수가 마음에 들지 않는 건지, 고개를 슬쩍 비트는가 싶더니 혀를 더 깊게 밀어 넣으며 쭉 빨아들였다. 지수는 눈을 질끈 감으며 침대 시트를 움켜잡았다. 두 사람의 몸에서 떨어진 물기로 젖은 침대 시트가 손에 찰싹 달라붙었다.

"으응, 그만……. 아앙, 그만. 하아앙."

지수가 신음을 흘리며 허리를 뒤챘다. 희롱을 그만두고 자신을 깊이 안아 주었으면 하는 마음이 간절해졌다. 그런데 그만하라는 말과 달리 지수는 다리를 더 넓게 벌리며 골반을 들썩여 그가 수월하게 자신의 비부를 탐할 수 있도록 했다.

"하아앗!"

아래가 움찔거리는 느낌이 나기 시작했다. 왈칵 물을 쏟아낼 것처럼 요의가 느껴지기까지 했다.

지수는 아래를 바짝 조이며 엉덩이를 들썩였다. 그러자 그가 감미롭게 입술을 움직여 그녀의 비부를 더 세심하게 핥기 시작했고, 안에서는 경련이 일 듯 떨림이 심해졌다.

"으윽."

그의 입술로 절정에 오른 지수는 속눈썹이 파르르 떨리도록 눈을 질끈 감았다.

"하아, 하아."

지수는 밭은 숨을 몰아쉬며 여운이 가시기를 기다렸다. 한번 느끼기는 했지만, 속까지 깊게 훑는 섹스로 인한 절정은 아니었기에 감질이 났다. 떨림이 잦아들 무렵, 마침내 그가 몸을 일으켰다.

그는 짙게 젖은 눈동자로 붉게 물든 채 제 아래에 누워 있는 여체를 훑어보았다. 가쁜 숨을 고르느라 뽀얀 젖무덤이 들썩거렸고, 납작한 배가 홀쭉하게 들어갔다 나오기를 반복했다.

그가 지수의 옆으로 팔을 괴어 누웠다. 지수는 그의 눈동자를 바라보며 아랫입술을 슬쩍 깨물었다. 지극히 본능적인 행동이었는데, 그는 손가락으로 지수의 입술을 매만지며 속삭였다.

"그렇게 해도 지금은 내가 못 깨물어."

숨이 턱 막힐 정도로 외설적인 목소리였다. 안 그래도 감기 때문에 깊게 가라앉은 목소리가 정염으로 탁하게 쉬어 있었다. 지수는 그 목소리만으로도 신음을 흘릴 것만 같았다.

얕게 찾아왔던 절정 탓에 젖어 버린 지수의 눈동자를 바라보며 그가 손을 내려 지수의 비부를 어루만졌다.

"으음. 이제, 그만."

"그만하라고?"

지수가 뜻하는 바가 그게 아니라는 걸 알면서, 그는 짓궂게 물었다. 지수는 고개를 세차게 내저었다.

"그럼?"

그가 대답을 원한다는 듯이 물었다.

"아흣."

그러면서 그의 손가락이 부드럽게 부풀어 오른 클리토리스를 긁어 댔다.

"그만, 으응, 들어왔으면……. 하아……. 좋겠어."

지수가 토막토막 끊어지는 숨을 몰아쉬며 겨우 대답했다. 그러자 그가 관능적이고 나른한 미소를 지으며 물었다.

"어디로?"

"아아, 제발."

괴롭히기로 작정을 한 건지 그는 시치미를 뚝 떼며 지수를 자극했다.

"흐응. 거기로."

지수는 질구에 손가락을 꽂고 있는 그의 오른손을 움켜잡았다.

"이미 들어가 있잖아."

그러자 그가 손가락 두 개를 더 밀어 넣으며 미소 지었다. 매혹적인 그의 미소가 사악해 보일 정도였다. 지수는 그의 손을 움켜잡고 있던 손을 놓고, 허리께에 닿은 채로 울고 있는 그의 페니스를 부드럽게 감싸 쥐었다.

"으음."

그러자 그가 억눌린 신음을 내뱉으며 미간을 찌푸렸다. 위에서 아래쪽으로 부드럽게 쓸어내린 뒤, 잔뜩 올라붙은 음낭부터 쓸어 올렸다. 그러자 그가 한숨을 몰아쉬며 지수의 비부를 꽉 움켜잡았다.

"하앙."

저도 모르게 그의 물건을 꽉 움켜쥐자, 그의 입에서 밭은 신음이 터져 나왔다.

"흐음, 이지수."

그는 신음과 함께 낮은 음성으로 지수의 이름을 불렀다.

"으응."

지수는 신음인 듯 대꾸했다.

"너 큰일 나, 이러다."

경고하는 목소리는 정수리까지 전율이 일 정도로 달콤했다. 얼마나 큰일이 나려나 싶어서 심장이 두근거렸다.

뭐라 대꾸를 하려는데, 그가 몸을 일으켰고 몸 안에 들어차 있던 손가락이 쑥 빠져나갔다. 자연스레 지수도 그의 물건을 놓아주었다. 그가 지수의 다리 사이에 무릎을 꿇는가 싶더니 지수의 무릎을 잡아 모으며, 가슴 쪽으로 밀어 올렸다. 엉덩이가 살짝 들어 올려졌고, 허벅지가 가슴을 부드럽게 뭉갰다.

엉덩이 아래 고여 있던 애액이 주르륵 흘러내리는 게 느껴진 순간 그의 물건이 지수의 비부를 단번에 파고들었다.

"하응."

그는 지수의 정강이를 잡아 민 채로 추삽질을 시작했다. 깊게 파고들었다가, 이내 얕게 들어오는 움직임에 지수는 밭은 숨을 내쉬었다.

"하웃, 훗!"

허벅지에 눌린 가슴 때문에 숨이 더 가쁘게 차올랐고, 세차게 뛰는 심장도 곧 터질 것 같았다.

"아아, 우석 씨⋯⋯. 하앗."

"으음."

그는 지수의 다리를 붙잡고 있던 손을 놓으며 상체를 숙여, 달아오른 여체를 품 안 가득 끌어안았다.

"아아."

한 번 절정을 맛본 몸은 금세 달아올랐다. 지수의 아래가 그의 물건을 오물거리는 사이 그는 움직임을 멈추고 숨을 골랐다.

"하아, 하아."

떨림이 잦아들었는데도 불구하고 안에서 느껴지는 그의 존재감은 흉흉했다. 지수가 그의 목덜미를 어루만지자, 어깨에 얼굴을 파묻고 있던 그가 고개를 들어 올리며 속삭였다.

"나는 아직인데."

"흐읏!"

그리 말한 그가 허리를 뒤로 길게 내밀었다가 단번에 깊게 파고들었다.

"아앗!"

절정이 채 가시기도 전에 그보다 더 큰 쾌락이 몸을 잠식했다. 숨이 턱턱 막혀 왔다. 눈물이 찔끔 고일 정도로 지독하고 관능적인 환락이었다.

운전석에 앉은 그의 얼굴에는 생기가 넘쳤다. 분명 아픈 건 그인데, 온몸의 기운이 다 빠져 버린 쪽은 지수였다.

키스만 안 했지, 정말.

어젯밤도 꼬박 새우다시피 하고 종일 걱정하느라 밥도 제대로 못 먹고, 아픈 것 같아서 문병 갔다가 침대 위에서 된통 시달리다가 11시가 다 되어서야 집 앞에 다다랐다.

"들어가서 푹 쉬어."

"안 그래도 푹 쉴 거예요."

지수가 차에서 내리려는데, 그가 기다리라며 지수의 손을 꼭 잡았다 놓는다.

"기다려. 문 열어 줄게."

굳이 차 문을 열어 주겠단다.

좀 찔리긴 하나 봐?

차에서 발을 내딛는데 삭신이 쑤셔 왔다. 감기 걸려 아프다
는 남자가 무슨 힘이 그렇게 넘치는지.

지수는 손을 내밀고 있는 남자를 가볍게 흘겨보았다. '나는
아직인데.'라고 말했던 그는 언제까지 아직인 거냐고 묻고 싶
을 정도로 지수를 몰아붙였다.

"누나?"

그의 손을 잡고 조수석에서 나와 몸을 일으켜 세우는데, 익
숙한 목소리가 들려왔다.

"윤수야! 너 왜 나와 있어?"

"아빠 가게 갔어. 커피 들어와서 가야 한대서. 누나 기다리다
가."

윤수가 발걸음을 이리저리 옮기며 불안한 얼굴로 대꾸했다.
지수는 얼른 윤수에게 다가서 동생의 손을 꼭 붙잡았다. 밖에
서 얼마나 떨었는지 손이 얼음장 같았다.

"얼른 들어가자."

"누나 남자 친구야?"

윤수가 호기심 가득한 시선으로 뒤에 선 우석을 흘끗거렸다.

"아냐. 누나네 회사 사장님이야. 대표님, 그럼 내일 뵙겠습니
다."

지수는 미간을 찌푸리고 있는 그에게 깍듯이 인사를 하고는 돌아서서 대문 안으로 들어섰다. 그저 회사의 사장이라고 대답한 게 그는 마음에 들지 않는다는 눈치였다. 하지만 그럴 수밖에 없었다.

윤수에게는 아빠, 누나, 윤수 자신, 이렇게 세 사람이 세상 전부였다. 세 사람 틈에 누군가 들어오려고 하면 극도로 긴장해서 경계하는 모습을 보이곤 했었다.

아마도 아버지가 바람피운 게 들통나고 집안이 풍비박산 난 것에 대한 트라우마인 듯했다.

대문이 닫혀 있는데도 불구하고 윤수는 계속해서 뒤를 돌아보았다. 여전히 대문 밖에 서 있는 그에 대한 본능적인 두려움을 안고 있는 눈빛이었다. 마치 누나를 빼앗아 갈 괴물이라도 되는 것처럼 윤수는 신경을 곤두세운 채로 말했다.

"누나 다니는 호텔 사장님이야?"

재차 확인하듯 묻는 윤수의 목소리엔 불안한 기색이 역력했다.

"응."

"누나도 사장이었잖아. 근데 왜 거기 가서 일해?"

윤수가 그게 몹시 억울하다는 듯이 울컥거리는 목소리로 물었다.

"응, 좀 복잡해. 윤수가 더 크면 말해 줄게."

지수는 윤수의 등을 쓸어내리며 다독였다.

"윤수는 안 크잖아."

갑자기 좁은 마당 한가운데 윤수가 버티고 섰다.

"윤수는 크고 싶어도 안 크잖아! 나는 안 크잖아. 나는 여기가 그대로잖아!"

윤수가 손으로 제 머리를 쥐어박으며 난리를 피웠다. 아직 그의 차가 움직이는 소리가 들리지 않았다. 그가 여전히 밖에 서 있다는 뜻이었다. 동네가 떠나가라 소리를 지르는 윤수를 지수는 조용히 달랬다.

"아냐, 윤수도 크고 있어. 조금 느릴 뿐이야, 윤수야. 더 크게 자라려고 지금 천천히 크고 있는 거야."

"나 더 커?"

윤수가 정말 그럴 수 있느냐는 듯이 힘주어 물었다.

"저 사장님보다 더 클 수 있어?"

문밖을 꿰뚫어 보는 듯한 윤수의 눈빛에는 경계심이 가득했다.

"그럼, 우리 윤수 더 클 수 있지."

윤수는 무언가 골똘히 생각에 잠긴 표정으로 걸음을 옮겼다.

"나도 커서 사장님 할래."

"응?"

"나도 저런 사장님 할래."

대뜸 사장님이 되겠다며 윤수가 미간을 좁혔다. 이제껏 윤수가 커서 뭐가 되겠다는 말을 했던 적은 없는 것 같았다. 자신이 더 이상 크지 않는다며 울분에 차서 소리를 지르는 것도 처음이었다.

"누나."

윤수가 진중한 목소리로 제 누나를 불렀다. 이런 목소리를 낼 때는 윤수가 멀쩡한 성인처럼 보이는 착각이 일 때도 있다.

"윤수가 잘생겼어, 저 사장님이 더 잘생겼어?"

세상 심각하게 물어 온 질문이 심오했다. 지수는 윤수를 빤히 올려다보며 대답했다.

"윤수가 더 잘생겼지."

원하는 대답을 해 줬는데도 불구하고 윤수의 표정이 심상치 않다. 뭐가 그렇게 억울한 건지, 씩씩대는 모습이 화가 많이 난 눈치였다.

"아냐!"

윤수가 거칠게 반박하더니, 시무룩한 목소리로 덧붙였다.

"저 사장님이 더 잘생긴 것 같아."

지수는 그저 맥없이 웃어 버렸다.

웃어야지, 웃어야 웃을 일이 더 생기겠지.

아버지가 바람을 피웠다는 사실을 알게 되고, 마음이 아팠던 가장 큰 이유는 윤수였다. 윤수에게 있어 남자 어른의 모범이 되어야 할 아버지가 가족을 저버렸다는 사실에 화가 났고 안타까웠다.

혹시, 저 사람이.

이제껏 가족 외에 그 누구도 따른 적 없는 윤수였다. 지수 역시도 가족 외에 누군가에게 그런 도움을 바랐던 적은 없었다.

그런데 막연한 기대감이 가슴 한구석에서 피어오르기 시작했다. 언감생심, 그를 바라보며 혹시 그가 윤수에게 그런 존재가 될 수 있지 않을까, 하는 헛된 희망이 고개를 들었다.

웃고는 있는데, 가슴도 떨리는데, 어쩐지 입이 썼다.

출근한 뒤, 그가 어제 일을 물어 오면 어떻게 대답을 해야 하나 종일 고민했다.

멀쩡하던 동생이 왜 갑자기 저렇게 됐는지, 바람났던 아버지를 자신이 어떻게 대하고 있는지를 이야기하고 나면, 이해받을 수 있을까?

세상일은 언제나 뜻한 바와 같이 돌아가지 않는다. 상식적으로 이해할 수 있는 일 아냐? 하고 털어놓은 일들이 다른 이들의 입에서 입으로 전해질 때면 전혀 다른 속성을 지니게 된다.

타인의 불행을 떠드는 것은 자신을 향한 위로가 되고, 타인의 안타까움으로 자신의 평범한 일상을 되돌아보며 소소한 행복을 깨닫는 게 인간의 습성이다.

그런 사람들에게 일일이 찾아가서 나의 불행을 그렇게 함부로 떠들지 말라고 이야기하지 못할 바에는, 그냥 나의 불행이 알려지지 않도록 입을 다무는 게 방법이라고 생각했다.

아직 세상을 잘 알지 못해서, 혹은 너무 잘 알아서 이렇게 변했는지 모른다.

이제껏 살아오면서 이런 고민을, 이 정도로 심각하게 했던 적은 결코 없었다.

나의 불행을 화제 삼아 떠들어 대는 소리 듣기 싫으면 말 안 하면 그만이었다.

그런데 그 사람한테는…….

지수는 어제 문밖에 서 있었던 남자를 끊임없이 떠올리며, 무겁게 가라앉은 한숨을 내뱉었다. 자신이 서 있던 좁은 마당과 그가 서 있던 큰길가 사이에 대문이 존재했던 것처럼. 두 사람 사이에는 애초에 넘지 못할 벽이 존재했다.

그 벽의 존재를 모르고 시작한 것도 아니었고, 나중에 일이 터지면 비겁하게 그 벽 뒤로 숨을 생각을 하고 있던 지수였다.

그런데 그 사람이, 이제는.

감정을 계산하지 못했다. 잔잔한 호수에 돌을 던지면 얕은 파문이 인다. 그 얕은 파문처럼 시작된 관계였다. 호수에 던져진 돌이 호수 안을 헤집고 들어가 소용돌이를 일으키며, 깊게 가라앉는 것은 보이지 않는 법이다. 그래서 이렇게 깊어질 거라고는 상상조차 하지 못했다.

애초에 인간관계를 완벽하게 계산할 수 있을 거라고 여겼던 자신의 판단 착오였다. 아니, 감히 누군가를 마음에 품는 감정을 두고 계산기를 두드린 게 잘못이었다.

지수가 또다시 한숨을 몰아쉬었다. 한숨을 내쉬는 것 말고는 할 수 있는 게 없었다.

호텔 일은 웨딩플래너와는 다른 성격으로 바빴다. 오전 업무 시간이 쏜살같이 지나갔고, 오후에도 마찬가지로 숨 돌릴 틈조차 없었다.

문제의 전화가 걸려온 건 오후 4시경이었다. 낯선 전화번호 위에는 강남경찰서라는 다섯 글자가 떠 있었다.

보이스 피싱이야?

거절 버튼을 누르려다 뭔가 꺼림칙한 기운에 전화를 받았다.

"여보세요?"

– 이윤수 씨 누나, 이지수 씨 되시죠?

"네, 그런데요."

역시나 보이스 피싱이라고 생각했다.

– 지금 서로 좀 나와 주셔야겠습니다.

일반적인 보이스 피싱 시퀀스와는 전혀 다른 방향으로 이야기가 흘러갔다. 보통 동생에게 일이 생겼으니, 해결하고 싶으면 빨리 송금하라는 말이 튀어 나와야 한다. 그런데 돈이 아니라 지수의 출석을 요구하고 있었다.

퇴근 시간까지 아직 2시간이나 남아 있었다.

"윤수한테 무슨 일 생겼나요?"

형사에게 기가 막힐 만한 자초지종을 들은 지수는 강 지배인에게 양해를 구하고 곧장 호텔을 나와 경찰서로 향했다.

심장이 쿵쿵 울렸다. 누나인 지수를 찾아 홀로 집 밖으로 나돌기는 했어도 이렇다 할 사고를 친 적은 없는 윤수였다.

경찰은 필요하면 변호사를 부르라고도 했다. 너무 기가 막힌 나머지 눈물도 나오지 않았다. 왜 신은 자신을 이렇게 끊임없이 못살게 구는지 원망이 돋아나기 시작했다.

경찰서에 도착했을 때, 윤수는 눈물범벅이 된 얼굴로 험악한 얼굴을 한 형사 앞에 앉아 있었다.

"윤수야!"

지수가 한달음에 달려가 윤수의 곁에 섰다.

"누나! 나 안 그랬어. 정말 안 그랬어."

의자에 앉은 윤수의 머리를 끌어안은 채로 형사를 바라보자, 형사는 형식적인 어투로 설명을 해 주었다.

"교통사고가 났는데, 택시에 이윤수 씨랑 같이 타고 있던 7세 여아가 오늘 아침에 실종 신고 접수된 아이였어요. 걔는 지금 병원에 있고."

지수는 얼른 윤수의 몸부터 살폈다.

교통사고가 났다는데, 같이 택시에 타고 있던 아이만 병원에 보내고 윤수는 왜 이곳에 앉아 있는 거지?

그 사실에 울화가 치밀었다.

"윤수, 괜찮아? 너는 어디 다친 데 없어? 안 다쳤어? 애도 병원부터 데려갔어야죠!"

지수가 바락 소리를 질렀다.

"그쪽 가족이 이쪽으로 오고 있다고 하니까, 조서부터 마저 작성합시다. 실종 신고됐던 아이랑 왜 같이 있었는지."

형사는 들은 체도 안 했다.

그러니까 지금 사회 연령이 6세밖에 되지 않은 윤수가 7세 여아를 납치한 범죄자로 몰렸다는 뜻인가?

지수는 형사의 매서운 눈빛을 잔뜩 겁먹은 채로 피하고 있는 윤수를 다독이며 물었다.

"윤수야, 어떻게 된 거야? 누나한테 이야기해 봐. 응? 우리 윤수 잘못한 거 없는 거, 누나가 알아. 그러니까 누나한테는 말해도 돼."

윤수는 지수의 눈마저 피하며 바들바들 떨었다. 이제껏 윤수가 자신을 두려워했던 적은 없었다. 코끝이 찡했다. 어이없는 상황에 화가 나서 눈물이 나오려는 게 아니라, 두려움에 떨고 있는 동생이 안타까워서 눈물이 나올 것만 같았다.

지수가 하얗게 질리다 못해 회색빛에 가까운 윤수의 얼굴을 어루만질 때였다.

"어딨어? 그 자식 어딨어요?"

서 안이 떠들썩하도록 소리를 지르며 여자 하나가 나타났다. 지수의 시선이 자연스레 그녀를 향해 갔다. 본능적으로 목소리를 낸 여자가 찾고 있는 사람이 윤수라는 걸 알 수 있었다.

여자를 발견한 지수의 심장이 차갑게 굳어 버렸다. 소란을 피우며 들어온 여자는 그가 가족이길 숨기려 했던 그 여자였다.

윤수를 끌어안고 있는 지수와 울분을 토해 내고 있는 여자의 시선이 마주쳤다.

여자는 거친 숨을 몰아쉬며 윤수와 지수를 번갈아 보기만 할 뿐 아무 말도 하지 않았다. 여자도 지수를 알아본 눈치였다.

패악을 부리는 대신 사태 파악을 하는 듯, 여자는 멀찍이 서서 지수와 윤수를 바라보기만 했다. 지수 역시도 여자가 먼저 입을 열기를 가만히 기다렸다.

윤수가 잘못한 게 없다면 지수가 먼저 나서서 사과할 필요도 없는 거다. 먼저 나서서 사과하는 일은 누나인 자신이 동생 윤수를 죄인으로 만드는 거나 마찬가지였다.

지수는 그저 불안에 떨고 있는 윤수를 꼭 끌어안은 채, 감정이 담기지 않은 미지근한 시선으로 여자를 바라봤다. 마침내 여자가 한 발짝씩 다가오는가 싶더니 입을 뗐다.

"우리 구면이죠?"

그제야 안정이 되었는지 여자가 감정 없는 목소리로 물었다. 지수는 그저 고개만 끄덕였을 뿐, 대꾸는 하지 않았다.

형사는 지수와 여자의 눈치를 살피며 물었다.

"아는 사입니까?"

여자는 형사에게 기다려 달라는 듯이 손바닥을 한 번 펼쳐 보였다. 형사는 팔짱을 끼며 여자와 지수를 번갈아 보았다. 여자는 침착한 표정을 유지하며 윤수와 지수가 서 있는 곁으로 더 가까이 다가왔다.

"어떻게 된 일인지 물어도 될까요?"

여자의 조용한 물음은 정중했으나 상냥하지는 않았다. 사회 연령이 6세밖에 되지 않는 윤수다. 지금 섣불리 입을 열었다가 불리한 처사를 받으면 어쩌나 걱정이 됐다.

"제가 부른 변호사 오면 그때 말씀드릴게요."

여자는 의외로 순순히 수긍했다. 웨딩 사업을 하면서 현진의 소개로 알게 된 변호사가 있었다. 지금 당장 와 줄 수 있느냐는 말에, 다행히 변호사는 서초동 법원에서 막 나서는 길이라며 한달음에 달려와 주었다.

윤수와 단둘이 먼저 이야기를 해 보겠다며 변호사는 윤수와 잠시 시간을 가졌다. 이야기를 마친 변호사는 차근차근 있었던 일을 털어놓았다.

"누나가 다니는 호텔이 어떤 곳인지 궁금해서 가 봤고, 그곳에서 혼자 돌아다니는 여자애를 발견했다고 합니다. 가족에게 걸리면 잡혀갈 수 있다며 택시 타고 혼자 가겠다는 아이를 위험하다며 윤수가 따라갔다고 하네요. 택시 CCTV와 호텔 내에 있는 CCTV 등을 확인해 볼 수 있을까요?"

변호사의 물음에 형사가 입을 열기 전, 여자가 끼어들었다.

"제가 딸아이한테 들었던 말과 일치하네요. 그저 작은 소동이었던 것 같습니다."

누군가를 잡아먹을 듯이 경찰서로 들이닥쳤던 모습과 달리 아이의 엄마는 차분하게 말을 이었다. 그러고는 처연한 시선으로 지수를 바라보며 말했다.

"오해해서 미안합니다. 동생 일로 걱정이 많겠네요. 괜찮으면 잠깐 둘이 이야기 좀 하고 싶은데."

지수는 옆에 앉은 변호사를 한 번 흘끗 보았다. 변호사는 별 문제 없을 거라며 고개를 끄덕거렸다.

경찰서 건물 밖으로 나온 여자는 지수에게 정중하게 고개를 숙여 보이며 인사부터 했다.

"공지아라고 해요. 우희 엄마고요."

"이지수입니다. 호텔 I에 근무하고요."

지수는 간단하게 자신을 소개하고는 여자를 마주했다. 그녀는 그보다 더 복잡한 지수의 프로필을 알고 있다는 듯한 표정이었다.

"연우석 대표하고 만나는 사이죠?"

"……."

조심스러운 물음에 그저 간단히 만나는 사이가 맞다고 해야 하는지 몰라서 지수는 가만히 입을 다물었다.

"우리 우희는……."

그녀는 조금 머뭇거리는가 싶더니 한숨을 한 번 몰아쉬고는 입을 열었다.

"연우석 대표 여동생이에요. 나는 그 아이 엄마고."

그렇지만 연우석 대표와는 가족이 아니라는 뉘앙스였다.

재벌가의 사생아, 아무리 사생아라고 한들 아이가 없어졌고, 납치범일지 모를 이를 만나러 경찰서에 오는데 여자는 혼자였다. 그런데도 여자는 당황하거나 주눅 든 기색이 없었다. 언제나 이렇게 혼자였고, 앞으로도 이렇게 자신은 혼자서 살아갈 거라는 듯이.

"가벼운 접촉 사고에 조금 놀라기는 했는데, 나쁜 사람 따라간 거는 아니라고 하더라고요. 동생분이 혼자 다니면 위험하다면서 그러면 안 된다고 우희를 따라왔다고."

그녀는 한숨을 한 번 더 내쉬고는 말을 이었다.

"동생이 좀 불편한가 봐요?"

여자의 물음에는 동정이나 연민이 느껴지지 않았다. 그저 사실 확인을 위한 질문이었다.

"네, 조금."

지수의 대답에 가만히 고개를 끄덕인 여자가 선선한 미소를 지었다.

"동생분 부럽네요. 단숨에 달려와 줄 가족 있고, 걱정하고 믿어 주는 가족 있어서."

여자는 자신의 처지와 윤수의 처지를 같다고 여기는 듯한 눈치였다. 남들에게 보이고 싶지 않은 가정의 치부라고 말하고 있었다.

기분이 묘했다. 한 번도 윤수를 흠결이라고 여긴 적은 없지만, 호사가들의 입방아에 오르는 게 싫어서 숨기기는 했었다.

자신이 이 여자를 숨기고 가족으로 인정하지 않으며 멸시한 것도 아닌데, 앞에 선 여자에게 왜 괜히 미안한 마음이 드는지 모르겠다.

"앞으로 우리 자주 보게 될까요?"

여자는 조심스레 물어 왔다. 그리 묻는 여자의 얼굴에 뜻 모를 기대감이 어린 미소가 묻어났다.

지수는 아무런 대답도 할 수가 없어서 그저 여자를 가만히 바라보았다.

"우리 자주 보게 되면, 나 좀 잘 봐 달라고 부탁해도 될까요?"

동생을 생각하듯이 자신을 봐줄 수 있겠느냐는 무언의 물음이 뒤따르고 있었다. 사연을 속속들이 알 수는 없었지만, 본인이 원했든 원치 않았든 세상에 없는 사람처럼 살아가고 있는 듯한 여자의 얼굴을 지수는 가만히 바라보았다.

어떤 대답을 해야 하는지 망설이고 있는 찰나, 누군가 지수를 부르는 소리가 들려왔다.

"이지수, 거기서 뭐 해?"

갑작스런 부름에 놀란 지수가 얼른 고개를 돌렸다.

"현진 선배?"

변호사와 절친했던 터라 연락을 받았는지 달려온 현진이 눈앞에 서 있었다. 현진의 시선이 앞에 선 여자에게로 향했다. 현진은 여자를 한 번 그리고 지수를 한 번, 번갈아 보았다. 그러고는 누군지 묻는 듯한 시선으로 지수를 응시했다.

"그 여자애 어머니시래요."

잠시 현진의 눈빛에 이채가 어리는 듯싶더니 이내 정중한 인사가 흘러나왔다.

"안녕하세요? 걱정 많이 하셨겠어요."

현진의 서글서글한 미소에 여자도 옅은 미소로 답했다. 현진은 여자에게 고개를 한 번 숙여 보이고는 걱정스러운 얼굴로 윤수부터 찾았다.

"윤수는 어딨어?"

"안에 변호사님이랑 같이 있어."

"얼른 데리고 가자. 여기 뭐하러 더 있어."

와 달라고 부탁하지도 않았는데, 한달음에 달려와 준 현진이 얼마나 고마운지 눈물이 왈칵 쏟아질 것만 같았다.

윤수를 데리고 경찰서에서 나오는 길, 가슴을 쓸어내린 지수
는 윤수를 그제야 다그쳤다.

"혼자 그렇게 돌아다니면 어떡해. 복지관 다녀오면 아빠 가
게에만 있으라고 했잖아."

"누나 회사 보고 싶어서 그랬어."

윤수가 울먹이며 대꾸했다. 뒤통수를 한 대 얻어맞은 듯한
기분이었다. 어제 우석을 보고 더 멋있게 크겠다는 둥, 누가 더
잘생겼냐는 둥 하더니 이런 사고를 칠 줄은 꿈에도 몰랐다.

지수가 황망한 얼굴을 한 채로 윤수를 바라보고 있는데, 현
진이 윤수의 역성을 들며 끼어들었다.

"그래도 별일 아니어서 다행이야. 윤수가 다 착해서 그런 거
지, 뭐. 그렇게 혼자 다니면 위험하다고 따라갔다며."

다정하게 윤수의 등을 한 번 다독인 현진은 윤수의 머리를
장난스럽게 헝클고는 웃었다. 잔뜩 주눅이 들어 있던 윤수의
얼굴이 현진의 장난으로 조금씩 풀어졌다. 지수는 두 사람을
바라보며 그저 한숨을 휙 몰아쉬었다.

"어? 사장님이다."

경찰서 계단을 내려오던 윤수가 앞을 가리키며 소리쳤다.

"누구……?"

지수의 시선이 자연스레 윤수의 손끝을 따라갔다. 계단 아래
무표정한 얼굴의 우석이 서 있었다.

"선배, 차 가져왔지? 윤수랑 같이 차에 먼저 좀."

현진이 우석과 지수를 번갈아 보았다. 무슨 일인지 물을 줄

알았는데, 지금은 때가 아니라고 판단했는지 눈치 빠른 현진은 지수의 등을 두어 번 다독이고는 윤수를 데리고 계단을 마저 내려갔다.

그의 시선이 옆을 스치는 현진과 윤수에게 닿았다가 다시 지수에게 향했다. 그가 성큼성큼 걸음을 옮겨 가까이 다가왔다.

"어떻게 된 거야? 네가 왜 여기 있어?"

걱정과 분노가 미묘하게 뒤섞인 목소리였다. 경찰서 앞에 서 있는 연인에 대한 걱정과, 함께 있었던 남자에 대한 경계심이 동시에 묻어났다.

"우희랑 같이 있었던 사람이 제 동생이래요."

그가 마주하고 있던 시선을 돌리며 한숨을 내쉬었다. 미간에 미세한 주름이 잡혔다.

한동안 허공을 응시하던 그의 시선이 도로 지수에게 돌아왔을 때, 그의 눈빛에는 노기가 가득했다.

"우희 일 때문에 왔어요? 아마 안에 계실 거예요."

마지못해 달려온 얼굴이었다. 그런데 그곳에서 뜻밖의 사람을 발견해서 더욱 당황한 듯했다.

"너는 이런 일이 있는데 나한테……."

그는 손목시계를 한 번 확인하고는 경찰서 안으로 들어갔다.

"나중에 이야기하자."

스쳐 지나가는 그에게서 찬 기운이 느껴져 몸서리가 쳐질 정도였다.

이런 일을 겪었는데, 자신을 찾지 않았다고 화가 난 듯했다.

그럼 그쪽은 숨겨 둔 여동생이 이런 일을 겪었다고 나한테 말할 수 있었을까?

경찰서 계단을 내려가는 발걸음이 죄라도 지은 사람처럼 무거웠다.

다시 그녀를 마주한 건 그날 저녁 집 앞이었다. 아직 해결되지 않은 일 때문에 머릿속은 복잡했다.

이게 해결되기는 할까? 우석은 조수석 차창에 몸을 기댄 채로 가만히 서 있는 지수를 빤히 바라볼 뿐이었다.

그 누구도 먼저 입을 열지 않은 채로 무거운 침묵이 계속되었다. 침묵을 이기지 못하고 먼저 입을 연 쪽은 그녀였다.

"아는 변호사가 그 사람밖에 없었어요. 현진 선배가 소개해 준 사람. 그래서 불렀는데, 현진 선배한테도 연락이 갔나 봐. 그래서."

차라리 평소처럼 당당하면 좀 좋아?

그녀는 마치 죄인인 양 두 손을 모아 쥔 채로 손가락을 꼼지락거렸다.

아까 경찰서 앞에서 그놈이 지수의 등허리를 다정하게 다독였을 때는 정말 눈이 뒤집히는 줄 알았다. 그런 걸 아는지 모르는지 그녀는 지금 앞에 서서 그놈 역성을 들고 있었다.

"그래서 나한테는 언제 연락할 생각이었어?"

그 물음에 그녀는 재잘거리던 입을 꾹 다물었다. 연락할 생각이 없었다는 대답이었다.

"나는 언제 부를 생각이었는데?"

그 물음에 그녀의 얼굴이 파리하게 굳어 버렸다.

"내가 왜 거기에 우석 씨를 불러야 하는데?"

되돌아온 그녀의 물음은 딱딱하기만 했다.

"그럼 우석 씨는 오늘 그 일 나한테 말하려고 했어?"

그녀의 물음에 이번에는 우석의 말문이 막혀 버렸다.

"우석 씨도 혼자 삭힐 일 아니었어? 그러면서 나는 혼자 삭히지 말고 말해야 해?"

짙게 젖은 그녀의 눈동자에 원망의 기색이 가득했다.

"다른 놈 도움은 받으면서 내 도움은 안 돼?"

서운해지려고 했다. 아니, 서운했다.

말하려면 얼마든지 말할 수 있는 가족사였다. 그리고 아주 어릴 적부터 쌓아 온 감정을 이제는 터뜨려 버리고 자신도 아무렇지 않게 살고 싶다고, 네가 곁에 있으면 그럴 수 있을 것 같다고 말하고 싶었다.

그런데 그러지 못했다. 자신이 짊어진 짐보다 그녀의 상처가 훨씬 더 커 보여서. 그녀에게 기대고 싶지 않았다. 그녀가 자신에게 기대어 주었으면 하는 게 우석의 바람이었다.

"어, 안 돼."

단호한 대답에 가슴이 꽉 막혀 왔다.

"뭐?"

우석은 황당한 목소리로 되물었다.

"다른 사람 아니고, 우석 씨 도움이라 안 돼. 싫어."

"이지수!"

또다시 뜻하지 않게 언성이 높아졌다.

"미안, 큰 소리 내서."

그녀는 나무라듯 우석을 흘겨보았다.

"뭐가 미안해? 계속 화내. 왜 화내다가 말아?"

오늘 작정이라도 한 듯 그녀는 우석의 속을 긁어 댔다.

대체 이게 뭐라고, 이지수와 연우석의 문제가 아닌 다른 사람 일로 이렇게 언성을 높이며 감정싸움을 해야 하는지 억울했다.

확 끌어안아서 차에 태우고 싶었다. 이런 일 따위 일어나지 않을 곳으로 도망이라도 치고 싶었다.

"나중에 이야기하자."

더 말을 섞었다가는 정말 그녀의 손을 붙들고 도망쳐서 감금이라도 해 버릴 것 같았다.

우석은 어깨를 파들파들 떨며 눈물을 떨구는 여자를 뒤로하고 운전석에 올라탔다. 갈무리되지 않은 감정으로 운전대를 쥔 손이 떨렸다.

빨간 후미등이 멀어져 가는 것을 지수는 한참이나 바라보았다.

우린 아직 준비가 안 된 거야.

굵은 눈물이 하염없이 흘러내렸다.

누군가에게 내 전부를 털어놓을 준비가 아직 안 된 거야.

서로 다른 생각을 하고 있는지도 모른다. 서로가 원하는 것이 아닌, 자신만이 원하는 것을 강요하며 배려 없는 마음을 주려고만 노력했는지도 모를 일이다.

이랬거나, 저랬거나.

지수는 또다시 물러서는 방법을 택해야겠다는 생각이 들었다. 이제 그어 놓은 선이 가까워졌다.

여기까지.

그래, 여기까지다.

짧은 시간 불이 붙었던 두 사람의 관계는 소강상태에 접어들었다. 그에게선 연락이 없었고, 지수도 먼저 연락을 하지 않았다.

그사이 그는 호텔 I 본사와의 MOU 작성을 위해 워싱턴으로 출장을 갔다.

그가 바쁘다고 가정했더니 그의 연락이 기다려지지도 않았다. 이기적인 바람일지 모르지만, 차라리 더 마음 상하지 않고 이렇게 흐지부지 끝났으면 했다.

끝을 염두에 두고 있는 상황인데도 불구하고 눈물조차 나지 않는다. 어쩌면 이대로 끝나는 건 아닐 거라는 얄팍한 기대감이 눈물을 막고, 일상생활이 버겁지 않도록 돕고 있는지도 모를 일이다. 그가 출장에서 돌아오면 자신부터 찾을 거라며 자위하고 있는지도.

한동안은 호텔 역시 잠잠했다. 곧바로 움직일 것 같았던 부총지배인 쪽이 웬일인지 조용했다. 그러다 일이 터진 건 호텔 I 본사 인수를 위한 MOU 작성이 언론에 발표된 직후였다.

증권가 찌라시로 위장된 장문의 메시지가 직원들 개인 메신저를 통해 나돌기 시작했다. 지수도 어렵지 않게 그 내용을 접할 수 있었다.

[A는 원래 잘나가는 사업주였음. A가 사업을 하면서 어려움이 생겨서 그걸 대표가 해결해 주고 호텔로 스카우트함. 능력은 출중해서 스카우트할 만했다는 평가임. 문제는 다른 능력도 출중해서 대표가 정신을 못 차리고 있나 봄. B는 모 국회의원 딸인데 A의 부하 직원. 호텔 입사는 B가 먼저 했으나, A가 위로 들어옴. B는 원래 대표랑 어릴 적부터 인연이 있었다고 함. 대표가 A와 B를 업무적 용건이라며 자주 불러들임. 둘은 마치 쌍둥이처럼 붙어 다니는데, A한테 호되게 혼나는 B의 모습도 자주 목격됐다고 함. 그도 그럴 것이, A가 대표의 아이를 가졌었는데, 강제 유산당했다고. 아무래도 배경 좋고 어릴 때 인연도 있는 B가 유력할 거라는 설.]

최근 입사자 중에 대표 스카우트를 통한 특채로 호텔에 들어온 인사는 지수가 유력했다.

사람들은 증권가 찌라시가 내는 방정식에서 A에는 지수를,

B에는 주은을 대입해서 무성한 소문을 만들어 냈다. 일부는 측은한 시선으로 주은을 바라보기도 했고, 친절이 지나친 이들은 지수에게 몸은 괜찮으냐며 묻기도 했다.

이제 입질이 올 때가 되었다. 본인들이 소문을 흘렸으니 오늘 안으로 연락이 올 게 분명했다.

다행스럽다고 생각해야 하는지, 그는 지금 워싱턴발 인천행 비행기 안에 있었다. 그런 그가 오늘 아침부터 나돌기 시작한 찌라시를 봤을 가능성은 적었다.

주은이 걱정이었는데, 의외로 그녀는 강단 있는 모습을 보였다.

[걱정하지 마세요, 대리님. 아빠 덕에 저 소문에 무지 강해요. 이런 거로 끄떡없어요. 근데 이제 어떡하실 거예요? 선배 귀에 금방 들어갈 것 같아요.]

주은이 보낸 메시지를 보고 지수는 가만히 미소를 머금었다. 마음속 깊이 사랑한다고 한들, 그와 영원을 기약할 수는 없을 거라 여겼었다.

끝이 다가오는 듯했다. 부총지배인 쪽에서 일어나는 일의 열쇠를 일단 손에 쥐어야 했다. 그런 다음 그 열쇠를 누구한테 넘길지는 후에 생각해도 늦지 않을 것 같았다.

그가 알면 노발대발할 테지만, 어차피 끝낼 사이에 그건 중요하지 않았다.

연 회장 쪽과 접촉하는 편이 수월하겠지.

지수는 한숨을 집어삼켰다. 일이 손에 하나도 잡히지 않았다. 몸은 허공에 붕 떠 있는 듯했고, 목덜미에 계속 열이 올랐다. 그리고 심장은 평소와 다른 불안한 박자로 두근거렸다.

평소와 같이 업무에 집중하고 있는데, 뱀이 혓바닥을 놀리는 소리가 들렸다.

"어휴, 땅 꺼지겠어. 이 대리 무슨 한숨을 그렇게 쉬어?"

오 과장이 지수의 곁으로 천천히 다가오며 덧붙였다.

"안색이 왜 이렇게 안 좋아? 이 대리 어디 아파?"

"아니에요, 괜찮아요."

"아니긴. 꼭 무슨 일 있는 사람 같아. 어디 아픈 거 아니야? 얼굴이 왜 이렇게 까칠해? 꼭 우리 와이프 유산하고 나서……."

"오 과장님! 이 대리 안 아프다잖아요. 자꾸 왜 그러세요?"

지수의 역성을 든 건 같은 팀에 있는 여직원이었다. 그녀는 지수와 그다지 친분이 있는 사이도 아니었는데, 오 과장에게 눈까지 흘겨 대며 언성을 높였다.

"어우, 나는 이 대리가 걱정돼서 그랬지."

"걱정해도 하실 말씀이 있고, 하지 않아야 할 말씀이 있죠. 뭐라고 하셨어요, 방금?"

머리가 지끈지끈 아파 왔다.

"남 일에 왜 그렇게 예민하게 굴어? 생리해?"

저 개자식이 진짜 뚫린 입이라고 막 지껄이네?

지수는 침음을 삼켰다. 화를 내는 데 서두를 필요는 없었다.

지금 저놈이 세 치 혀로 떠들어 대는 이야기들은 곱절로 갚아
줄 생각이었다.

가만히 앉아서 마음을 가라앉히는 데만 열중하고 있는데, 내
선 전화가 울리기 시작했다. 대놓고 쳐다보는 건 아니었지만,
자신에게 은근한 시선이 몰리는 게 느껴졌다.

"네, 이지수입니다."

전화를 걸어온 이는 다름 아닌 부총지배인이었다.

부총지배인실 안에 들어서자 싸늘한 냉기가 감돌았다. 일정
온도 이상을 유지하고 있는 호텔 안인데도 불구하고 이유 모를
한기가 느껴져 지수는 가볍게 몸을 떨었다.

"어, 이 대리. 오랜만이네."

"네, 부총지배인님. 오랜만에 뵙습니다."

"앉아요."

그는 소파 세트 상석에 자리를 잡고 앉았고, 지수는 부총지
배인이 권한 대각선 맞은편에 앉았다.

"우리 이 대리, 완도 호텔 연회장도 다녀왔다지?"

"네, 기회가 닿아 다녀왔습니다."

"이 대리 말 한 마디에 연회장 설계랑 디자인이 달라졌다니,
대단한 인재야."

어쩐지 이 말이 곱게 들리지만은 않았다.

"연 대표가 아주 아끼나 봐."

반응을 보이고 싶지 않았지만, 지수는 빙그레 미소를 지으며

대꾸했다.

"능력이 과대평가된 부분이 없지 않아 있습니다."

"과대평가는 무슨. 우리 이 대리, 그 지하 백오피스에 있는 연회 판촉팀에만 두기에는 너무 아까운 인재인데?"

지수는 그저 미소로 일관했다.

"듣자 하니, 이 대리가 상당히 곤란한 일을 겪고 있는 것 같더구만. 대표야 뭐 그런 소문에 한두 번 휘말리는 것도 아니지만 여자인 이 대리 입장에서는 말들이 너무해, 좀."

부총지배인은 안타깝다는 듯이 혀를 찼다. 이제 조금만 있으면 속내를 드러낼 듯했다.

"그래서 말인데. 자네, 내 밑에서 호텔 일 한번 제대로 배워볼 생각 없나? 이쪽으로 오면 그런 소문들도 잠잠해질 것 같은데. 뭐 어려운 일 있으면 여기서 도와줄 수도 있는 거고. 내가 어려울 때는 이 대리가 도와줄 수도 있는 거고."

지수는 무슨 뜻인지 모르겠다는 무구한 얼굴로 부총지배인을 바라보았다.

"어때?"

자신들이 타깃을 잡아 퍼뜨린 소문이니, 연우석 대표와 지수가 전혀 관계가 없을 거라 여기는 듯했다. 본인들이 단정 지은 사실로 시야를 가려 버리고 세상을 보니, 보고 싶은 것만 보이는 게 당연했다.

"제가 속한 자리에 충분히 만족하고 있습니다."

지수는 겸손을 떨며 한번 튕겨 보았다.

"알아보니까 동생이 좀 불편하다지?"

그래도 거기까지는 뒷조사를 했나 보다.

"네, 평범하지는 않습니다."

지수는 그저 사실만을 답할 뿐이었다.

"동생 건사하는 데 어렵지 않게 해 주겠네. 이래도 그 자리에 계속 있을 텐가?"

"생각을 좀 해 봐야 할 것 같습니다. 안 그래도 대표님 스카우트로 입사를 한지라 보는 눈이 좀 많고. 솔직히 말씀드리자면, 특별한 조건을 제안해 주신다니 제 능력이 의심스러워 부담스럽기도 합니다."

부총지배인은 그럴 수도 있다며 고개를 끄덕거렸다.

"내가 뭐 이 대리한테 공으로 제시한 조건은 아니야. 가는 게 있으면 오는 것도 있어야지."

부총지배인의 얼굴에 야릇한 미소가 걸렸다.

"고민 좀 해 보겠습니다."

여기서 덥석 손을 잡으면 안 될 일이다. 일단은 고민하는 척 대답을 미뤄야 구체적인 조건과 그에 상응해서 지수가 해야 하는 일에 관한 제안이 올 게 분명했다.

"그래, 그럼. 얼마나 시간을 줘야 하나?"

연우석 대표는 승승장구하며 뻗어 나갈 게 분명해 보였다. 그런 그의 앞길을 가로막기 위해서는 한시가 급했다. 물론 일부러 험한 소문을 내어 여직원까지 꾀어내는 작자들이 다른 방법을 모색하지 않았을 리 없다.

찌라시를 증명하듯 그의 무능함을 보여 줄 수 있는 패를 숨겨 놓고 하나씩 드러내어 인경개발 투자자들을 실망케 하고 그를 위협할 것이다.

단초가 될 이 사건이 뜻대로 되지 않도록 해서 시간을 최대한 끄는 게 지수가 할 수 있는 최선인 듯했다. 지수가 시간을 버는 동안 그와 인경개발 그리고 인경그룹에서 움직여야 했다.

그에게 혹은 연인경 회장에게 어디까지 눈치를 줘야 하는지도 난감했다. 사실 지수로서 가장 편한 방법은 그의 뒤에 숨어서 이들을 일러바치는 일인지도 모른다. 하지만 그러면 이들은 꼬리를 자르고 언제 그랬느냐는 듯 시커먼 속내를 감추고 다음을 도모할 것이다.

"일단 내일까지 생각해 보고 다시 말씀드리겠습니다."

부총지배인의 얼굴에 화색이 돌았다. 지수는 이런 식으로 하루만 더, 그리고 또 하루만 더 달라는 식으로 대답을 회피하면서 시간을 끌 생각이었다.

그사이 소문은 더 무성해지겠지만, 소문의 당사자로 보이는 지수가 아무런 반응도 보이지 않는다면 소문은 소문대로 사그라지려고 할 테고, 소문이 사그라지기 전에 일을 내야 하니 부총지배인은 안달이 나서 지수를 회유하고 설득하며 더 큰 그림을 보여 주기 위해 애쓸 것이다.

그래, 난 당신의 그 큰 그림이 궁금해. 그 그림 안에 정확히 누가 들어가 있는지도 알아야겠고.

지수는 내일 다시 찾아오겠다는 말을 남기고 부총지배인실을 나섰다.

엘리베이터 앞, 문이 열리자 어딘지 낯이 익은 사람의 얼굴이 보였다. 그도 지수를 알아본 건지 눈이 마주치자 희미한 미소를 머금었다.

엘리베이터에 오른 지수는 방금 부총지배인실로 들어간 이가 누군지를 떠올리려 애썼다.

아! 김우혁!

인경개발의 부사장이자 연우석 대표의 5촌 당숙이었다. 설마 했는데, 숙주는 부총지배인이 아니라 김우혁 부사장이었나 보다. 아직은 그가 지수에게 접촉해 온 적이 없으니 섣불리 판단하기에는 일렀다.

엘리베이터 문이 닫히려는 순간이었다. 엘리베이터를 문을 손으로 우악스럽게 잡은 이는 김우혁 부사장이었다.

"같이 내려갑시다."

지수는 묵례하는 것으로 대답을 대신했다.

"연회 판촉팀, 이지수 대리?"

지수의 가슴에 달린 금빛 명찰을 보고 김우혁 부사장이 물었다.

"네, 이지수입니다."

가볍게 고개를 숙여 인사를 하자, 김우혁이 의미심장한 미소를 머금으며 물었다.

"앞으로 우리 자주 보게 될 것 같죠?"

부총지배인은 빙 둘러 말하며 자신이 빠져나갈 구멍을 미리 확보해 놓는 능구렁이 같은 타입이었다.

그런데 김우혁은 독사를 닮았다. 빠져나가려고 한다면 물어 죽일 수도 있다는 듯, 그는 교활한 목소리로 물었다.

"같은 호텔에 근무하니, 자주 뵐 수도 있을 것 같습니다."

지수는 에둘러 대답했다. 그러자 김우혁이 지수의 앞으로 걸음을 옮기더니 바짝 다가섰다. 독한 향수 냄새에 구역질이 날 것만 같아서 지수를 입을 꾹 다물었다.

"어디서 순진한 척이야? 부총지배인이 부를 때부터 다 알고 있었으면서. 연 대표, 걔 여자 몰라. 그런 샌님한테는 이렇게 쌔끈한 여자랑 나는 스캔들도 과분하지. 어때? 원하면 내가 놀아 줄 수도 있는데."

김우혁의 더러운 입김이 지수의 뺨을 스쳤다.

지수는 숨을 멈춘 채로 김우혁을 올려다보았다. 그와 미묘하게 닮은 얼굴로 비열하게 떠드는 모습이 역겨웠다.

"제가 감히 어떻게 부사장님께."

조용히 읊조리자 그가 한 걸음 뒤로 물러섰다. 이대로 물러서겠다는 의미의 거리감이 아니었다. 여전히 그는 지수와 마주 선 채였다.

"나는 부총지배인과는 다른 사람입니다."

쓸데없이 계산하다가 큰코다칠 수 있으니 조심하라는 말이었다. 지수는 가만히 그를 바라보기만 했다. 극도의 긴장감이 좁은 공간을 가득 메웠다.

이윽고 엘리베이터가 멈춰 섰다. 문이 열리고, 김우혁이 돌아선 순간이었다.

밖에서 들어오는 공기에서 익숙하고 시원한 향기가 느껴졌다.

하, 제발.

가슴이 철렁 내려앉았다. 여기서 이런 식으로 그를 마주치고 싶지는 않았다. 마음의 준비를 한 후에 그를 마주하고 싶었다.

찰나의 순간 지수는 고개를 숙인 채로 바닥만 보았다. 남자의 구둣발이 엘리베이터 안으로 들어왔다.

그와 다른 발 사이즈, 조금 다른 걸음걸이, 같은 향수일 뿐 다른 사람이었다.

"이지수 대리, 얼굴이 왜 그래요? 못 볼 거 본 사람처럼?"

"아닙니다, 부사장님."

김우혁의 물음에 지수는 그저 가만히 고개를 끄덕일 뿐이었다. 엘리베이터는 다시 움직이기 시작했다. 놀란 가슴이 아직도 진정이 되질 않았다.

심장이 쿵쿵 울려서 좀처럼 가라앉지를 않았다.

"이 대리가 요즘 마음고생이 많다고 들었는데, 빨리 기운 차리길 바랍니다."

조금 전 엘리베이터에 탄 이는 객실 예약실에 있는 직원이었다. 마치 그가 들으라는 듯이 김우혁은 걱정스러운 목소리로 세 치 혀를 놀려 댔다.

"감사합니다. 부사장님, 입사한 지 얼마 되지 않아, 제가 서툴러서 그렇습니다. 더욱 노력하겠습니다."

지수는 영민하게 대꾸했다. 소문대로 그런 마음고생은 아니라는 듯이 한 발짝 물러서는 대답을 내놓았다. 객실 예약실 직원은 곁눈질하며 두 사람의 대화에 귀를 기울이고 있었다.

"연 대표, 지금쯤 호텔 도착했을 텐데?"

대표가 오늘 출장에서 돌아온다는 건 호텔 I 직원이면 누구나 알고 있는 사실이었다. 호텔 I 본사 인수에 박차를 가한 뒤 금의환향할 거라는 내용의 공지가 사내 인트라넷 게시판에 공지되어 있었다.

더 큰 도약을 위한 일이 성사되었다며, 맡은 바 업무에 충실해 주어서 감사하다는 연우석 대표의 간단한 소회가 담긴 글도 함께 올라왔다.

그런데 김우혁은 대표로서 그의 귀환을 말하는 게 아니었다.

"네, 오늘 저녁 임원진 만찬회가 그랜드볼룸에서 있을 예정입니다."

연회 판촉팀 소속이어서 알고 있는 정보라는 듯이 지수는 또박또박 설명했다.

김우혁은 그다지 마음에 들지 않는 반응이라는 듯 고개를 갸우뚱 기울였다. 그러고는 지나치게 걱정된다는 목소리로 말했다.

"암튼, 몸 상한 거는 빨리 회복하길 빌어요."

재수 없는 새끼.

김우혁은 아랑곳하지 않고 지수에게 안부 인사를 한 뒤, 엘리베이터 밖으로 나갔다.

더욱 네 목을 조여 줄 테니, 이쪽으로 얼른 넘어오라는 듯이 구는 모습에 기가 찼다.

김우혁이 내린 1층에서 백오피스가 있는 지하 1층까지 내려가는 시간이 억겁 같았다.

객실 예약실 직원은 입을 꾹 다물고 있었지만, 뜻하지 않게 자신이 보고 들은 것 때문에 곤란한 듯 보였다. 무거운 침묵을 깬 건 객실 예약실 직원 쪽이었다.

"저, 이지수 대리님."

"네, 고윤준 대리님."

지수는 재빨리 그의 명찰을 확인하고는 대꾸했다.

"아무 말 않겠습니다. 걱정하지 마세요."

그는 선선한 미소를 짓고 있었지만 눈동자에는 연민이 가득했다.

"네, 감사합니다."

지수는 가만히 고개를 숙여 보였다. 심장이 깊게 가라앉았다.

지수는 재킷 주머니에 넣어 두었던 휴대전화를 조심스레 꺼내 보았다.

녹음은 여기까지.

지수는 녹취 프로그램의 종료 버튼을 조용히 눌렀다.

엘리베이터가 지하 1층에 멈춰 선 순간, 고 대리가 머뭇거리며 지수를 바라보았다.

"더 하실 말씀 있으세요?"

"잠깐 저와 이야기 좀 하실 수 있을까요?"

그의 표정이 어두웠다. 지수는 그러자며 그저 고개를 끄덕거렸다. 녹음 프로그램을 다시 활성화해야 할 것 같아서 지수는 휴대전화를 들고 양해를 구했다.

"팀원한테 메시지 하나만 보낼게요."

"예, 그러세요."

그는 선선한 미소를 지으며 고개를 끄덕였다. 나쁜 사람 같지는 않은데, 자꾸만 머뭇거리는 모습이 신경 쓰였다.

녹음 프로그램을 다시 활성화한 뒤 지수는 그를 따라 비상계단 쪽으로 향했다.

계단이면 목소리가 울릴 것 같은데?

걱정도 잠시, 그가 계단 끝에 자리한 공조실 문을 열며 들어오라고 손짓했다. 덜컥 겁이 났지만, 험한 일을 치를 것 같은 인상은 아니었기에, 지수는 그를 따라 공조실 안으로 들어섰다.

문이 닫히고 나자 그는 눈치를 보듯 사위를 한 번 살피고는 입을 열었다.

"김우혁 부사장이 손잡고 있는 게 부총지배인 맞죠?"

고 대리는 자기가 엄청난 것을 알고 있는 것처럼 곤란한 얼굴로 물었다. 지수는 그저 침묵하며 그를 바라보았다. 그는 어딘지 모르게 다급해 보이는 얼굴이었다.

"누가 뒷돈을 대 줄 거라는 생각은 했는데, 그게 김우혁 부사장 쪽이라고는 생각 못 했어요."

"그게 무슨 말씀이신지……."

"작년에 우리 호텔 객실에서 비공개 와인 경매 행사가 있었습니다."

고 대리의 말을 정리해 보자면, 호텔 VVIP 초청 행사였던 비공개 와인 경매에 출품되었던 와인이 전부 가짜라는 거였다.

"그걸 어떻게 알았어요?"

"그전부터 부총지배인님이 여러 번 와인 전문가가 묵을 거라면서 프레지던셜 스위트룸 예약을 지시했었어요."

고 대리 외에 프런트 직원 한 명, 비버리지(Beverage) 사업부 직원 한 명 그리고 메이드 한 명, 메이드 아르바이트를 했던 대학생이 이 일을 알고 있다고 했다.

"시작은 메이드 아르바이트를 했던 대학생이었어요."

호텔 정직원인 메이드를 따라다니며 객실 침대 정리만을 맡았던 아르바이트생이었다고 했다.

어느 날 스탠다드 객실 침대 옆 휴지통에 와인 병에 부착하는 씰이 무더기로 버려져 있는 것을 발견했고, 그걸 메이드가 비버리지 사업부에 있는 직원에게 이게 뭐냐고 단순한 호기심에 물어보면서 일이 시작되었다고 했다.

"해당 객실 예약자 정보를 뒤져 보니까, 와인 전문가가 묵었던 프레지던셜 스위트룸을 결제했던 카드와 스탠다드 객실 결제 카드 정보가 같더라고요. 투숙자 명은 다르고."

가짜 와인 경매가 비자금 비축을 위한 수단 중 하나로 보였다.

"전 대표가 물러나면서 잠시 주춤하는 듯했는데, 얼마 전에 그 와인 전문가 이름으로 새 예약을 지시받았습니다.”

경매 현장을 급습하면 현행범으로 잡을 수는 있겠지만, 호텔 인지도는 바닥을 찍게 될 것이다.

“그냥 보고만 있을 수는 없고.”

현실은 녹록지 않은 법이니까, 회사의 비리를 알았다고 한들 내부고발자가 되기란 쉽지 않은 법이다.

“김우혁 부사장 쪽에서 노리고 이 대리님 괴롭히는 거 맞죠?”

지수는 가만히 입술을 깨물 뿐이었다.

“어느 쪽이 더 좋다고 말할 수는 없지만, 제 생각에 더 나쁜 쪽은 김우혁 부사장 쪽이에요.”

그는 아직 대표를 신뢰하지는 않는다고 말하고 있었다.

“고마워요, 고 대리님. 제가 잘 알아서 처신할게요.”

“제가 뭐 도울 일이 있으면 알려 주세요. 그 소문 진짜 아니죠? 그거라도…….”

지수는 고개를 내저었다.

“말씀만이라도 고마워요.”

미안한 듯 웃는 고 대리의 얼굴은 그저 선선하기만 했다.

그날 밤, 잠자리에 누운 지수는 상념으로 쉽게 잠을 이루지 못했다.

꼬리를 잡고, 몸통이 드러나고, 우두머리까지 위협해 오는 마당에 그들의 약점 중 하나로 보이는 것까지 잡게 되었다.

그런데 이게 다 무슨 소용이지? 내가 왜 이러고 있는 거야?

지수는 한숨을 폭 내쉬었다. 정작 이 일에 뛰어들게 만든 남자의 얼굴은커녕 목소리조차 못 들은 지 오래였다.

잠이 들락 말락 한 늦은 밤, 머리맡에 놓은 휴대전화가 조용히 진동했다. 지수는 얼른 휴대전화를 집어 들었다. 발신인은 의외의 인물이었다.

"리나?"

– 사장님!

오랜만에 듣는 리나의 목소리가 무척이나 반가웠다.

"무슨 일이야?"

– 잡았대요! 사장님, 왜 오늘 계속 연락 안 받으셨어요!

녹음 앱을 켜 놓으면서 잠시 휴대전화를 비행기 모드로 해 놨던 게 생각났다.

"잡다니, 뭘? 티아라?"

– 네, 잡았대요! 그게 그렇게 비싼 건 줄 모르고 헐값에 장물로 넘겼는데, 그걸 중국으로 팔려고 했나 봐요. 인천항에서 걸렸대요.

아예 잡을 수 없을 거라 생각했다. 뜻밖의 소식에 말이 나오질 않았다.

– 손상 없이 멀쩡하고요.

리나가 울먹이며 말을 이어 갔다. 조사가 끝나면 티아라를 돌려줄 예정이며, 이미 대여업체와 티아라 변제금 환불에 대해서도 이야기를 마쳤다고 했다.

– 대표님, 우리 다시 시작해요. 저 진짜 잘할게요. 네? 거기 있지 마시고요.

그동안 참았던 게 한꺼번에 쏟아지기라도 하듯 눈물이 후드득 쏟아져 내렸다.

"그래, 그러자. 리나야."

이런 걸 하늘이 돕는 거라고 하는 건가 보다. 갑자기 마음이 홀가분해졌다. 하나씩 제자리로 돌아가는 느낌이었다.

이제 나도 돌아가면 되는 건가.

통화를 마치고 멍하니 앉아 있는데, 손에 쥔 휴대전화가 다시금 진동하기 시작했다. 리나가 할 말이 더 남아서 전화를 다시 한 줄로만 알았다. 그런데 발신인은 우석이었다.

"여보세요?"

떨릴 줄 알았는데, 이상하게 떨리지 않았다.

- 잠깐 나올 수 있어?

그의 목소리가 깊게 가라앉아 있었다. 지수는 곤히 잠든 윤수를 내려다보며 대꾸했다.

"어딘데요?"

- 집 앞.

못 나간다고 하면 어쩌려고.

이 앞까지 왔다는 말에 딱딱해졌던 가슴이 단숨에 풀어지는 듯했다.

"나갈게요."

두꺼운 패딩을 껴입고 대문 밖으로 나서자, 낯익은 풍경이 눈에 들어왔다. 차에 비스듬히 기대선 그의 모습을 마주하자 가슴 한쪽이 저릿했다.

"오랜만이네요."

여상한 인사에 그가 쓴웃음을 머금었다. 그의 앞으로 다가서자 그가 손을 뻗어 지수를 품에 안았다.

"그날은 미안했어."

조용히 사과하는 목소리에 괜히 눈물이 핑 돌 것만 같았다.

"그날 나도 미안했어요."

그런데 더 미안해질 것 같아요.

그가 곁에 있는데도 불구하고 확신이 서질 않았다. 그를 둘러싼 모든 것을 감당할 수 있을지조차 의문이었다. 그를 지켜주기 위해 나선 건 이게 마지막이라고 생각했기에 가능한 일이었다.

평생을 이렇게 산다고? 글쎄…….

그냥 모른 척하고 그와 헤어진 뒤에 호텔을 그만두고 연 회장의 비호를 받으며 사는 게 마음이 편할 것 같았다.

그가 어깨에 가만히 이마를 기대 왔다.

"지수야."

나지막한 부름에 심장이 죄였다.

미안해요. 다정한 부름에 대답 못 해 줘서. 우석 씨는 가진 거 많잖아. 나는 가진 거 없어요. 나 우리 엄마 죽을 때, 윤수 지켜 주기로 약속했어. 그러려면 내가 좀 비겁하게 살아야 해. 내가 아파도, 비겁한 게 편해.

"있잖아요."

지수가 조용히 속삭였다.

"나 더는 힘들어서 못 하겠어요."

등허리를 꼭 끌어안고 있던 그의 팔이 맥없이 흘러내렸다. 그는 거리를 벌리며 지수를 바라봤다.

"뭘?"

"티아라 찾았대요. 대표님한테 빚진 거, 이제 갚을 수 있어요."

그가 파리하게 질린 얼굴로 지수를 내려다보았다.

"나, 대표님이랑 한 계약 파기하고 싶어요."

대신 당신이 승승장구할 수 있도록 도와줄게.

"해 줄 거죠?"

지수의 물음에 그는 넋이 나가 버린 듯했다. 그가 잠시 할 말을 잃은 것처럼 가만히 있더니 이내 미소를 머금으며 다정한 목소리를 냈다.

"그날은 내가 정말 미안했어, 지수야. 응?"

눈썹을 치뜨며 그는 지수의 허리를 더욱 당겨 안았다. 지수는 자신의 허리에 감긴 손을 밀어내며 고개를 내저었다.

"그날 일 때문에 이러는 거 아니에요."

원래 이쪽에서는 끝을 정해 놓은 만남이었다. 아무리 뜨거웠다 한들 식을 거라 여겼고, 아무리 애틋하다 한들 사라질 거로 생각했다. 그리고 당연히 그도 끝을 생각하며 자신을 만나고 있을 거라고 여겼다.

그는 지수의 얼굴을 물끄러미 들여다보았다.

"무슨 일이 있으면 나한테 이야기해 달라고, 그때도 말했을 텐데?"

그의 목소리가 딱딱하게 굳었다.

"무슨 일이 있기는 있어요."

그는 기대감 어린 시선으로 지수를 바라보았다. 뭐든 해결해 줄 테니, 말만 하라는 눈빛이었다. 하지만 지수는 다정한 그에게 비수를 꽂듯이 읊조렸다.

"내 마음이 변한 거."

그리 내뱉는 목소리는 지수 자신이 듣기에도 퍽 차가웠다. 그가 차에 기댔던 몸을 일으키며 똑바로 섰다.

"진심이야?"

지수는 고개를 두어 번 끄덕였다. 그는 아무런 말도 하지 못하고 침음을 삼켰다.

"나 이만 들어가 봐야 해요. 윤수가 깨면 찾을 거예요."

허리를 잡았던 손은 진작에 풀어졌다. 넋이 나간 얼굴을 한 남자를 뒤로하고 지수는 대문 안으로 들어섰다.

마당에 그대로 주저앉아 엉엉 울고 싶은 기분이었다. 그런데 울 주제도 안 된다는 생각에 그저 힘겹게 발걸음을 옮길 뿐이었다.

이튿날, 지수는 연 회장에게 자신을 만나 줄 것을 청했다. 그동안 연 대표의 근황을 간간이 전하는 전화 통화를 하기는 했지만, 한식당에서 식사를 한 이후로는 연 회장을 만날 기회가 없었다.

"오랜만이네."

점심시간을 이용해서 호텔을 찾은 연 회장이 호텔 I의 5층에 있는 일식당 VIP 식사실에 들어서며 지수에게 반갑게 인사했다.

"그간 강녕하셨습니까?"

지수의 물음에 연 회장은 손을 휘휘 저었다.

"말도 마, 우석이 그놈이 집안을 또 발칵."

말을 잇다가 말고 연 회장은 혀를 끌끌 찼다.

"한동안 잠잠하게 사나 했더니만……. 우희를 봤다지?"

"네, 우연한 기회에 만나게 되었습니다."

"우석이 애미 떠나고 나서 아무도 안 들이겠다 약속했거든. 우희 애미가 아이만 곁에서 키울 수 있게 해 달라고 졸라서 같이 지내고 있네."

아무것도 가진 거 없이 외롭게 자란 고아라고 했다. 인경그룹의 후원을 받아 대학을 마쳤고, 후원 행사에서 우석의 친부를 만나 하룻밤을 보낸 게 그녀의 인생을 바꿔 놓았다고.

친부의 바람기 때문에 친모가 죽었다고 생각하는 그는 아이를 앞세워 나타난 여자를 달갑지 않게 여긴다고 했다.

"그렇게 우석이 애미를 잃었으면 정신이라도 차려야 하는데, 지금까지 여자를 끼고 사니, 원."

엄마가 죽고 나서 정신 차린 아버지에게 감사 인사라도 해야 하나 싶어서 지수는 쓰게 웃었다. 그리고 저 말인즉 우희의 엄마조차도 아이를 키우며 그런 모습을 다 지켜보고 있다는 거였다.

"그런 애비 밑에서 자라서 그런지 우석이 놈은 남을 감쌀 줄

을 몰라. 결국, 내가 우석이 애비를 잘못 가르쳐서 그런가 싶네
만."

연 회장은 회한 섞인 한숨을 내쉬며 지수를 바라보았다.

"저 혼자 잘나서 큰 줄 아는 놈이야. 내가 저 크는 데 얼마나
공을 들였는데."

공을 들이면서 못 할 말도 많이 했다고, 연 회장은 자조했다.

"죽은 사람은 잊어 줘야지. 그렇게 끼고 산다고 달라지느냐
고, 남자 놈이 약해 빠졌다고 윽박도 지르고."

나쁘셨네요, 회장님.

지수는 가만히 연 회장이 하는 말을 듣기만 했다.

"제 애비한테 대들고 독단적으로 굴 때마다 크게 되지 못할
놈이라고 혼냈지."

그는 자신의 손을 내려다보며 말을 이었다.

"내 손에 생긴 이 주름들 말이야. 처음에 생길 때는 이렇게
굵지 않았거든? 아주 가느다란 잔주름부터 잡히기 시작했지.
근데 어느 순간 보니까 굵직한 주름들이 자글자글해지면서 살
이 축 늘어지더구먼."

연 회장은 양손을 비비며 한숨 쉬듯 말했다.

"가느다란 골이 생긴 거로 생각했네. 가족이니까 쉽게 넘기
다 보니 그 골이 깊어지는 줄도 몰랐어. 가족이니까 그 골을 메
우는 것도 더 힘들 거라는 것 역시 몰랐지."

연 회장의 눈가가 어쩐지 촉촉해진 듯했다.

"그동안 손주 이야기 들려줘서 고마웠네."

그는 마치 지수가 결단을 내린 걸 눈치챘다는 듯이 말했다.

"송구합니다, 회장님."

"내 약속은 지킬 테니, 걱정하지 말게."

자리를 이만 갈무리하려는 연 회장을 지수가 붙들었다. 누군가에게 부탁해서 손주 이야기를 듣고 싶을 만큼 연 회장은 손주를 사랑했다.

하지만 그는 손주에 대한 확신은 없어 보였다. 물론 경영자로서 인정을 받아야 한다는 연 회장의 말도 일면 수긍이 갔지만, 가족이라서 갖는 믿음에 대한 용기가 부족해 보였다.

"회장님."

"그래, 말해 보게."

"저희 어머니도 그와 비슷한 일로 돌아가셨습니다. 늘 아버지를 원망하며 살아왔습니다. 꼭 필요할 때 외에는 말도 섞지 않았고요. 하지만 오늘은."

괜히 왈칵 눈물이 나올 것 같아서 지수는 숨을 한 번 들이켰다. 연 회장은 계속해 보라며 고개를 끄덕였다.

"태어나서 처음으로 아버지랑 소주 한잔 할까 하는 생각이 듭니다. 아버지가 거절하시진 않을 것 같아서요."

연 회장이 의미심장한 눈초리로 지수를 바라보았다.

"그리고 아마 우석 씨도 거절하지 않을 겁니다, 회장님."

연 회장은 생각이 많아진 눈빛으로 지수를 응시했다.

"그리고 회장님 비호는 받지 않겠습니다. 이제껏 그래 왔듯이 스스로 살아갈 수 있을 것 같습니다. 대신 부탁 하나만 드리겠습니다."

뭐든 이야기해 보라는 듯 연 회장이 고개를 끄덕거렸다.

"호텔 I 근무 경력도 짧은 주제에 감히 말씀드리자면, 김우혁 부사장과 부총지배인의 관계에 대해 아셔야 할 것 같습니다."

"우혁이?"

조카에 대한 마음이 깊은지, 연 회장이 뜻밖이라는 얼굴을 했다.

"여기까지만 말씀드리겠습니다."

연 회장은 가만히 앞에 앉은 지수를 응시했다.

어쩐지 아쉽다. 처음 지수에게 제안했을 때, 흔쾌히 수락하는 것을 보고 어쩔 수 없는 속물근성을 가진 이라 치부했었다.

그런데 이제 아무런 도움도 필요치 않다며 깨끗이 물러나겠다는 모습에 아쉬운 건 오히려 연 회장 쪽이었다.

지수의 보고는 언제나 깍듯했지만, 그 안에 손주를 향한 깊은 애정이 담겨 있었다. 그래서 지수와 짧은 전화 통화를 하고 있노라면 이제껏 느끼지 못했던 평온함마저 얻곤 했었다.

"이지수 양."

"네, 회장님."

"우석이하고는 이야기가 끝난 겐가?"

"네, 끝났습니다."

고얀 놈.

연 회장은 저도 모르게 혀를 끌끌 찰 뻔했다. 제 여자 하나 지키지도 못하는 놈이 어떻게 회사를 지키겠다는 건지, 괘씸한 마음에 손주 녀석을 혼쭐을 내고 싶은 충동마저 일었다.

"그럼, 나중에 또 보세."

지수는 바늘구멍 하나 들어갈 틈 없이 꼿꼿했다. 여기서 더 설득을 해 봐야 통할 것 같지 않았다.

지수와 헤어지고 나서 차에 오른 연 회장은 강수를 두어야겠다는 생각에 휴대전화를 집어 들었다.

"홍 실장, 내가 부탁한 건 준비해 됐나?"

수화기 너머에서 만족스러운 대답이 흘러나오자, 연 회장은 의미심장한 미소를 머금었다.

등잔 밑이 어두운 법이다. 태풍의 눈은 고요한 법이다. 소문으로 가장 큰 피해를 볼 당사자는 원래 제일 나중에 그걸 전해 듣는 법이다.

우석은 홍 실장이 프린트해 온 찌라시 내용을 보고 온몸의 근육이 마비되는 듯한 착각이 일었다. 심장이 차갑게 굳었다. 머리끝까지 차오른 분노에 턱 끝이 파르르 떨렸다.

우석은 턱을 굳게 다물었다가, 다문 잇새로 낮게 읊조렸다.

"이게 호텔 직원들 사이에서 돌고 있단 말입니까?"

홍 실장은 파리한 낯빛으로 고개만 끄덕일 뿐이었다.

"언제부터?"

"정확하지는 않지만, 이지수 대리가 입사한 직후부터 그랬던 것 같습니다."

　살면서 이렇게 무능함을 절감해 본 것은 어머니의 장례식 이후 처음이었다.

　"부총지배인 쪽인가?"

　"그런 것 같습니다."

　비열한 방법을 쓸지도 모른다고 예상은 했지만, 그 안에서 그녀가 상처받을 거라는 생각은 하지 못했다.

　그래서 헤어지자고 했나?

　우석이 지수에게 전화를 걸려고 휴대전화를 집어 들었을 때였다. 낯선 번호가 휴대전화 화면에 나타났다.

　"네, 연우석입니다."

　업무 용도가 아닌 개인적인 용도로 사용하는 휴대전화였기에 이곳으로 낯선 곳에서 전화가 걸려 올 일은 거의 없었다.

　― 안녕하세요, 대표님. 저는 객실 예약실 소속 고윤준 대리입니다.

　더더군다나 호텔 I의 직원이 이 전화번호를 알 리는 만무했다.

　"무슨, 일입니까?"

　일단 직원의 전화에 응대는 해야 했다. 휴대전화 너머에서 망설이는 목소리가 큰 비밀이라도 품고 있는 것처럼 들렸다.

　― 잠깐 호텔이 아닌 곳에서 대표님을 뵙고 싶습니다.

　"당장 말입니까?"

　― 퇴근 이후가 좋을 것 같습니다.

　"무슨 일인지 물어도 됩니까?"

– 부총지배인님과 관련한 일입니다.

빼도 박도 할 수 없게 오늘 저녁은 고윤준 대리를 만나야 할 것 같았다. 우석은 통화를 마치자마자 지수의 상사인 강진필 지배인에게 전화를 걸었다.

"형."

– 왜 이렇게 살갑게 불러?

"이지수 오늘 사표 냈어?"

– 사표? 그만둔대? 아직 안 냈어.

"사표 수리하지 마. 인수인계할 사람 나올 때까지 나오라고 하든지, 아무튼 붙잡아."

– 무슨 일이야? 싸웠어? 남의 사랑싸움에 안 낀다니까.

"사랑싸움 아니니까, 붙잡아!"

자신에게 하는 말이었다. 무슨 일이 있어도 붙잡아야 한다고.

시간은 더디 흘러갔다.

퇴근 시간 이후에 보는 눈이 없는 곳에서 만나고 싶다던 고윤준 대리를 우석은 호텔과는 거리가 있는 분당의 중식당으로 불러냈다.

"처음 뵙겠습니다. 고윤준입니다."

인사를 마친 고 대리는 함께 온 세 명의 인사를 차례대로 소개했다.

그들의 낯빛에 불안감이 가득했다.

"이렇게 연락 주셔서 감사합니다. 편하게 말씀하시죠."

서로 눈치를 보며 곁눈질을 하던 이들이 우석의 독려에 조심스레 입을 열기 시작했다.

"……그 자리는 돈을 쓰며 자신을 과시하기 위해 만든 자립니다. 돈이 얼마가 됐든 값비싼 와인을 손에 넣기 위해 경쟁했을 겁니다. 그렇게 얻은 와인의 진위를 알아보는 것은 자존심 상하는 일이라 여겼을 겁니다."

비공개 와인 경매 참석자 대부분이 VVIP들 중에서도 유독 허세가 심하기로 유명한 고객들이라고 했다.

일부는 호텔 내에서 무례하게 군 전적 때문에 VVIP 리스트뿐 아니라 호텔 내에서 관리하는 블랙 컨슈머(Black Consumer, 악의적 소비자) 리스트에도 올라 있다고 했다.

그리고 사라진 듯했던 이 경매 행사를 목전에 두고 있다는 게 고윤준 대리의 설명이었다.

꼭 걸어 잠근 호텔 방 안에서 이뤄지는 일들을 대표가 다 알 수는 없었다. 한 회사의 오너가 회사 전체의 일을 다 알기란 쉽지 않다. 이런 직원들이 없다면, 오히려 더 쉽게 속을 수 있는 자리이기도 했다.

"말씀 감사합니다. 제가 좀 더 알아보도록 하죠."

우석은 진심으로 감사를 표했다. 부총지배인과 김우혁에 대한 일을 마무리 짓고 난 뒤에 이들에 대한 처우를 고려해 봐야 겠다고도 생각했다.

그런데 의문이 생겼다. 대체 어떻게.

"제 개인 연락처는 어떻게 알았습니까?"

고 대리가 다른 이들 눈치를 보며 입을 꾹 다물었다.

고 대리는 동석했던 이들에게 양해를 구하며 우석에게 독대를 요청했다. 자신들에게 위협이 될 만한 회사의 비리를 발설하는 과정에서도 거침없었던 고 대리의 행동이 조금 의아했다. 아마 더 힘든 이야기를 꺼내 들려고 하는 것 같아서, 우석은 고 대리와 마주 앉았다.

"며칠 전 엘리베이터에서 이지수 대리를 봤습니다."

저 이름이 왜 하필 여기서.

뜻밖의 언급에 우석은 감정의 동요를 일으키지 않으려 애썼다.

"그래서요?"

딱딱한 물음에 고 대리는 긴장한 듯 보였다. 찌라시 내용은 당연히 다 알고 있는 표정이었다.

"그동안 마음고생을 좀 한 모양입니다. 그날 부총지배인한테 불려 갔다 온 듯했고요. 제가 14층에서 올라탔을 때, 김우혁 부사장과 함께 있었습니다."

지수가 그들과 한 패라고 이야기하고 싶은 건가?

우석은 어쩐지 쓴웃음이 날 것만 같았다. 여우같이 자신을 이용한 거라면 차라리 다행이지 싶었다.

그런데 감당 못 할 일에 자의 반, 타의 반으로 끼어들게 된 거라면 이야기는 달라진다.

"혹시 보셨습니까?"

찌라시의 내용을 말하는 듯했다. 우석은 턱을 굳힌 채로 고개를 끄덕였다.

"제가 함께 타고 있는데도 불구하고, 김우혁 부사장은 말을 삼가지 않았습니다. 직원인 저를 통해서 엉뚱한 소문이 더 심해지기를 바라는 눈치였습니다."

뱀같이 교활한 놈이 그녀에게 세 치 혀를 더럽게 놀렸다는 말을 듣고 있자니 머릿속이 아찔할 정도로 열이 올랐다.

"그래서요?"

"엘리베이터에서 내려서 이 대리를 따로 불러서 이야기를 나눴습니다. 이 대리 표정이 마치 제가 와인 비리를 처음 깨달았을 때와 비슷했거든요."

소문으로 인해 대표에게 원망을 품고 있으면 어쩌나 고민도 했다고 한다. 그런데 만약 억울하게 당하고만 있는 거라면 그걸 곧이곧대로 믿는 이만 있는 건 아니라는 것을 알려 주고 싶었단다.

"대표님, 연락처는 이지수 대리에게 받았습니다. 솔직히 대표님께서도 같은 배를 타신 건 아닌가 걱정했는데, 이지수 대리가 아니라고 확신하더군요."

입이 썼다. 담담하게 이별을 고했던 여자가 자신의 역성을 들고 다닌다니, 가슴이 죄여 오는 듯 했다. 기분이 좋기도 하고, 괘씸하기도 하고…… 한숨이 흘러나왔다.

"이지수 대리가 자신에 관한 이야기는 함구해 달라고 했는데, 말씀드리는 게 맞는 것 같아서 말씀드립니다. 이 대리가 괜히 대표님 연락처를 가지고 있는 것 같지는 않아서요."

고 대리의 눈빛에 얼핏 비난의 기색이 어리는 듯했다. 어떻게 그 여자를 험한 소문 속에서 혼자 버티게 할 수 있었느냐고, 어떻게 모를 수가 있었느냐고 묻고 있었다.

비난받아 마땅했다. 아둔하게 이런 것도 모르고 어설픈 사랑으로 그녀를 곁에 붙잡아 두려 했었다.

"아무튼, 고맙습니다, 고 대리. 오늘 만남은 우리만 아는 거로 합시다."

고 대리를 포함한 그 일행들과 일별하고 시계를 보니 밤 9시가 가까운 시각이었다. 내일쯤 격했던 감정이 조금 사그라지고 나면 그녀를 만날까 했다.

'나 대형 사고 하나 치려고 하는데. 무슨 일이 있어도, 나 믿어 줄 수 있나요?'

술 취한 밤 그녀가 했던 말이 머릿속을 스쳤다. 감정은 사그라지기는커녕 그 몸집을 점점 더 크게 불려 갔다.

지금 당장 그녀를 만나야 했다.

그녀의 집 앞에 다다랐을 때, 우석은 한참을 망설였다. 전화해도 받지 않으면 어쩌나, 집에 없으면 어쩌나.

언제나와 같이 그녀의 집 앞에 무작정 찾아왔지만, 한 번도 하지 않았던 고민을 했다.

심호흡하며 전화를 걸었는데, 의외로 몇 번 신호가 울리지 않고 휴대전화 너머에서 그녀의 청아한 목소리가 흘러나왔다.

– 네, 이지수입니다.

선을 긋는 깍듯한 응대였다.

"잠깐 좀 봤으면 좋겠는데."

이런 전화에 그녀가 나오지 않았던 적도 한 번도 없었다.

살면서 이토록 가슴 졸였던 순간이 있었던가?

우석은 숨을 죽이고 그녀의 대답이 흘러나오기만을 기다렸다.

– 잠깐만 기다려 줘요. 윤수가 아직 안 자서.

"그래, 기다릴게. 준비되면 나와."

통화를 마치고 2시간이 지나 자정이 다 되어서야 그녀가 대문 밖으로 나왔다.

우석은 얼른 운전석에서 내려 그녀를 반갑게 맞았다.

"윤수 늦게 자네."

"미안해요. 윤수 재우다가 나도 깜빡 잠들었나 봐요."

미소를 띤 채로 건넨 말에, 그녀는 밖에서 기다리는 이를 전혀 생각지도 못했다는 듯이 말한다. 그녀의 얼굴은 표정을 지운 듯 무감했다.

"무슨 일이에요?"

목소리에도 감정이 실려 있지 않았다. 그녀는 언제나 우석의 앞에서는 감정적 동요가 극명했었다. 기쁘고, 즐겁고, 화나고, 짜증나고, 앙탈 부리고……. 남들 앞에서는 숨길지 몰라도, 우석 앞에서는 모든 것을 다 드러냈던 그녀였다.

그런데 그런 그녀가 가면이라도 쓴 듯 표정 없는 얼굴로 우석을 대했다.

"방금 고 대리 만나고 오는 길이야."

예상했다는 듯이 그녀는 여상하게 고개만 끄덕였다. 그러고는 한숨 쉬듯 대꾸했다.

"나는 오늘 연 회장님 만났어요."

일전에 백당에서 조부를 만났다는 보고를 받은 적이 있었다. 그 일을 잊은 것은 아니었지만, 이 타이밍에 그녀의 입에서 조부를 만났다는 이야기가 흘러나올 줄은 몰랐다.

그때 바로 묻지 못한 게 화근이었는지도 모른다. 어쩌면 두려웠을 것이다. 자존심 강한 그녀가 우석의 뒤에 숨어서 일을 흘려보낼 리 없을 테니까.

"나 사실 연 회장님이랑 거래했어요."

조부가 돈 줄 테니 떨어지라고 치졸한 방법을 써서, 절대 그렇게는 못 하겠다며 스스로 떠났을지도 모른다는 진부하지만 꽤 현실적인 상상을 했었다.

"이틀에 한 번꼴로 연 회장님한테 우석 씨 뭐 먹었는지, 기분이 어땠는지, 같이 뭐 했는지 보고했어요."

그녀는 자신이 우석의 뒤통수를 쳤다고 말하고 있었다. 마치 우석 쪽에서 뼈저린 배신감을 느끼고 돌아서라는 듯이 그녀의 말투는 차가웠다.

"그래서?"

"아무도 안 만나던 우석 씨가 이제 좀 여자에 관심을 두는 것 같다고 연 회장님이 그러시더라고요. 적당히 곁에 있다가 떠나겠다고, 제가 거래하자고 했어요."

우석은 주먹을 꽉 움켜쥐었다. 절대 그럴 리 없다는 것을 아는데, 그녀는 자신에 대해 분노하라는 듯이 우석의 속을 긁어 댔다.

"어때요? 나 되게 나쁜 년이죠? 참, 회사에 도는 소문 이제 들었죠? 쉽게 해결할 방법 알려 줄까요? 나 그냥 나쁜 년 만들면 돼요. 꼬리 좀 치다가 실패한 셈 치죠, 뭐."

그녀는 이제 홀가분하다는 듯이 청아한 미소를 머금으며 말을 이었다.

"고 대리 만났으면 대충 들었겠네요. 그럼 소문이 어디서 흘러나왔는지도 알았겠고. 근데 솔직히…… 그렇게 나쁜 년까지 되는 건 싫고요. 이거 받아요."

그녀는 USB 메모리 스틱 하나를 우석에게 건넸다.

"부총지배인이랑 김우혁 부사장이 나 협박하려고 했던 거 녹음한 거예요. 뭐 이걸 공개할 수는 없겠지만, 그 둘 입 다물게 하는 데는 통할 것 같아서."

그녀는 자신이 겪은 일들이 아무것도 아니라는 듯 말했다. 분노가 치밀었다. 엄청난 일을 겪은 그녀가 스스로를 하찮게 여기는 듯한 태도에 가슴속이 들끓었다.

"솔직히 사람 앞에 두고 뒤에서 연 회장님이랑 거래한 게 좀 미안하긴 하더라고요. 나도 양심은 있어서. 그래서 소문 더 돌라고 일부러 반박도 안 했어요. 그 바람에 주은 씨도 좀 괴롭히고."

그녀가 내뱉는 말에는 막힘이 없었다. 이제 보니 그녀는 준비된 대본을 읽는 것처럼 보였다. 우석이 어떤 반응을 보일지 미리 판단하고, 예측하고 그에 걸맞은 대사를 읊고 있었다.

"지수야."

"그렇게 부르지 마요. 그렇게 부르는 거 이제 싫어요."

진심이 아니라고 해도 가슴이 찢어질 듯한데, 그녀는 진심인 것처럼 미간을 찌푸렸다.

"소문이 더 흉흉해지고, 내가 궁지에 몰리면 몸통이 나한테 연락할 거로 생각했거든요."

그녀는 자신이 꽤 영민하게 굴어서 상처가 될 만한 일도 없었다는 듯이 무심한 말투로 이야기했다. 하지만 그녀의 눈빛은 달랐다. 언제나 우석의 눈을 깊이 바라보며 이야기를 나누던 그녀는 지금 우석의 시선을 피하고 있었다.

"이걸로 퉁 칠까요? 나 덕분에 연 대표님 평판도 지키고, 호텔 I도 무슨 와인 경매니 뭐니 사기꾼 잡고. 부총지배인 잡고 싶은데 증거 불충분 아니었어요?"

그녀는 할 말을 다 했다는 듯 입을 꾹 다물었다가, 갑자기 생각난 게 있다는 듯이 입을 열었다.

"아, 내가 티아라 도둑 잡은 건 말했죠? 그리고 나, 거짓말했어요."

진심으로 미안하다는 듯 짓는 표정에 우석은 지푸라기라도 잡고 싶어서 그녀의 곁으로 한 걸음 다가섰다. 미안한 짓을 했으면, 이러지 말라고 다그치고 싶은 심정이었다.

"나, 마음 안 변했어요."

심장이 철렁 내려앉았다가 다시 빠르게 뛰었다. 일말의 희망이 엿보이는 건가 싶었다.

"변할 마음조차 없었거든요."

차갑게 내뱉는 말에 심장이 차갑게 식어 가는 게 느껴졌다.

"그만 가세요. 그리고 연 회장님 원망은 하지 마요. 내가 먼저 거래하자고 덤볐으니까."

그녀가 어깨를 으쓱해 보이고는 돌아섰다. 크게 숨을 들이쉬는 것처럼 어깨를 들썩인 그녀가 성큼성큼 걸음을 옮기며 멀어졌다. 마치 연극을 끝내고 돌아서는 배우처럼 그녀의 뒷모습엔 홀가분함과 동시에 쓸쓸함이 배어 있었다.

우석은 얼른 다가서서 그녀를 뒤에서 와락 끌어안았다. 품에 안긴 그녀의 향기는 여전히 달콤했다. 작게 떨리는 몸이 품 안에 들어온 것만으로 차갑게 굳어 버린 심장이 녹아내렸다.

가슴이 떨려서 미쳐 버릴 것만 같았다. 그녀의 모든 게 그대로인 것 같은데, 자신을 부정하고 있다는 사실이 믿기지 않았다. 아니, 믿고 싶지 않았다.

떨리는 목소리가 흘러나왔다.

"……지수야."

"싫다는데, 이러는 거."

그녀의 목소리가 깊게 잠겨 있었다. 마치 울음을 참는 듯이.

"이것도 일종의 데이트 폭력인 거 알아요?"

지수는 일부러 더 날카롭고 표독스러운 목소리를 내기 위해 노력했다. 자신이 듣기에도 정나미가 뚝 떨어지는 음성이었다.

코끝을 스치는 그의 체취는 그대로였다. 매혹적인 향기가 폐부 깊숙이 뚫고 들어와 모든 것을 앗아 갈 것처럼 굴었다. 지수는 그의 품에서 빠져나오기 위해 몸을 뒤척였다. 이러지 않으면 당장에 돌아서서 그에게 매달리고 싶어질 것만 같았다.

상처 되는 말을 해서 미안하다고, 사실 전부 진심은 아니었다고, 연 회장과의 거래는 용서해 줄 수 있느냐고.

울면서 매달리기라도 하면 눈물이 깊게 팬 골을 메우고 이전처럼 웃을 수 있을까. 헛된 상상으로 가슴을 적시고 있는데, 꽉 죄고 있던 단단한 팔에서 힘이 스르륵 풀어지는 게 느껴졌다.

이제 정말 마지막이다.

"앞으로 이렇게 찾아오는 일도 없었으면 좋겠어요. 내 사정 뻔히 알 텐데, 계속 곤란하게 하지 마요."

차갑고, 독단적이고, 세상을 품을 줄 모르는 이는 저 남자가 아니라 자신이었다. 매너 좋고, 바르게 자란 남자는 지수의 말 한마디에 뒤로 성큼 물러섰다.

대문으로 향하는데 눈물이 앞을 가려서 문고리가 보이지 않았다. 눈을 꾹 한 번 감았다 뜬 지수는 간신히 흐릿한 시야를 확보할 수 있었다.

문고리 근처를 잡고 대문을 밀어 열었다. 끼익, 하는 소리에 터져 나오려는 울음소리를 겨우 숨겼다. 자신이 생각해도 경멸적인 말만 골라서 지껄였다.

지수는 방에 들어서자마자 이불 속에 몸을 파묻었다. 갑자기 오한이 온 듯 몸이 바들바들 떨렸다.

같은 상처를 앓은 사람들은 함께 행복할 수 없다. 서로를 보며 그 상처를 곱씹게 될 테니까. 그의 곁에는 상처 없이 맑고 밝은 여자가 함께하는 편이 나을 것이다.

처음이었으니 책임지라고 했던 그의 얼굴이 떠올라서 눈물이 뚝뚝 흐르는 중에도 웃음이 났다.

이별의 아픔은 다른 사랑으로 잊으면 되지. 좋은 사람 만나요.

원치 않는 바람을 간절히 기도하며 지수는 눈을 꾹 감았다.

8화 - 사랑의 당위성

　강 지배인의 도움으로 그녀는 출근을 계속하고 있었다. 우석은 일부러 아침 일찍부터 시간을 내어 백오피스를 순시했다. 그녀는 아무렇지 않은 듯 미소를 머금은 얼굴로 다른 직원들과 다를 바 없는 인사를 건넸다.

　일종의 고문이나 다름없었다. 변할 마음 따위도 없었다는 그녀를 괴롭히려 백오피스를 찾았는데, 되레 우석이 괴로웠다. 당장에 손을 뻗어 품에 안고 싶은 충동을 몇 번이나 견뎠는지 헤아릴 수 없었다.

　그럴 때마다 그녀는 감정을 비워 내고 그려 낸 듯한 은은한 미소만 머금을 뿐이었다.

　매일매일 얼굴을 부딪치다 보면 달라지지 않을까?

　별 소득이 없는 백오피스 순시를 마치고 인경개발 사옥으로 향하는 길이었다. 낯익은 얼굴이 저 멀리 보였다.

우석은 수행원을 물리고, 그의 곁으로 다가갔다.

"이윤수?"

"아, 안녕하세요, 사장님."

용케도 그녀의 동생 윤수는 우석의 얼굴을 기억했다.

"여기서 뭐 해? 누나 기다려?"

윤수의 손에는 휴대전화가 들려 있었다.

"아니요. 누나 안 기다려요."

"그럼?"

"사, 사장님 보러 왔어요."

윤수가 수줍게 웃으며 대꾸했다. 무작정 이곳에 오면 우석을 만날 수 있을 거로 생각했다는 윤수가 안타까워서 한숨이 흘러나왔다.

"그래? 윤수 춥지? 따뜻한 데로 갈까?"

"네, 네!"

호텔 안으로 데리고 들어가면 안 될 것 같아서 우석은 호텔 건너편에 있는 커피 전문점으로 윤수를 데려갔다.

"왜 나 만나려고 했어?"

핫초코를 후후 불며 장난치던 윤수가 깜빡 잊고 있었다는 듯 흠칫 놀란 표정으로 고개를 들었다.

"있잖아요."

"응."

"우리 누나 회사에서 누가 괴롭혀요?"

윤수는 자기가 억울하다는 듯이 씩씩거렸다.

"누나 원래 잘 안 울어요. 윤수 아파서 병원 가도 안 울고. 아빠랑 싸워도 안 울어. 근데."

울분을 삼키듯 윤수가 이를 앙다물었다가 다시 입을 뗀다.

"근데 누나 요즘 맨날 울어요. 윤수 자는 척하면, 울어. 우리 누나 누가 괴롭혀요?"

심장이 조여 왔다. 누군가가 움켜잡고 비틀어 대는 것처럼 가슴이 아렸다.

이지수가 운다는데, 그래서 가슴이 아픈데, 내심 웃음이 나올 것만 같았다.

마음이 없긴 뭐가 없어. 나쁜 년 맞네. 거짓말이나 하고.

헤어지자는 말은 본인이 해 놓고, 애초에 애틋한 감정 같은 건 시작도 안 했다는 식으로 굴어 놓고, 그녀가 울고 있었다.

왜 울어, 아파서 울어? 왜 아픈데…….

이런 걸 두고 괘씸하다고 해야 하는지, 아니면 여지가 있으니 희망적이라고 해야 하는지.

세상일을 왜 그렇게 다 혼자 짊어지고 사는 것처럼 구는 건지, 모두 잠든 밤에 성치 않은 동생 곁에 누워서 눈물을 훔쳤을 그녀를 생각하니 눈가가 시큰해졌다.

호텔에 입사할 때, 우석에게 입사 조건에 관한 거래를 제안했을 때를 제외하고, 그녀는 우석에게 무언가를 먼저 요구하는 법이 없었다.

마음뿐 아니라, 할 수만 있다면 영혼까지 내어 줄 수 있는 남자가 곁에서 그녀를 바라보고 있는데도 불구하고 그녀는 꼿꼿하기만 했다.

누군가는 그녀를 이기적인 사람이라고 할지 모른다. 계산적이며, 치고 빠지는 데 능한 인간이라고 욕할 수도 있다.

그게 아닌데.

우석이 근거리에서 지켜본 그녀의 모습은 그게 아니었다. 그녀는 누구보다 이타적이고, 배려심 넘치는 사람이다.

본인이 나쁜 년으로 몰릴지언정 부하 직원을 먼저 살폈다. 자신을 위하는 시간은 없이, 일하는 시간을 제외하고는 언제나 항상 동생에게 매달려 있었다.

우석은 눈앞에 앉아 있는 청년을 바라보았다. 나이는 20대 초반인 듯했으나, 그가 가진 눈빛은 어린아이에 가까웠다.

"누나 괴롭히는 사람 혼내 달라고 온 거야?"

윤수가 결의에 찬 눈동자를 빛내며 고개를 끄덕거렸다. 사장이니까 누나를 괴롭히는 누군가를 혼낼 수 있다고 생각했나 보다.

그리고 어리숙한 감이지만 우석이 누나의 편을 들어 줄 수 있을 거라고 여긴 듯했다.

"윤수는 몇 살이야?"

어디가 어떻게 불편한지 물은 적이 없으니 알 수 없었다. 그녀가 먼저 말하기 전까지 우석은 자세히 물을 생각을 하지 않았다.

뒷조사하려면 얼마든지 할 수도 있었지만, 계약으로 묶어 놓

186

은 마당에 더 비겁해지고 싶지 않아서 하지 않았는지도 모른다.

그래, 그 계약.

그것부터가 잘못되었는지도 몰랐다. 하지만 그렇게라도 핑곗거리를 만들어 놓지 않았다면 이지수가 연우석 곁을 지키는 시늉이라도 했을까?

어쩌면 그녀도 계약 핑계를 대며 우석의 곁에 있을 수 있었던 게 아닐까?

그렇다면 분실되었던 티아라가 돌아왔으니, 이제 무용지물이 되어 버린 계약 때문에 떠나기로 한 걸까?

전혀 이치에 맞지 않는 망상이었다. 그녀가 자신을 애틋하게 바라보던 그 눈빛이 그리워서, 우석은 이별의 이유를 찾으려 애썼다.

무엇이, 어떻게, 어디부터, 왜 잘못되었는지를 찾으면 그녀의 애틋했던 눈빛과 다정했던 미소가 그리고 상냥했던 손짓이 다시 돌아올까 싶어서…….

윤수가 머뭇거리며 입을 열었다.

"스물두 살이요. 그런데 여기는요. 여섯 살이래요."

자신의 머리를 손가락으로 가리키며 윤수가 왜 그런지 이유를 모르겠다는 듯한 표정을 지었다. 그러더니 머뭇거리며 다시 입을 연다.

"누나 괴롭힌 사람, 찾아서 혼내 줄 수 있어요?"

우석은 고개조차 끄덕이지 못하고 가만히 윤수를 바라봤다. 누나를 울게 만든 사람이 눈앞에 앉은 자신이라고 말해야 하는

지 싶어서 가슴이 쑤셨다.

"……윤수야."

우석이 조심스레 입을 연 순간이었다. 윤수가 흰자가 보일 정도로 눈을 까뒤집으며 제 머리를 움켜잡고는 무릎 사이에 얼굴을 묻었다.

"으으."

괴로움에 절규하는 소리가 날카로웠다. 심장이 철렁 내려앉았다. 우석은 마주 앉아 있던 윤수의 곁으로 얼른 다가갔다.

"윤수야!"

"괜찮아요, 이제. 괜찮아질 거예요."

윤수가 천천히 고개를 들어 올렸다. 희게 질린 얼굴에는 식은땀이 배어났다.

"여기는 여섯 살인데, 몸은 스물두 살이라 그런가 봐요."

윤수는 애써 웃으며 한숨을 몰아쉬었다.

"여기는 안 크니까, 자꾸 아픈 것 같아요."

윤수가 언제 아팠느냐는 듯이 머리를 가리키며 환하게 웃었다.

"언제부터 아팠어? 누나랑 계속 병원 다녀?"

"병원은 다니는데……."

윤수는 또다시 무언가 부탁할 것처럼 결의에 찬 눈빛을 빛냈다.

"누나한테 나 이렇게 아픈 거는 말하면 안 돼요! 절대!"

여섯 살이라면 응석을 부리며 더 아프다고 떼를 써야 하지 않나?

하지만 윤수는 자신의 상태가 악화되고 있는 사실을 누나인 지수에게 숨기고 있는 듯했다.

"윤수야. 내가 누나 괴롭히는 사람 혼내 줄게. 대신 윤수도 내가 하자는 대로 할래?"

윤수의 눈동자에 두려운 기색이 어렸다.

"누나 위해서, 어때?"

누나를 위한다는 말에 윤수가 고민할 여지도 없다는 듯이 고개를 끄덕거렸다.

"뭐 하면 되는데요?"

우석은 조금 전에 윤수가 쥐어뜯었던 머리카락을 손으로 빗어 정리해 주었다.

조금 전에 머릿속을 헤집던 망상들이 되살아났다.

계약 때문에…… 핑곗거리가 사라진 거라면…….

이번에는 판을 더 크게 짜야겠네. 걸려든 이지수가 빠져나갈 구멍도 없이 촘촘하게.

그가 대표실로 지수를 부른 건 오랜만이었다. 이별을 고한 후, 며칠 동안 작정한 듯 백오피스 순시를 돌던 그는 요 며칠 아예 발길을 끊어 버렸다.

속이 시원하다 못해 시렸다. 찬바람이 횡횡 부는 가슴에 서

릿발이 내렸다. 가슴에 동상이라도 걸린 듯했다.

차갑고, 딱딱하고…… 아팠다.

그런 그가 자신을 다시 찾은 데에는 단순히 업무적인 요인에 기인했을 거라고 간단히 결론을 내렸다.

"완도 호텔 건은 순조롭게 진행되고 있어."

그는 보자고 한 이유가 지수가 생각한 게 맞다는 듯이 업무 이야기를 꺼냈다.

그런데 눈빛은…….

그의 검고 투명한 눈빛은 여전히 사랑스럽다는 듯이 지수를 바라보고 있었다.

왜 아직도 그런 건데…….

그런 눈빛으로 더는 자신을 바라보지 말라고 말할 수도 없다.

"좀 말랐나?"

분명 완도 호텔 연회장에 관해 이야기하고 있었다. 그는 지수의 얼굴을 안쓰러운 듯 살피며 물었다. 며칠 잠을 설쳤고, 며칠 끼니를 걸렀고, 그런데도 출퇴근은 착실하게 했으며, 밤에는 윤수를 돌봤다. 살이 내린 게 어쩌면 당연했다.

"아닙니다."

지수는 단호히 부정했다. 앞에 앉은 남자가 영향을 미친 일은 없다는 듯이 굴었다.

"그럼, 다행이고."

그는 특별히 신경 써서 건넨 질문은 아니었다는 듯이 상황을 갈무리했다. 사랑이 가득 담겨 있는 듯한 눈빛은 착각이었나 보다. 심장이 콕콕 쑤셨다.

이제 저쪽은 완전히 정리한 것처럼 보였다. 이쪽보다 이해타산이 빠른 남자였다. 손을 뻗으면 지수 같은 여자야 얼마든지 구할 수 있는 사람이다. 아니, 자신보다 훨씬 조건이 훌륭한 여자들이 줄을 설 터였다.

빨리 빠져들었으니 빨리 잊을 수도 있을 거라고 생각했다. 그런데 눈앞에서 그가 홀가분해진 모습을 보니 그간 겨우 잠잠해졌던 심장이 왈칵거렸다.

그대로네, 여전히 멋지고.

자신이 잠을 설치고, 끼니를 거른 것처럼 그도 그럴지도 모른다고 생각했는데, 그는 아무 일도 겪지 않은 사람처럼 보였다.

그래, 이지수. 잘했어. 그렇게 저 남자 곁을 떠난 건 정말 잘한 일이야.

이제 자신도 홀가분해졌으면 좋겠다고 생각했다. 마음의 빚 따위 없었으면 했다.

"덕분에 부총지배인은 검찰 조사를 받을 예정이야."

그가 고맙다는 듯이 말했다.

"검찰 조사요?"

겨우 소문몰로 검찰 조사까지 가지는 않을 것이다.

설마 가짜 와인 경매가 들통이 났나?

지수는 가만히 우석을 응시했다. 그러자 그가 낮은 목소리로 조용히 설명했다.

"가짜 와인 경매에 관한 이야기를 들은 이후로 주변인들을 조사했는데, 와인 경매로 얻은 수익금이 카지노로 흘러간 정황이 포착됐어."

호텔 I는 외국인 전용 카지노를 운영 중이었다.

"딜러, 칩스 관리자, 서베일런스까지 여럿이 연루되어 있었고."

그는 어이가 없다는 듯이 고개를 내젓고는 말을 이었다.

"부총지배인이랑 김 부사장 쪽 비자금 조성과 세탁을 돕고 있었던 것 같아. 자세한 건 검찰 조사에서 밝혀질 거고."

내내 허공 어딘가를 향해 있던 그의 시선이 지수에게로 넘어왔다.

검고 투명한 눈동자가 지수를 똑바로 응시했다. 심장이 쿵쿵 뛰기 시작했다.

시선을 마주하는 것만으로도 이렇게 애틋한데…….

지수는 끓어오르는 감정을 감추기 위해 애쓰며 건조한 목소리를 냈다.

"잘됐네요."

그의 곧은 눈빛에는 흔들림이 없었다.

"진심으로 고맙게 생각하고 있어."

별다른 뜻은 없다는 듯 덤덤한 목소리였다. 지수는 담대한 시선을 계속 마주하고 있을 수가 없어서 천천히 시선을 내리며 대꾸했다.

"해야 할 일을 했을 뿐입니다, 대표님."

조용한 대답이 흘러나오고 난 뒤, 잠시 침묵이 흘렀다. 테이블 어딘가로 시선을 내리고 있는 지수를, 그는 물끄러미 바라보기만 했다.

사위가 조용했다. 아무런 소리도 들리지 않았다. 침묵은 견디기 힘든 고문이었다. 그의 시선이 그것을 거들듯 지수를 뚫어지게 응시하고 있었다.

지금 미련이 남아 있는 사람은 네가 아니냐고 묻는 듯도 했다.

"말씀 끝나셨으면, 이만 돌아가도 될까요?"

지수는 그의 눈도 똑바로 바라보지 못하고 물었다.

"내가 보답을 좀 하고 싶은데."

"회사적 차원의 포상이라면 감사히 받겠습니다."

"그건 당연한 거고."

그가 불편하다는 듯이 대꾸했다.

"괴상한 소문이 나도는 중에 이지수 대리가 멋모르고 날뛰었으면 상황은 더 악화되었을 거야. 오히려 저쪽하고 적당히 밀당한 덕분에 김 부사장 쪽에서 발톱을 드러낸 꼴이 되어 버렸지."

그의 목소리에는 감정이 실려 있지 않았다. 마땅한 감사 표현을 할 거라는 듯이 굴었다. 그리고 그는 예전처럼 지수의 이름을 부르는 것이 아닌 '이 대리'라는 사무적 호칭을 사용하고 있었다.

"이지수 대리가 어떤 뜻을 가지고 그렇게 움직였는지는 모르 겠지만."

그는 잠시 생각을 고르는 듯하더니 픽 조소를 흘렸다.

"또 모르지. 이지수 대리가 저쪽하고 손잡고 날 엿 먹이려고 했는지."

"그건……!"

내내 테이블을 향해 있던 지수의 시선이 곧장 그를 향했다. 그런데 마주한 그의 눈동자에는 어느새 전과 같은 애틋함이 어려 있었다. 심장이 철렁 내려앉았다.

"이제야 보네. 내 눈 좀 보고 말하면 안 될 이유라도 있나?"

그의 물음에 지수는 대꾸 없이 가만히 그를 응시했다. 일부러 지수의 감정을 끌어내려고 자극하고 있는 듯하기도 했지만, 예의 없는 이별에 대한 분노가 다른 방식으로 표출되는 것 같기도 했다.

지수는 눈을 지그시 감았다가 뜨고는, 한숨을 폭 내쉬며 입을 열었다. 가슴이 너무 답답해서 한숨을 쉬지 않고는 버틸 수가 없었다.

"제가 그렇게……."

"부탁인데, 내 말부터 들어 줄 수 있나?"

그는 눈썹을 치뜨며 양해를 구한다는 듯 물었다.

지수는 가만히 고개를 한 번 끄덕거렸다. 사실 변명을 하려고 입을 열었지만, 할 말이 마땅치 않았다.

그를 위해서 그런 일을 벌였다고 하면 여기서 또 치정에 얽힐 것 같고, 그를 위한 게 아니라 자신에 대한 이상한 소문을 내고 다녔던 이들을 혼내 주기 위해 그랬다기에는 무모하고 궁색해 보였다.

"어쨌든 이지수 대리가 현명하게 움직여 준 덕분에 회사적인 차원에서는 손실을 바로잡을 수 있었고, 내 개인적으로는."

그는 강조하듯 한 템포 끊고는 다시 담담하게 말을 이었다.

"위신과 명예를 지킬 수 있었다고 해야 하나? 그래서 보답을 하고 싶은데."

그리 말하는 그의 눈빛이 형형하게 빛났다. 그저 자신의 위신과 명예를 지켜 준 것에 관한 보답이라며 선을 긋듯이 그의 눈빛은 단호했다. 여기서 거절하면 아직 갈무리되지 않은 감정이 남아 있는 것처럼 보일 게 뻔했다.

지수는 조심스레 입을 열었다.

"그럼, 감사히 받겠습니다."

"그래, 이래야 이지수 대리답지. 모레 저녁에 시간 괜찮은가?"

예전 같았으면 오늘 당장 만나자며 졸랐을 남자였다. 그런데 시일을 두고 약속을 잡는 것을 보니 이제 정말 끝이 난 거구나 싶었다.

"네, 괜찮습니다."

"시간이랑 장소는 홍 실장 통해서 연락 줄게."

그리고 직접 연락할 일도 없다는 듯한 말에 지수는 고개를 한 번 숙여 보였다.

이제 끝이다, 정말.

고개를 들어 올리자 그는 이미 마주 앉았던 자리에서 일어나 집무용 책상 앞으로 걸어가고 있었다.

"이제 나가 봐."

"네, 그럼……."

묵례하는 그녀의 모습이 위태로워 보였다. 이 방에 들어올 때만 해도 가면을 쓴 듯 여상했던 얼굴이 약간의 자극을 주자 허물어졌다.

그 위로 흘러넘치는 감정을 감추기 위해 그녀는 자신을 끊임 없이 제어하려 애쓰는 것처럼 보였다.

그녀가 나가고 문이 쿵 닫히는 소리가 들리자마자, 우석의 몸이 의자 위로 주저앉듯 무너져 내렸다. 손을 뻗어서 마주 앉은 여자의 몸을 끌어안고 싶은 충동을 간신히 참아 냈다.

한숨을 내뱉는 우석의 눈가에 미소가 어렸다. 감정에 호소한 다고 해서 움직일 여자가 아니라는 것을 우석은 너무도 잘 알 고 있다.

그래서 덫을 놓았다. 그리고 그녀는 우석이 만들어 놓은 판 안에 이미 발을 들여놓았다는 것을 꿈에도 모를 것이다.

그리 오래 이야기를 나눈 것 같지 않은데, 벌써 조부와의 약 속 시각이 다가왔다. 아직 천천히 식사하며 이야기를 나눌 정 도로 단란하지는 못했기에 우석은 조부에게 차담을 요청했다.

평소 같으면 시시콜콜한 것까지 들먹이며 잔소리를 퍼붓던 양반이 오늘은 의외로 순순하게 요청을 받아들였다.

호텔에서 조부를 만날까 했지만, 오늘만큼은 그러고 싶지 않았다.

평소 조부가 즐겨 가신다는 인사동의 오래된 찻집에서 두 사람은 마주 앉았다.

"여기 앉아 있으면, 내 한창때가 떠오르곤 하지."

흘러간 옛 가요를 흥얼거리던 조부의 눈빛이 오늘따라 쓸쓸해 보였다. 조부에게 한창때라 하면 인경그룹이 비상을 시작하던 시기일까, 우석은 막연하게 생각했다.

"저기 저 창가 자리가 네 조모와 내가 처음 만났던 자리다."

창호지 사이로 어스름히 들어오는 겨울 오후의 빛이 따스해 보였다. 저기 앉을 걸 그랬나, 하는 생각이 문득 들어서 우석은 스스로가 놀라웠다.

내가 언제부터 다른 이의 추억을 챙기는 감성적인 인간이었지?

이런 변화가 생경했다. 아마도 그녀를 만난 뒤로 자신이 조금씩 변하고 있었다고, 우석은 생각했다.

흩어지는 햇살을 잠시 바라보던 우석의 시선이 다시 조부에게로 향했다.

"그 사람 죽고 나서 단 한 번도 저 자리에 앉았던 적이 없다. 그 시절 그 모습을 타인이 되어 바라보듯이 멀찍이 앉았지."

미수의 나이에도 강건해 보였던 연 회장은 온데간데없고, 지나간 세월을 붙잡지 못해 쓸쓸한 노인이 눈앞에 앉아 있었다.

"내가 외로움을 많이 타는 사람이라는 것을 나는 그 사람을 보내고 알았다."

내내 일에만 파묻혀 살았던 조부였다.

"살가운 말 한 마디 못 해 줬고, 애틋하다 보듬어 주지도 못 했고. 그저 곁에 있으니, 그게 당연하다 여겼다."

이런 이야기를 듣자고 만난 게 아니었다. 진작에 조부를 만나 따지고 싶었던 것은, 이지수에게 무슨 협박을 했는지였다.

"네가 이런 외로움 타는 성격을 고대로 닮았던지……."

조부는 말끝을 흐렸다. 아들을 홀대했던 과거를 후회하는 것인지, 내리사랑이 아닌 내리원망이 되어 손주를 괴롭혔던 일을 부끄러워하는 것인지 알 수 없었다.

조부는 자신의 성에 차지 않는 우석의 부친을 원망했고, 우석이 아무리 뛰어난 능력을 보여도 그에 만족하지 않았다.

가족이라는 이름이 무색할 만큼, 냉랭하고 부정적인 관계였다. 동생을 위해 고군분투하고, 누나를 위해 울먹이는 동생과는 대조적인 모습이었다.

그래서 이렇게 간절할까? 혹시 비뚤어진 소유욕은 아닐까?

그런 마음을 가진 여자를 갖고 싶어서 안달이 났다. 능력 있는 사람이야 많다. 거기에 아름다움까지 겸비한 여자도 많다.

그런데 이지수가 아니면 안 되는 이유가 대체 뭘까?

"쉽게 살게 해 주겠다는데도 거절하더구나."

조부는 쌍화차를 한 모금 머금고는 쓴웃음을 지었다.

"그래, 미안하다."

대뜸 사과의 말을 전하는 조부를 우석은 경멸 어린 눈빛으로 응시했다.

"없이 살았다고 업신여겼다. 세상 물정 모르고 덤비는구나 싶었는데."

손주인 우석을 감시하려고 그녀에게 무슨 일이 있었는지 보고하라고 시켰다 했다.

"네가 태어날 때부터 지켜봤는데……. 나는 내 손주를 참 몰랐구나 싶었다."

어느 순간부터 지수의 보고를 기다렸고, 애정을 듬뿍 담은 이야기는 듣고 또 들어도 질리지 않았다고도 했다.

"그간에는…… 더 많이 가졌으면 했다. 네가 없는 부분을 채워 줄 규수가 손부가 되었으면 했지."

적당한 자리 찾아서 결혼시킬 생각이었다는 것을 우석도 알고 있었다. 그 적당한 자리라는 것은 지금보다 사업적 우위에 설 수 있는 자리, 혹은 혼사를 이용해 껄끄러운 사업 문제를 해결할 수 있는 자리가 될 터였다.

"우리가 부족한 부분을 그 아이가 채워 줄 수 있겠구나 싶었는데……."

뜻밖의 발언에 우석의 눈이 커다랗게 뜨였다.

"네 아비도 외로워서 그랬을 게다."

우석이 모친이 죽은 이후로 여전히 난잡하게 사는 부친이었다. 조부는 자기 아들을 두둔하고 있었다. 그것도 그런 아비를 경멸하는 손주에게 이해를 구하는 듯한 눈빛이었다.

"너도 이제 알 거다. 그 아이 잃으면 어떻게 될 것 같으냐?"

"그렇게는 안 살 겁니다. 그리고 잃을 일 없습니다."

우석의 목소리는 단호했다. 그런 점이 마음에 든다는 듯이 조부가 웃었다. 그러고는 서류 봉투 하나를 우석에게 내밀었다.

우석은 이게 뭐냐고 묻는 듯한 눈빛으로 조부를 바라보았다.

"일단 열어 보아라."

내용물을 확인한 우석의 얼굴이 희게 질렸다. 그 안에는 지수와 자신의 모습이 담긴 수백 장의 사진이 들어 있었다.

"이게…… 다…….."

"언제 터뜨려 주랴?"

조부가 빙그레 미소 지으며 짓궂게 물었다. 사진 속 두 사람은 하나같이 다 즐거워 보였다. 누가 봐도 행복한 연애를 하는 연인이었다.

그녀의 집 앞 골목에서 가녀린 어깨 위에 얼굴을 묻고 있는 우석의 모습이라든지, 완도 호텔 공사 현장에서 서로를 진득하게 마주 보고 서 있는 모습이라든지.

그녀와 함께한 날들이 하루도 빠짐없이 그곳에 있었다.

그런데 미안하게도 근사한 곳에서 한 저녁 식사나 공연 관람 등 일반적인 데이트의 범주에 들어가는 이벤트는 하나도 없었다.

약간의 후회가 밀려왔지만, 우석은 어리석은 상념이 어린 감정을 얼른 갈무리했다.

이제부터 제대로 시작하면 되는 거다. 그녀를 향한 감정이 무엇인지도 모르고 갈팡질팡하던 시간은 이미 지났다.

우석은 보던 사진을 봉투에 도로 집어넣으며 미소 지었다.

"제가 알아서 하겠습니다."

못미덥다는 듯이 조부는 미간을 찌푸렸다. 우석은 나직한 목소리로 덧붙였다.

"곧 손부 보실 수 있게 해 드릴게요."

회사의 경영권 승계 과정에서 제 능력을 보여야 했을 때보다 더 긴장됐다. 우석은 여전히 미심쩍은 눈초리로 손주를 바라보고 있는 조부를 가만히 응시했다.

"믿으마."

조부에게서 믿겠다는 말이 나온 것도 처음이었다.

네가 그럼 그렇지. 언제나 실망하고 분개하는 반응이 먼저였다.

이지수, 미수 노인한테 무슨 짓을 한 거야?

그녀는 그저 해 오던 대로 했을 뿐이다. 이지수답게 생각하고 말하고 움직였을 것이다. 그런 모습이 무척이나 매력적이어서 사람의 마음을 움직이는 것도 모르고 말이다.

존재 자체가 감동이라고 했던 주은의 말이 떠올랐다.

감동(感動), 마음을 움직이는 힘, 그녀에게는 그런 힘이 있었다.

재벌가에서 그녀를 믿고 일을 맡긴 데에는 그런 카리스마도 한몫했을 것이다. 그녀가 만나는 고객들은 전부 예비부부라는 사실에 감사해야 할 정도다. 고객 중 하나가 그녀에게 반할 일은 없을 테니까.

그때 불현듯 우석의 머릿속에 한 남자의 얼굴이 스치고 지나
갔다. 그녀가 선배라고 불렀던 남자. 바에서 처음 마주쳤었고,
경찰서 앞에서 스쳤던 얼굴이 왜 갑자기 떠오르는지 모르겠다.

우석은 쓸데없는 생각이라며 얼른 기분 나쁜 얼굴을 지워 냈
다.

이틀이 어떻게 흘러갔는지 모르겠다. 보답하고 싶어서 저녁
을 함께하자는 것뿐인데, 심장이 널을 뛰었다.

대표와 소속 직원 사이에 의미를 두지 않은 특별할 것 없는
식사라고 생각하면서도, 혹시나 미련을 내비치면 어떻게 해야
하나 마음이 시끄러웠다.

지수는 그와의 약속 시각보다 먼저 성북동 프렌치 레스토랑
에 도착했다.

레스토랑 안은 조용했고, 먼저 착석해 있는 손님들은 대부분
연인처럼 보였다. 통유리창 너머로는 인왕산 자락이 보였다.

이국적인 정경을 눈에 담으며 지수는 떨리는 심장을 가라앉
히려 애썼다.

약속 시각에 딱 맞춰 그가 레스토랑 안으로 들어섰다. 진녹
색 자가드 원피스를 입은 지수에게 맞추기라도 한 듯 그의 넥
타이색 역시 진녹색이었다.

"내가 좀 늦었나?"

"아뇨, 제가 조금 일찍 도착했습니다."

상사를 미안하게 만드는 것도 실례였다. 지수는 그에 깍듯이 대하기 위해 노력했다.

그의 미간이 미세하게 구겨졌다. 선을 긋는 지수의 태도가 마음에 들지 않는다는 듯한 표정이 언뜻 스쳤다.

주문을 마치고 식사가 나올 때까지 그는 아무런 말도 꺼내지 않았다. 지수 역시 섣불리 입을 열지 않고 가만히 있었다.

무슨 이야기를 해야 적당한 선에서 서로 더는 마음을 다치지 않고 끝낼 수 있는지 감이 서질 않아서였다. 아니, 이제는 그 끝을 걱정하지 않아도 될 만큼, 그는 정리가 된 건가 싶어서 마음이 무겁게 가라앉았다.

디저트가 나올 때까지 답답할 정도로 입을 굳게 다물고 있던 그가 디저트 포크를 내려놓으며 입을 뗐다.

"지난번에 말했다시피 이지수 씨의 대처에 고맙게 생각해."

감사를 표하려 했던, 일종의 의무적인 식사 자리라는 듯 그는 덤덤하게 말했다.

아닙니다. 해야 할 일을 했을 뿐입니다.

이런 대꾸도 이상하고. 지수는 그저 고개를 한 번 깊이 숙여 보이는 것으로 인사를 대신했다.

그리고 다시 마주한 그의 미간이 또 미세하게 구겨졌다. 또다시 마음에 들지 않는다는 눈치였다.

이제 보니, 정말 이지수라는 여자한테 질려 버린 표정이었다.

식사 자리는 그렇게 끝이 났다. 이틀 동안 마음 졸였던 게 허탈할 정도로 아무 일도 없었다.

매너 좋은 그는 지수를 집 앞까지 바래다주었다. 대문 앞에
서자 등 뒤에서 그의 차가 출발하는 소리가 들렸다.

심장이 깊게 가라앉는 게 느껴졌다. 이제 끝이라고 생각하니
갑자기 눈물이 차올랐다. 요즘 참 자주 우는 것 같다.

대문 고리를 잡았는데 핸드백 속 휴대전화가 진동했다.

[대리님, 큰일 났어요! 부총지배인이 마지막에 사고 쳤나 봐요!]

주은이 보낸 메시지 아래로 사내 메신저에서 돌고 있다는 사
진이 첨부되었다.

심장이 쿵 내려앉았다. 이제 자신이 지켜 줄 명분도 없는 남
자인데……

[어떡해요, 대리님. 기사도 떴나 봐요. 두 분 무슨 일 있는 거 아니죠?]

방금 들어온 메시지 아래로 기사 링크가 첨부되었다.

링크를 누르려는데, 휴대전화 화면이 전화 수신 화면으로 전
환되었다.

– 다시 갈 테니까, 기다려.

휴대전화 너머에서 그의 목소리가 위태롭게 울렸다.

찌라시 내용과 더불어 기사는 일파만파로 퍼져 나갔다.

일부 언론에서는 꽃뱀과 재벌 3세의 만남이라는 자극적인 기

204

사를 내보냈고, 다른 일부는 현대판 신데렐라라며 로맨스로 포
장했다.

그리고 지수가 가장 우려했던 방향으로 기사가 터진 쪽도 있
었다. 여성 편력이 심한 부친을 닮아 그가 여성을 소모품 취급
하며 호텔 직원들을 능욕한다는 내용이었다.

언제 기자가 따라붙었는지, 불과 몇 시간 전 프렌치 레스토
랑에서 마주 앉아 식사하는 모습이 포착된 사진도 있었다. 인
왕산 자락을 바라보던 통유리창 너머에서 망원 렌즈로 당겨 찍
은 듯 사진은 흐릿했다.

"죄송합니다."

지수는 일단 사과부터 했다. 부총지배인 쪽을 자극한 것에는
자신이 일조했다고 생각해서였다.

그는 대꾸 없이 운전대 위에 손을 얹은 채 검지로 운전대 위
를 톡톡 두드렸다. 얼마간의 침묵이 흘렀다. 그는 한숨조차 내
쉬지 않고 가만히 있다가, 조용한 목소리를 냈다.

"이걸 어떻게 수습해야 한다고 생각해?"

지수가 생각한 방법은 딱 한 가지였다. 과격한 언어이고, 여
자를 비하하는 용어지만, 자신이 꽃뱀이 맞다고 인정해 버리는
것.

그럼 이제 웨딩 사업은 물 건너가는 거였다. 아직 사표가 수
리되지 않아 호텔에 다니고 있지만, 당연한 수순으로 직장도
잃게 될 거다.

테이블이 두 개밖에 되지 않는 좁은 테이크아웃 전문 카페를

운영하는 아버지의 수입으로 윤수를 건사할 수 있을까?

다시 한 번 이기적으로 굴어도 모자랄 판이었다. 하지만 상대를 자극했다는 일말의 책임감에서 벗어날 수 없었다.

지수는 한숨을 집어삼켰다. 눈앞에 닥친 일을 책임져야 한다는 압박감과 함께 묘하게 가슴이 아팠다.

오로지 윤수와 함께 살 궁리를 하며 가족을 위한 이기심만을 발휘하던 그녀가 처음, 가족도 아닌 그를, 완벽한 타인을 도우려고 시작한 일이었다. 부총지배인과 김 부사장이 구속되면서 어쩐지 일이 쉽게 풀린다고 생각했다. 열심히 살아온 덕에 하늘이 스스로 돕는 자를 도왔다고 믿었다.

그런데 아니었나 보다. 신은 지수를 곱게 도와줄 생각이 없었다. 아니면 그간 비겁하고, 이기적으로 산 것에 대한 벌일 수도 있다.

그 정도 이기심도 바랄 수 없는 삶이었나?

아버지가 바람피워서 엄마가 죽고 동생이 아픈 마당에 내가 이렇게 우리 가족만 생각했던 게, 그렇게 큰 죄야?

갑자기 억울해졌다. 세상에 나쁜 짓을 하는 사람들이 얼마나 많은데, 살아 보겠다고 발버둥 쳤던 자신에게 이런 일이 일어났는지 모르겠다.

아니지…….

지수는 깊은 생각에 빠진 듯한 남자의 얼굴을 가만히 응시했다.

이 남자 지키자고 내가…….

그들의 세계를 잘 안다고 생각했다. 제대로 알지도 못하면서 겁도 없이 덤벼든 것에 대한 후회가 밀려왔다. 그들의 세계를 안다고 생각했던 어설픔이 일을 반은 해결하고, 반은 더 꼬이게 했는지도 모른다.

"이렇게 된 데에는 이지수 씨 책임도 있는 거고."

아까는 현명한 대처에 감사한다고 했던 그가 손바닥 뒤집듯 태도를 바꿨다. 화가 많이 난 듯 그의 목소리가 깊게 가라앉았다.

"그렇다고 내 책임도 없다고는 볼 수 없고."

빠져나갈 구멍을 만들어 주는 건 아닌 것 같았다. 그는 서로 책임이 있으니, 함께 해결 방안을 모색해야 한다고 말하는 듯했다.

"굳이 따지자면…… 이런 일이 제일 처음 일어났을 때, 이지수 씨가 그 정의로운 가면 벗고 나한테 이야기했어야 스캔들에 더 나은 대응을 할 수 있었을 거야."

"죄송……!"

사과하려는데 그가 말을 가로챘다.

"두 마리 토끼를 다 잡기란 어려운 법이지, 원래. 결과적으로 봤을 때 부총지배인이랑 김 부사장 꼬리를 잡은 건 잘된 일이야, 분명."

하지만 오늘 식사를 대접한 게 아까울 정도로 그의 이미지는 구겨졌다는 의미일 거다.

"하긴 저런 일이 터졌다고 해서 나한테 이르고 내 힘 빌릴 성격은 아니지."

그는 피식 웃음을 터뜨렸다. 어이가 없다는 건지, 진짜 우스워서 웃는 건지 의미를 쉬이 짐작할 없어서 지수는 의아한 눈빛으로 그를 바라봤다.

"해결하고 싶어?"

내내 앞을 바라보고 있던 그의 시선이 조수석 쪽으로 넘어왔다. 그의 눈빛은 형형하게 빛나고 있었다. 지수는 그를 가만히 바라보기만 했다.

"해결할 방법이 딱 한 가지 있어."

"한 가지요?"

되묻는 지수의 목소리가 미세하게 떨렸다.

"기사가 세 가지 방향으로 나왔지. 그중 한 가지가 진짜라고 발표하면 돼."

꽃뱀이 재벌 3세를 꼬신 거라고? 그의 여성 편력이 만들어 낸 스캔들이라고? 그게 아니면…….

지수의 심장이 쿵 내려앉았다. 흔들리는 눈동자에서 지수의 감정을 읽은 듯 그가 낮게 속삭였다.

"그래. 이지수 씨랑 내가 결혼할 사이라고 발표하는 게, 가장 이상적인 상황이야."

지수는 입을 살짝 벌린 채로 그를 가만히 바라보았다.

지금 내가 무슨 소리를 들은 거야?

잘못 들었나 싶어서 고개를 살짝 털어 내고는 다시 물었다.

"뭐라고 했어요, 지금?"

"이지수랑 내가 결혼할 사이라고 발표하는 게 가장 이상적이라고."

이상적이긴 한데, 이성적이진 않은 것 같다. 김 부사장에게 뒤통수 맞고, 스캔들까지 터져서 제정신이 아닌 걸까?

지수는 걱정스러운 눈으로 우석을 응시했다.

"나 정상이니까, 그런 눈으로 보지 말고."

"아, 아."

속을 들킨 지수는 멍하니 벌리고 있던 입을 얼른 다물었다.

"계약을 다시 해야 할 것 같은데?"

그의 눈동자에 이채가 어렸다. 이런 눈빛을 언젠가 본 것 같은 기시감이 들어서 오스스 소름이 돋아났다.

심각한 상황인데……. 나 지금 또 낚이는 것 같은데?

지수는 손을 휘휘 저으며 빠르게 대꾸했다.

"잠깐만요. 계약을 왜 다시 해요?"

정색하며 되물은 말에 그는 매혹적인 미소를 머금으며 고개를 비뚜름하게 기울였다. 다분히 관능적인 자태였다.

이 남자 지금 대놓고 끼 부리고 있네?

심장이 말도 못 하게 뛰었다. 5억 티아라로 연애 계약을 하더니, 이제는 책임감을 운운하며 결혼 계약을 하자는 건가?

지수는 씩씩거리며 한숨을 내뱉었다.

"이지수가 꽃뱀으로 몰리면 사회적으로 매장당할 게 뻔하고, 나는 그런 여자한테 어리숙하게 당한 놈이 되는 거잖아? 그렇다고 이 여자, 저 여자 능욕하는 불한당 꼬리표 달고 다니는 건

싫고. 그게 서로 윈-윈 하는 조건 아닌가?"

그는 빙글빙글 웃으며 말을 이었다.

"이지수 성격에 계약 조건부터 들어 봐야 하지 않겠어?"

그의 목소리가 낮게 울렸다. 좁은 차 안에서 그는 미친 페로몬을 흩뿌리며 매혹적으로 굴었다.

안타깝게도 지금 그가 말한 게 서로 윈-윈 하는 방법이기는 했다. 지수는 그의 외형에 현혹되지 않으려 노력하며 입을 열었다.

"조건이 뭔데요?"

"결혼 기간은 1년으로 할 거야."

지수는 이해가 되지 않는다는 눈빛으로 그를 응시하며 물었다.

"그럼, 1년 후에 이혼해 주겠다는 뜻이에요?"

그는 생각에 잠긴 듯 처연한 눈빛을 했다가 이내 눈동자를 빛내며 대꾸했다.

"이지수가 원한다면."

"내가…… 원한다면?"

그럼 그쪽은?

그의 얼굴이 너무 엄숙해서 비장함마저 느껴졌다.

"원한다면……. 평생 편하게 살 수 있는 만큼 위자료 주고 이혼해 줄게."

원하지 않는다면?

"그런데."

그는 고심하듯 뜸을 들였다. 순간의 침묵에 긴장감이 더해졌다.

"내가 그러지 않게 최선을 다할 거야."

그의 눈빛에 지금까지와는 다른 의미의 진심이 느껴졌다. 심장이 쿵 내려앉았다.

자신과는 어울리지 않는 남자였기에, 이제 각자의 인생을 살자며 돌아선 참이었다. 그런데 순식간에 상황이 변해 버렸다.

"그게, 무슨 뜻이에요?"

"생각해 보니까, 내가 제대로 꼬시기도 전에 이지수가 넘어왔더라? 내가 그렇게 잘생겼나?"

이건 또 뭔 개소리야.

지수는 미간을 찌푸리게 그를 바라봤다.

"1년 후에도 이지수가 나랑 살아 줄 마음이 생길 만큼, 내가 몸과 마음을 다해 꼬시겠다는 뜻이야."

고오맙습니다! 하고 넙죽 받아야 하는 거야?

내가 결혼하면 윤수는?

저절로 한숨이 흘러나왔다. 누나가 없으면 잠도 못 자는 아이다. 그런데 결혼을 해서 어쩌자고?

"현실성이 없어도 너무 없네요."

"결혼하자마자 윤수는 미국으로 갈 거야."

"누구 마음대로요?"

"윤수가 가고 싶다고 했어."

잠시 사고가 멈춘 듯했다.

211

"잠깐."

지수는 가만히 제 질문 먼저 받으라는 듯이 손을 들어 보였다.

"나 없이, 윤수를 만났어요?"

그는 가만히 고개를 끄덕거렸다.

"언제요?"

"글쎄, 그게 중요한가?"

지금 그게 중요하지 않은가?

가만, 혹시……?

지수는 근사한 미소를 머금은 남자의 얼굴을 뜯어보며 입을 열었다.

"혹시……."

"스캔들은 내가 터뜨린 게 아니야."

꼭 머릿속에 들어와 있는 것처럼 지수가 의심하는 부분을 콕 집어냈다.

"누나가 밤새도록 운다면서, 회사에서 누가 괴롭히는 건지 혼내 달라고…… 날 찾아왔었어."

뒷덜미에 확 열이 오르는 게 느껴졌다.

"엄마 생신이 다가와서, 좀 서러워서 그랬어요."

엄마, 미안. 못난 딸을 용서해 줘.

"아버님과 둘이 여행하고 싶대. 이지수가 나랑 결혼해 주면, 윤수는 그동안 가족들에게 말 못 했던 꿈도 이루게 되는 거지."

동생이 그녀의 아킬레스건이었다. 자신 때문에 그렇게 되었다고 동생에게 죄책감을 느끼며 사는 그녀였다.

그녀는 아랫입술을 짓씹었다. 고민하는 기색이 역력했다. 감정에 호소한다고 넘어올 여자가 아니다. 주변을 정리하고, 해결한 뒤에 당위성까지 부여해야 넘어올까 말까였다.

"윤수가 그랬어요?"

그녀의 목소리에 물기가 어려 있었다.

"아버지랑 단둘이 여행하고 싶다고?"

우석은 그녀의 눈동자를 바라보며 가만히 고개를 끄덕였다. 오늘 저지른 거짓말에 대한 책임은 분명히 질 날이 올 것이다.

"나랑 결혼해서 우석 씨가 얻는 건 뭐예요? 단순히 나쁜 놈이 아니라는 거?"

그녀는 이해할 수 없다는 듯이 물었다. 그리고 우석을 부르는 호칭이 자연스레 바뀌어 있었다. 이별을 고한 뒤로 대표님이라 딱딱하게 부르던 그녀가 이제 다시 이름을 불러 주었다.

"세상 똑똑한 척은 다 하면서 그걸 몰라?"

너는 네 마음이 어떻게 기우는지도 모르는구나.

우석은 안타까운 눈길로 그녀를 바라보았다.

"내가 이지수랑 결혼해서 얻는 건, 이지수. 너지."

그녀의 얼굴이 새빨갛게 달아올랐다. 흔들리고 있는 게 눈에 잡힐 듯 선연했다.

"윤수가 평생 여행만 하면서 살 수는 없어요."

"여행에서 돌아오면 분명 달라져 있을 거야."

우석은 단언했다.

"더는 누나를 필요로 하지 않을 수도 있어."

그 말에 그녀의 눈가에 눈물이 고였다. 울리려고 한 말은 아니었는데, 더는 동생에게 자신이 필요하지 않을 수도 있다는 말에 상심한 듯했다.

어제 그녀의 아버지를 어렵사리 만날 수 있었다. 모친이 죽고 난 뒤, 그녀는 오로지 동생을 위해서만 살았다고 했다.

그리고 그녀의 아버지가 그녀에게 오해를 사고, 미움을 사게 된 안타까운 이야기도 들은 이상 이제는 정말 놔줄 수가 없었다.

'못미더운 아비가 됐지. 그게 딸내미 발목을 잡을 줄은 몰랐네. 내가 마음이 뜨면 윤수도 버리고 갈 수 있다고 생각해서 불안한 거야.'

'왜 사실대로 알리지 않으셨습니까?'

'죽은 사람은 변명도 못 하지 않나. 내가 무심했어. 일에 치여서 가정을 돌볼 겨를이 없었지. 아내가 외로운 줄도 모르고……'

부녀가 똑 닮아 있었다. 자신을 희생하면서 사랑하는 이를 지키는 모습은 가슴이 저밀 정도였다.

살아생전에 사이가 무척이나 좋았던 모녀였다고 했다. 차라리 서먹했던 사이였고, 살아서 변명이라도 할 수 있는 자신이 바람을 피웠다고 하는 게 더 나은 선택 같아서 그리했다고도 했다.

'이제 조금씩 말을 섞기는 해. 처음에는 날 사람 취급도 안 했다네. 언젠가는 오해가 풀릴 거라 여기면서 살았는데, 그게 요즘 지수에게 짐이 된 것 같아서 더 미안하다네.'

'지수가 아버님을 많이 닮은 것 같습니다.'

그리 말하는 우석을 바라보는 그녀 아버지의 눈빛은 공허했다.

모친의 죽음에 관한 일을 밝히고 싶지 않다고 했다. 자신이 왜 그런 선택을 했는지 변명조차 할 수 없는 사람을 지수는 평생 원망하며 살 거라며, 절대 그러고 싶지 않다고 그녀의 아버지는 말했다.

정말 많이 닮았어, 아버님이랑.

우석은 고민에 빠진 여자를 가만히 바라보았다. 한번 결심을 하고 나면 죽어도 생각을 바꾸지 않는 쇠고집이었다. 단지 다른 게 있다면, 그녀가 좀 더 계산적이라는 점일까.

그게 나쁘다는 의미가 아니었다. 세상살이 계산 없이 살아가는 사람도 있나?

"발표는 언제 할 건데요?"

고민을 끝냈는지 그녀가 낮게 속삭이듯 물었다.

"내일 아침."

"나는 내일 출근해야 하는 거고요?"

"그럼, 사표 수리도 안 했는데 출근 안 할 생각이었어? 이지수답지 않게 왜 이래?"

그녀는 가만히 고개를 끄덕거리며 주먹을 불끈 쥐었다. 내내 침잠해 있던 그녀의 눈빛이 갑자기 형형해서 소름이 돋아날 지경이었다.

"왜, 왜 그래, 갑자기?"

당황한 우석의 물음에 그녀는 짓이겼던 아랫입술을 혀로 한 번 훑고는 야릇한 미소를 머금었다.

심장이 쿵 내려앉음과 동시에 단전 아래가 묵직해지는 게 느껴졌다.

그녀가 어깨를 쫙 펴며 허리를 꼿꼿이 세워 앉았다.

뭐 이렇게 갑자기 전투적이야?

"열심히 꼬셔 봐요."

내내 앞을 향해 있던 그녀의 시선이 우석을 향했다.

"나는 1년 뒤에 연우석 씨한테 이혼을 요구할 거예요. 우석 씨가 말한 대로 위자료 받아서 윤수 데리고 살 거니까."

계산을 마쳤다는 듯 그녀가 미소 지었다. 다분히 도발적인 얼굴이었다. 일부러 이 게임은 당신이 진 거라고 말하며 우석을 포기하게 만들려는 심산인 듯했다.

허공에서 두 사람의 눈빛이 부딪쳤다. 그녀는 자신만만한 미소를 머금고 있었다.

그녀가 가족의 생계를 걱정할 만한 위치가 아니었다면, 좀 더 편안한 사랑을 할 수 있었을까?

아니지. 그런 위치에 있었다면 이런 느와르 정신을 가질 리 없었을 테고, 우석이 이렇게 정신 못 차리고 빠져들지 않았을

지도 모른다.

"사랑해."

우석이 빙그레 미소를 머금으며 읊조렸다. 그러자 그녀의 눈빛이 아주 잠시 흔들렸다.

이렇게 흔들리는 모습을 보여서야 본게임 가기도 전에 백기 들겠는데?

우석은 손을 뻗어 그녀의 뺨을 어루만졌다. 그녀가 흠칫 놀라며 고개를 비틀어 손길을 피했다.

"뭐 하는 거예요?"

"몸과 마음을 다할 거라고 한 것 같은데? 이지수 만족시키려고?"

그녀의 얼굴이 더는 빨개질 수 없을 정도로 달아올랐다.

대체 무슨 상상을 하고 있을까?

우석은 그녀의 머릿속이 궁금해서 황홀할 지경이었다.

"키스해도 돼?"

그녀가 미간을 찌푸렸다.

"맞다. 이런 건 물어보고 하지 말라고 예전에 그랬었지. 미안, 깜빡했네."

능청을 떨며 고개를 비스듬히 숙여 보이고는 손을 뻗어 그녀의 목덜미를 끌어당겼다. 밀어낼 줄 알았는데, 순순히 끌려온다. 우석은 그녀의 아랫입술을 쪽 빨아들인 뒤 깊게 파고들었다.

오랜만에 맛보는 그녀의 입안은 미치도록 달콤했다. 그녀는 입술을 맞댄 채로 얼어붙은 듯했다. 계산할 틈은 주었지만, 자신이 지금 무슨 일을 겪고 있는지 차근차근 생각해 볼 여유는 주지 않았다.

정신없게 휘몰아칠 생각이었다. 빠져나갈 틈 없이 촘촘히 옭아매서 다른 생각은 못 하도록 만들어야 했다.

"하아, 하아."

입술이 잠시 떨어지자 그녀가 받은 숨을 몰아쉬었다. 우석은 달콤한 숨결을 빼앗듯 다시금 그녀의 입술을 한껏 빨아들였다.

"으음."

그녀의 여린 신음을 흘렸다. 우석은 지수의 어깨를 바짝 당겨 안으며 품 안으로 끌어들였다. 그러자 그녀가 몸을 바르작거리며 가슴을 밀어냈다. 우석은 미련 없이 몸을 떼어 내고 물고 있던 입술을 놓아주었다.

"뭐야, 그 아쉬운 표정은?"

그녀의 얼굴을 바라보며 놀리듯 물었다. 그러자 그녀가 어이가 없다는 듯이 눈을 가늘게 뜨고는 우석을 노려보았다.

"계약은 성립된 거로?"

진득한 키스까지 한 마당에 무르자고 하면 제 꼴이 얼마나 우스울까 생각하는 듯했다. 열심히 계산기는 두드리고 있는데, 답이 나오지 않는지 황망한 표정을 짓고 있는 그녀가 애석했다.

그냥 못 이기는 척 넘어와, 이지수.

우석은 가만히 그녀를 응시했다.

"……그래요."

짧은 대답을 듣는 순간, 우석은 승리를 확신했다. 1년 뒤, 이지수가 우석의 손을 벗어날 일은 절대 없을 것이다.

"내일부터 각오해."

우석은 진심으로 경고했다.

"우스갯말로 쓰는 심장 폭행범이 뭔지 제대로 보여 줄게."

경악에 찬 그녀의 얼굴 역시도 미치도록 사랑스러웠다.

출근하자마자 그의 말마따나 인터넷이 도배되었다. 인경그룹 쪽에서 공식 보도자료를 배포했고, 두 사람이 결혼을 약속한 사이라는 기사가 여러 가지 형태로 업데이트되었다.

사무실은 의외로 조용했다. 아직 업무 중이니 소란을 피우지 못하는 듯했으나, 점심시간이 걱정이었다.

옆에 앉은 주은은 죽을상이었다.

[예상은 했어요, 대리님. 선배님 눈빛이 정말 예사롭지 않았거든요.]

메신저로 불이라도 뿜을 듯, 주은은 폭풍 타자를 치기 시작했다.

[얼마 전부터 좀 서먹하신 것 같아서……. 혹시 사이가 안 좋아지셨나 했는데. 그거 페이크였던 거죠?]

그걸 다 관찰하고 있었다니 참 대단하다 싶었다.

[아니, 저한테는 미리 말씀해 주셔도 되는 거 아니에요? 저 진짜 서운해요!]

내 결혼 사실을 나도 어제 알았단다, 애야.

[덕계못이라는 말 안 믿었는데.]

이건 또 무슨 소린가 싶었다.

[덕계못?]

지수의 물음에 옆자리에서 한숨 소리가 흘러나왔다.

[덕후는 계 못 타고, 머글이 계 탄다는 말이 있어요.]

그래서 지금 애, 내가 머글이라는 소리야? 내가 계 탔어?

지수는 어이가 없어서 피식 웃고 말았다.

[좋세요? 좋으시겠죠…… 안 좋을 리가 있나요.]

언제는 '대리님이라면 선배님 드릴 수 있어요!' 하더니만. 지금 하는 꼬락서니를 보니 결혼식장에서 '이 결혼 무효야!'를 외칠 것 같은 분위기다.

[저기, 근데요. 대리님. 선배님이랑……]

애 또 무서워지려고 시동 건다.

[진도는 어디까지 나가셨어요?]

지수는 한숨을 폭 내쉬었다. 아무래도 오랜만에 못된 상사 코스프레를 해야 할 것 같다.

이게 정신 못 차리고, 진짜.

"김주은 씨, 평일 결혼식 활용을 통한 연회장 공실률 방지 방안 어땠어?"

"네?"

키보드를 열심히 두드리던 주은이 화들짝 놀라 되물었다.

"평일 결혼식 활용을 통한 연회장 공실률 방지 방안, 그거 오늘까지 아냐?"

"아, 맞아요. 거의 다 했어요. 점심시간 끝나고 드릴게요."

"브라이덜 샤워, 결혼 후의 베이비 샤워 등 접목할 수 있는 파티들 따로 정리해서 줘."

주은이 기어들어 가는 소리로 '네.' 하고 답했다. 이쯤 되면 오 과장의 듣기 싫은 목소리가 들려와야 하는데, 사무실 안은 조용했다.

김 부사장과 부총지배인이 수감된 뒤, 오 과장은 대기 발령 상태였다. 사실상 해고나 다름없었다.

조용한 사무실에 키보드 소리만 간간이 들렸다. 야속하게도 시간은 흘러갔고, 마침내 점심시간이 다가왔다.

아, 점심 먹지 말까?

타 부서 직원들과 앞으로 계속 마주치지 않으며 살 수도 없고, 지수가 이러지도 저러지도 못하고 자리에 앉아 있는데, 데스크 위로 그늘이 졌다. 언제나 오 과장이 기대서서 지랄 발광을 하던 파티션 쪽이었다.

오 과장일 리는 없고.

지수가 고개를 돌림과 동시에 무언가를 먼저 발견한 듯한 주은이 탄식했다.

"점심 안 먹어?"

그가 세상 다정한 눈빛으로 지수를 내려다보고 있었다. 곤란할 거 다 알고 구해 주러 왔다는 듯 그는 자상한 목소리를 냈다.

"나가자, 점심 먹게."

직원들이 조용히 웅성거리는 게 들렸다. 여기서 왜 이러느냐고 따질 수도 없고, 지수는 코트를 집어 들고 조용히 그의 뒤를 따랐다.

"아, 점심 먹기 전에 잠깐 들를 데가 있는데."

그는 여봐란 듯이 지수의 손에 깍지를 껴서 잡았다. 그는 지수의 손을 꼭 잡은 채로 그랜드볼룸으로 향했다. 그러는 동안 수많은 직원들과 마주쳤고, 호텔 손님들조차 두 사람을 흥미로운 눈빛으로 바라보았다.

이 남자 오늘따라 왜 이렇게 광역 어그로를 끄는 걸까.

그랜드볼룸 안으로 들어서자 뒤에서 문이 둔중하게 닫히는 소리가 들려왔다. 장내는 한 치 앞을 분간할 수 없을 정도로 컴컴했다.

그는 잡았던 손을 놓고 지수의 뒤에 서서 어깨를 부드럽게 움켜잡았다.

"앞으로 천천히 걸어 봐."

던전을 앞에 두고 몸빵 시키려는 의도는 아닐 테고.

"뭐 하는 거예요?"

"위험한 거 없어, 그냥 걸어."

그의 목소리에 즐거운 기색이 가득했다. 지수는 하는 수 없이 그가 시키는 대로 천천히 걸음을 옮겼다.

연회장 가운데쯤 왔을까 싶은 순간에 그가 지수의 허리를 감싸 안으며 돌려세웠다.

심장이 쿵쿵 울렸다. 코끝에 그의 단단한 가슴이 닿았던 것도 같다. 어둠 속에서 어린애들처럼 장난을 하자는 것도 아니고, 몰래 스킨십을 할 거라면 너무 넓은 공간에 너무 깊숙이 들어왔고.

아, 대체 뭔데?

의문을 품은 순간 팟 하는 소리와 함께 조명이 켜졌다. 천장에서 하얀색 시폰과 실크가 흘러내리듯 물결쳤다. 바닥 역시 새하얀 융단이 깔려 있었다.

그리고 벽은 온갖 종류의 흰색 꽃으로 가득 차 있었다. 리시안셔스, 라넌큘러스, 아네모네, 겹장미, 베고니아 등등.

예비 신부들의 부케를 주문하면서 봤던 예쁘고 고운 꽃들이 흐드러졌다. 그제야 꽃향기도 느껴졌다.

흰색으로만 꾸몄을 뿐인데 무척이나 아름다운 공간이었다. 이렇게 꾸미면 연회장 예식 수익 200% 상승하겠다며 지수는 다소 로맨틱하지 않게 계산기를 두드렸다.

"계산 그만하고, 나 좀 보지."

이 남자는 며칠 안 보였던 사이에 독심술을 배워 왔나 보다. 지수는 주변을 관찰하던 시선을 옮겨 그를 바라봤다.

"내가 지금 뭘 할 거라고 생각해?"

그의 목소리가 나지막이 울렸다. 허리를 감싸고 있는 그의 손끝에서 열기가 느껴졌다. 그리고 그의 손은 미세하게 떨리고 있었다.

지수는 짐작이 가면서도 모르겠다며 고개를 가만히 가로저었다. 지금은 왠지 새침하게 모른 척해야 할 것 같았다.

나도 참, 답 없다.

어제는 결혼 기간 1년을 약정하고 비장하게 굴었으면서, 오늘은 또 이렇게 여우 짓을 하고 있다.

내가 이렇게 강건하지 못한 인간이었나, 아니면……

지수는 그의 얼굴을 가만히 올려다보았다. 그의 검은 눈동자는 투명하게 빛났고, 매끈한 미소는 아름답다 느껴질 정도였다.

죄가 있다면, 이 남자의 얼굴이?

긴장한 나머지 생각이 잔뜩 엉뚱한 방향으로 흘러가 버렸다.

"이지수, 집중해. 딴생각하지 말고. 우리의 역사가 될 순간이야."

그가 매혹적인 미소를 머금었다. 검고 투명한 그의 눈동자에 어렸던 장난기가 싹 가셨다. 그는 진중한 눈빛으로 지수를 내려다보고 있었다.

'우리의 역사'라 말했던 그의 목소리는 기대감으로 충만했다. 사랑스러워서 어쩔 줄을 모르겠다는 듯 그는 미소를 머금었다.

"지수야."

이렇게 살갑게 이름을 불러 줄 때에는 어김없이 심장이 두근거렸다. 지금은 심장이 두근거리다 못해 울렁거리기까지 했다.

돌연 그가 무릎을 꿇었다. 로맨틱의 끝을 보여 주겠다는 듯이 그는 한쪽 무릎을 꿇은 채로 지수를 올려다보았다.

"나랑 결혼해 줄래?"

심장이 터질 듯 뛰었다. 어떻게 대답을 해야 할지 감이 서질 않았다. 그냥 고개를 끄덕여야 하나, 아니면 그렇다고 대답을 해야 하나.

"대답 안 해도 소용없어. 어차피 그러기로 했으니까."

그가 짓궂게 웃었다. 유쾌한 그의 미소에 전염이라도 된 듯 지수도 미소를 머금었다.

"프러포즈에 이게 빠지면 안 되지."

무릎을 꿇고 있던 그가 몸을 일으켜 세우며 손을 뻗었다. 자연스레 지수의 시선이 그의 손을 따라갔다.

그곳에는 꽃으로 휘감긴 작은 테이블이 있었다. 그곳에 테이블이 있었는지조차 인식하지 못하고 있었다. 테이블 위에는 반짝이는 크리스털 트레이가 놓여 있었고, 그 위에 흰색 실크로 둘러싸인 작은 상자가 있었다.

그가 상자를 집어 들어서 뚜껑을 열고는 반지를 꺼내 들었다. 무섭도록 커다란 알이 눈에 들어왔다. 티아라 분실 사건의 여운이 가시지 않은 탓인지 심장이 철렁 내려앉았다.

"표정이 왜 그래?"

차마 눈앞에 있는 다이아몬드가 또 다른 저주를 내릴까 봐 두려움에 떨고 있다는 개소리는 못 하겠어서 지수는 그저 싱긋 미소를 지었다.

그러자 그도 다시금 미소를 머금으며 지수의 네 번째 손가락에 반지를 끼워 주었다. 반지 위에 그의 입술이 부드럽게 내려 앉았다.

"이건 또 언제 준비했어요?"

시간이 없었을 텐데, 반지는 지수의 손가락에 꼭 맞았다.

"내가 이걸 어제 준비했을 것 같아?"

그는 비뚜름하게 웃었다.

그럼 그 전부터 준비했다고?

지수의 의문을 알아차린 듯 그가 대꾸했다.

"맞아. 어제 준비했어."

장난기가 어린 눈빛이 진실 같기도 하고, 거짓 같기도 하고 아리송하게 사람을 놀려 먹어서 괜히 약이 올랐다.

"이렇게 로맨틱의 끝을 달리지 않아도 됐을 텐데요."

살면서 이런 프러포즈 받는 사람이 몇이나 될까.

복에 겨워야 하는데, 비뚜름한 미소가 걸려 있는 그의 얼굴을 보니 호락호락 넘어가고 싶지 않았다.

"솔직히 무릎 꿇었을 때, 손발이 오그라드는 줄 알았어요."

마음에도 없는 소리를 하며 반지를 내려다보았다. 그러자 그가 유쾌한 웃음을 터뜨렸다.

"이지수."

반지를 바라보던 시선이 그의 얼굴로 향했다. 잘생긴 얼굴에 환한 미소가 걸려 있었다. 그의 등 뒤로 보이는 꽃보다 그의 미소가 훨씬 아름다웠다.

"꽃은 또 왜 이렇게 많이 썼어요?"

그쪽 얼굴 때문에 꽃이 하나도 안 예뻐 보이잖아.

속마음을 숨긴 채로 지수는 투덜거렸다.

"돈 많다고 자랑해요? 이거 돈지랄이 너무 심한데?"

지수의 비뚜름한 물음에 또다시 그는 웃음을 터뜨릴 뿐이었다. 웃음기를 가득 머금은 그의 얼굴이 가까이 다가왔다. 그의 입술이 귓가에 닿았고, 그의 숨결이 귓바퀴를 간질였다.

"너 머리 굴리는 거 다 티 나."

귀는 듣기 위한 기관이지, 냄새를 맡기 위한 기관이 아니다. 그런데 귀에 닿은 그의 목소리에서 달콤한 향기가 나는 듯했다.

난데없는 공감각적 자극에 심장이 두근두근 빠르게 뛰었다.

그가 지수의 왼손을 들어 올리는가 싶더니 단단한 왼쪽 가슴에 갖다 댔다.

그의 심장 역시 세차게 울리는 게 손바닥에서 느껴졌다.

"느껴져?"

지수는 대꾸 없이, 닿을 듯이 가까이에 있는 그의 얼굴을 바라보았다.

"이 심장은 이제 이지수를 위해서만 뛰어. 내가 죽는 날까지 이 심장은 이지수가 있어야만 뛸 거야. 이 심장이 멈추는 걸 보고 싶은 게 아니라면, 내 곁에 있어."

얼굴이 새빨갛게 달아올랐다. 숨이 가빠져서 가슴이 갑갑했다. 심장이 터질 듯 부풀어 오른 게 먼저인지, 숨이 턱까지 차오른 게 먼저인지 구분조차 되질 않았다.

"지금."

지수는 숨을 한 번 고르고는 말을 이었다.

"되게 미저러블한 거 알아요?"

없으면 죽겠다는 협박이나 다름없는 말을 너무 로맨틱하게 하고 있잖아!

그 바람에 심장이 제 주인 의사에 반하며 터질 듯이 내달렸다.

"미저러블하다니, 나는 지금 심각한데."

"나도 심각해요. 내가 없으면 심장이 왜 안 뛰어?"

"뛰어도 의미가 없으니까."

그리 말하는 그의 얼굴에 이유를 알 수 없는 공허함이 어렸다.

"그걸 어떻게 알아요?"

"이지수가 나한테 변할 마음 따위도 없었다며 돌아섰을 때, 그때 이미 한 번 의미를 잃었던 경험이 있으니까."

진심으로 아픈 표정을 짓고 있어서 심장이 아릿했다. 끝을 정한 지수의 의견에는 동의할 수 없다는 듯이 그는 다짐했던 대로 최선을 다해 지수 곁에 서려고 했다.

내가 뭐라고.

지수는 손을 올려 안쓰러운 그의 얼굴을 한 번 어루만졌다. 손바닥 안으로 그의 얼굴이 기울었다. 이런 애틋한 손길이 그리웠다는 듯 그는 눈을 지그시 감았다. 긴 속눈썹이 짙게 젖어 드는 게 보였다.

감격의 눈물은 누가 흘려야 하는데, 지금.

선수를 빼앗긴 것 같아서 어이가 없기도 하고, 지수의 입장에서는 끝을 정해 놓고 하는 결혼에 대한 프러포즈이니 감동의 눈물을 흘리는 게 더 이상할지도 모를 일이다.

그가 감았던 눈꺼풀을 천천히 들어 올렸다. 그의 얼굴이 더

욱 가까이 다가왔다. 이번에는 지수가 저도 모르게 눈꺼풀을
내렸다.

그가 검지로 지수의 턱을 받치며, 엄지로 아랫입술을 부드럽
게 눌렀다. 그 바람에 입술 사이가 벌어졌다.

그의 단단한 혀가 입안을 휘감듯 들어왔다. 진득하게 혀가
얽혔다. 가장 안쪽에 자리한 여린 살을 자극하자 신음이 흘러
나왔다.

그는 지수의 허리를 감싸 안고는 품 안으로 끌어당겼다. 단
단한 품 안에 갇혀서 이곳이 어디인지, 방금 무슨 일이 있었는
지도 모를 만큼 키스에 몰입했다.

"하아, 하아."

잠시 입술이 떨어지자 밭은 숨이 터져 나왔다. 누가 먼저랄
것도 없이 다시 입술이 맞물렸다. 세상에서 가장 무서운 놈은
본능인가 보다.

지수는 그의 목을 끌어안으며 뒤꿈치를 들어 올렸다.

더 가까이 닿고 싶었다. 더 깊숙이 차지하고 싶었다. 복잡한
계산 따위 지금은 하고 싶지 않았다. 그의 손이 지수의 옆구리
를 타고 올라오는 게 느껴졌다.

앞섶으로는 움직이지 못하고, 옆구리와 등허리를 성마르게
오가는 손길은 뜨거웠다.

"으음."

지수가 참지 못하고 신음을 터뜨리며 그의 가슴을 슬쩍 밀어
냈다.

그가 가까스로 입술을 떼어 내고는 아쉽다는 듯 입맛을 다셨다.

"키스는 어땠어?"

정염에 젖은 그의 목소리가 낮게 쉬어 있었다.

"프러포즈보다는 쓸 만했어요."

"그거 다행이네. 프러포즈는 한 번뿐이지만, 키스는 평생 하고 살아야 하잖아?"

그가 음흉하게 웃었다.

"이지수가 마음으로 느끼는 것보다 몸으로 느끼는 거에 더 후한 점수를 주는 편이라는 건 알고 있었지만, 뭐."

"내가 언제 그랬어요!"

저도 모르게 목소리를 높이고 말았다. 발끈해서 그의 장난기에 동요한 게 억울했다. 그는 지수의 귓가에 입술을 대고 낮게 속삭였다.

"이지수, 나랑 자고 나면 눈빛이 달라지던데? 눈동자에 하트가 떠올라, 그거 몰랐지?"

안다, 모를 리가 없다. 심장이 속절없이 두근거렸다. 몹쓸 기억력은 그와 침대 위에서 보냈던 시간들을 착실히 소환해 냈다.

이렇게, 저렇게, 요렇게.

얼굴이 화끈 달아올랐다. 더는 달아오를 수 없다고 생각했는데, 열은 끝 간 데를 모르고 치솟았다.

1년을 약정한 건 바보 같은 짓이었나? 애초에 오케이 하지 말았어야 했나?

아니다, 다른 선택지가 없었다. 그와 자신 둘 중에 하나는 쓰레기 같은 인간이 되어야 했다.

이게 가장 합리적인 선택이었다며 스스로를 다독여 보았지만, 위안이 되지는 않았다.

갑자기 실감이 나기 시작했다.

어찌 되었건, 내가 이 남자랑 정말 결혼을 하는구나.

"이제 점심 먹으러 갈까?"

그는 지수의 손을 붙잡고 그랜드볼룸 문 앞으로 향했다. 이중으로 된 나무문이 열리자 그 앞을 서성이던 직원들이 화들짝 놀란 얼굴로 딴청을 피웠다.

아, 잠깐 잊었네.

과장을 조금 하자면 이곳은 그의 왕국이나 다름없는 곳이었다. 이제 오늘 프러포즈를 했다는 사실이 그가 다스리는 작은 세계에 퍼질 것이고, 언론에도 오르내릴 것이다.

갑자기 가슴이 벅찼다. 설레거나 떨려서 벅찬 게 아니다. 말 그대로 버거웠다.

겨우 4년제 대학 졸업하고, 경력이라고는 재벌가 결혼식 맡았던 웨딩플래너를 한 게 다였다.

얼마나 많이 씹히고, 뜯길까?

"걱정 마."

귓가에 그의 목소리가 울렸다.

"인경개발 홍보팀이랑 홍 실장이 그렇게 무능한 인간들은 아

231

니야."

이상한 여론은 충분히 무마시킬 수 있다는 듯이 그가 지수를 안심시키려 애썼다.

그런데 어쩌나. 외부의 시선이 두려운 지수였다면 애초에 무모한 일에 뛰어들지 않았을지도 모른다. 이건 다른 세계로 진입하기 전에 느끼는 막연한 두려움일지도 모른다.

자신과는 전혀 다른 세계에서 살아왔던 남자다. 끼니 걱정을 했을 리 없고, 당장에 동생이 어디론가 갑자기 사라질까 봐 끈으로 묶어 놔야 하는 고민 따위 해 봤을 리 없다.

그래서 겁이 났다. 이 모든 걸 자신이 감당할 수 있을지 의심스러웠다.

지극히 현실적인 선에서 야망적인 인간으로 살아왔기에 더 큰 세상은 두려움의 대상이었다.

"내가 이지수 곁에 있는 한, 걱정할 거 없어."

그의 목소리가 새삼 믿음직스러웠다.

정말 이 남자를 믿고 뛰어들어도 될까? 1년…… 그 후에는?

주말 모든 일정을 취소했다. 조찬, 오찬, 만찬 등 만나야 하는 이들이 널려 있었지만, 우석은 지수를 만나러 나갈 예정이었다.

─ 오늘은 곤란해요.

"왜?"

— 윤수 때문에.

"그럼 윤수 데리고 나와."

— 그게 아니라, 친구가 일하는 언론사 모델로 윤수가 기용됐어요. 촬영장 가 봐야 해요.

"그래? 그게 어딘데?"

누나와 닮았지만, 선이 굵은 얼굴을 가진 윤수였다. 운동을 열심히 했는지 짐승 같은 근육을 가지고 있었지만, 눈동자만큼은 선했다. 언론사의 건실한 이미지로 내세우기에 적당한 모델이라는 생각도 들었다.

한 번도 자신이 가진 위치를 남용한 적이 없었는데, 우석은 인경개발 대표이자 지수의 약혼자 자격으로 촬영이 한창인 스튜디오에 어렵지 않게 들어갈 수 있었다.

"어, 오빠. 이거 되게 괜찮다. 윤수 너무 멋있게 나왔어."

귀에 익은 목소리가 들려온 곳으로 시선을 돌렸다. 모니터를 바라보며 찰싹 붙어 서 있는 남녀가 눈에 들어왔다.

"그치? 윤수가 생각보다 훨씬 잘해."

남자의 손이 그녀의 어깨를 부드럽게 감쌌다. 피가 거꾸로 솟는 게 당연했다.

"지수야."

최대한 자상한 목소리를 내려 애썼다. 두 사람이 약속이라도 한 듯 동시에 돌아봤다.

아, 왜 하필.

그녀가 오빠라고 부른 새끼는 얼마 전까지 선배라고 불렀던, 또 얼마 전에 머릿속을 불길하게 스치고 갔던 그 얼굴이었다.

언제는 선배라며? 호칭이 왜 오빠로 바뀌었지?

그녀는 당황한 것처럼 잠시 머뭇거리더니 이내 미소를 머금었다. 보는 눈이 많았다. 공식 결혼 발표가 있었기에 둘은 지금 사이좋은 예비부부 행세를 해야만 했다.

"여기 어떻게 왔어요?"

그녀가 눈을 동그랗게 뜨고는 다가왔다. 언제 당황했냐는 듯이 그녀는 자연스럽게 행동했다. 이렇게 올 줄은 몰랐다며 말투에는 놀란 기색이 담겨 있었다.

"보고 싶어서 왔지."

일부러 자상한 척하려고 내뱉은 말이었는데, 진심이 우러나왔다. 호텔 근무복처럼 정복이 아닌 캐주얼한 분위기의 옷차림을 한 그녀는 무척이나 귀여웠다.

연분홍색 오버핏 앙고라 니트에 워싱 진, 하얀 스니커즈를 신고 있는 그녀의 모습은 평소보다 훨씬 앳돼 보였다.

출근용 풀 메이크업과 달리 화장도 은은했고, 긴 머리는 노란 고무줄로 묶어 자연스레 흘러내렸다.

가까이 다가온 그녀에게서 싱그러운 풀꽃 향기가 느껴졌다. 이렇게 매혹적인 향기를 저놈도 곁에서 느꼈을 거라 생각하니 또다시 배알이 뒤틀렸다.

그리고 뒤틀린 속과 별개로 평소와 다른 그녀의 모습에 심장이 쿵쿵 빠르게 뛰기 시작했다. 아직 봄이 오려면 멀었는데, 보송보송한 앙고라 니트를 입고 꽃향기를 머금은 그녀는 홀로 핀 꽃송이처럼 고아했다.

우석은 손을 뻗어 그녀의 뺨을 부드럽게 어루만졌다.

"스튜디오가 좀 춥네."

투명하리만큼 하얀 그녀의 피부가 붉게 상기되어 있었다. 그녀는 뺨을 어루만지는 우석의 손을 잡아 끌어 내리며 조용히 대꾸했다.

"계속 움직였더니, 추운 줄도 몰랐네요."

"언제 끝나?"

"이제 시작했어요. 좀 걸려요."

그녀가 부끄러운 듯 얼굴을 붉혔다. 우석은 일부러 그녀의 어깨를 감싸 안으며 말했다.

"혹시 몰라서 간식도 조금 챙겨 왔는데."

조금이라고 했지만, 호텔 베이커리를 쓸어 오다시피 했다. 홍 실장을 위시한 수행원들이 스튜디오 한쪽에 베이커리라도 차릴 듯 간식거리를 펼쳐 놓았다.

여기저기서 감사하다며 인사하는 소리가 들려왔다.

"고마워요. 이렇게까지 안 해도 되는데."

"이렇게 해야지. 하나밖에 없는 처남 일인데."

내내 평정을 유지하고 있던 그녀의 눈동자가 조용히 흔들렸다.

감동했나 보네.

그녀가 끔찍이도 아끼는 동생 윤수를 챙겨서일까? 그랜드볼룸에서 했던 대형 프러포즈 이벤트에는 눈 하나 깜짝 안 하던 여자가 이런 작은 이벤트에 크게 동요하는 게 눈에 보였다.

그녀가 무슨 말을 하려는지 머뭇거렸다. 우석은 느긋하게 그녀의 목소리가 흘러나오기를 기다렸다.

"……고마워요, 정말."

"고맙다는 인사는 아까도 했잖아."

그녀의 목소리에서 옅은 울음기가 묻어났다. 눈가에도 투명한 눈물이 가득 고였다.

이게 뭐라고 울어, 이지수.

"이렇게 감동시키기 쉬운 여자였나? 꽃이랑 반지는 괜히 준비했었네. 그냥 빵이나 사 줄걸."

장난스레 놀리는 말에 그녀가 눈을 가늘게 뜨며 우석을 노려보았다. 그 바람에 눈가에 가득 고여 있던 눈물이 뺨 위로 후드득 떨어졌다. 우석은 두 손으로 그녀의 양 볼을 감싸고는 엄지로 눈물을 쓸어 주었다.

"이러면 내가 울린 줄 알고 윤수가 나 미워한다."

"윤수가 언제 우석 씨 좋아하기는 했나?"

"모르는구나? 나 윤수랑 무지 친해."

너스레를 떨자 그녀가 어이가 없다는 듯 웃음을 터뜨렸다.

"어? 사장님이다!"

촬영 준비를 하느라 보이지 않던 윤수가 우석을 발견하고 달려왔다.

"사장님 왜 왔어요? 누나 보러 왔어요?"

대답하려는 찰나, 카메라를 든 남자가 이쪽으로 다가오는 게 보였다.

"지수야, 잠깐만. 이것 좀 봐 줄래?"

"어, 오빠. 뭐?"

이럴 때는 결혼할 사람이라며 소개부터 해 줘야 하는 거 아닌가?

남자가 부른다고 쪼르르 달려가서 모니터 앞에 선 그녀의 뒷모습을 쏘아보는데, 윤수가 신이 나서 떠들어 댔다.

"사장님 오늘 멋있어요. 누나 인제 안 울어요. 사장님이 혼내 준 거 맞죠?"

"어, 그래."

우석은 윤수가 떠들어 대는 말에 건성으로 대꾸하며 지수와 문제의 남자가 서 있는 곳을 바라보았다.

사진작가였어?

무슨 이야기를 하는 건지 두 사람의 뒷모습은 무척이나 다정해 보였다. 남자가 손가락으로 그녀의 옆구리를 쿡 찌르며 장난을 걸자, 그녀가 까르륵 웃으며 남자의 팔뚝을 주먹으로 가볍게 한 번 쳤다.

얼씨구, 잘들 논다.

매끈한 이마에 핏대가 불거졌다. 주먹을 불끈 움켜쥐며 우석이 걸음을 옮기려는데, 윤수가 대뜸 목소리를 높인다.

"누나, 나 빵 먹고 싶어!"

두 사람의 시선이 단번에 이쪽으로 왔다. 그리고 옆에서 윤수가 조심스레 속삭인다.

"저 잘했죠?"

얘 봐라?

우석은 큰 덩치에 어울리지 않게 수줍은 미소를 짓고 있는 윤수를 바라보았다.

"그래, 빵 먹자. 윤수야."

그녀가 윤수의 손을 잡고 간식거리가 마련된 곳으로 걸음을 옮겼다. 흐뭇하게 그 모습을 바라보고 있는데, 등 뒤에서 날 선 목소리가 들려왔다.

"보기보다 무척 세심하시네요."

보지 않아도 알 수 있었다. 이런 곳까지 굳이 올 필요가 있었느냐고 묻는 그는 그녀가 오빠라고 살갑게 부르는 사진작가 놈이었다.

"처음 뵙겠습니다. 윤현진입니다."

"네, 연우석입니다."

"우리 지수가 결혼을 다 하네요."

우리? 아무래도 우석을 자극하려고 작정하고 다가온 듯했다.

"지수 선배시라고요?"

"네, 정확히는 대학 동아리 선배고. 지금은 친오빠 버금가는 사이고."

그러니까 대학 선배인데, 오빠 동생 하기로 하셨다?

"원래 선배, 선배 하고 딱딱하게 부르던 앤데, 시집도 가는 마당에 친오빠처럼 생각하라고 했더니 바로 오빠라고 부르더라고요."

그냥 사실을 말했을 뿐이고, 특별할 것도 없는데 괜히 기분이 나쁘다.

"사실 지수가 한동안 저하고 거리를 뒀었거든요."

잘했네, 그건.

"이지수 첫사랑이 저예요."

우석은 그런 거 하나도 신경 쓰지 않는다는 듯 대꾸했다.

"그랬군요."

"무슨 수로 이지수 꼬셨어요?"

내내 유쾌했던 남자가 목소리에 날을 세웠다.

"뭐 잠깐 결혼이라도 해 주면, 돈으로 보상하겠다고 꼬셨어요?"

그녀가 결혼에 관해 시시콜콜하게 떠들고 다닐 성격도 아닌데, 현진은 꼭 뭘 알고 묻는 것처럼 우석을 떠보고 있었다.

"내가 이지수 지켜본 세월이 몇 년인데, 좀 이상하다 싶어서."

"이상하긴 뭐가 이상하다는 겁니까?"

"사랑 하나만 가지고 결혼할 녀석은 아니거든요. 그리고 만난 지 얼마나 됐어요? 무슨 결혼을 번갯불에 콩 볶듯 해?"

자신이 그녀에 대해 잘 알고 있는 만큼, 그도 마찬가지인 듯했다. 만난 지 얼마 안 됐다는 말도 사실이었고 결혼을 서두른 것도 맞다.

그런데 이런 말을 제삼자에게서, 그것도 그녀의 첫사랑이자 그녀가 살갑게 따르는 남자에게 들으니 불쾌했다.

"그건 그쪽이 상관할 일이 아닌데?"

"어떻게 된 건지는 모르겠지만, 연우석 대표가 나타나지 않았다면 이지수는 나랑 결혼했을 거예요."

"지금 뭐라고 했습니까?"

사람이 많은 곳이었다. 마음 같아서는 헛소리를 지껄이고 있는 새끼의 입을 뭉개 놓고 싶었다.

"그쪽만큼은 아니지만, 나도 꽤 벌거든요. 지수 아버님 모시고 윤수 데리고 살아 줄 테니 일하지 말고 가족 돌보면서 편히 살아라, 했으면 나한테 시집왔겠죠."

우석의 얼굴에 조소가 어렸다. 그녀를 잘 안다고 뻐기면서 실상은 하나도 모르는 놈이었다.

"이지수가 그런 여자로 보여요?"

웃음기 어린 목소리로 물으며 옆에 선 남자를 바라보았다. 그는 확신한다는 듯이 웃고 있었다.

"이지수를 몰라도 너무 모르네. 그러니까 그쪽이랑은 안 된 거야. 나하고 결혼하는 이유, 모르겠어요?"

우석이 빙글거리며 묻자 남자의 표정이 슬슬 굳어 갔다. 서로를 노려보는 눈빛이 날카로웠다. 서슬 퍼런 시선을 감추지 않은 채로 우석이 먼저 빙그레 미소 지었다.

"제 안사람이 좋은 선배를 뒀네요. 그동안 감사했습니다."

그러니 이제 알짱거리지 말고 꺼지라는 말이었다.

그때 누군가 '작가님, 이제 시작할까요?' 하고 소리치는 게 들려왔다. 남자는 스태프를 향해 그러자며 고개를 끄덕이고는 발걸음을 옮겼다.

남자의 뒷모습을 쏘아보고 있는데, 그가 우뚝 멈춰 섰다.

"아, 맞다."

그는 잊고 있던 무언가가 생각났다는 듯한 표정으로 우석에게 다가왔다. 목소리를 낮춘 남자가 우석에게 작게 속삭였다.

"이지수한테 키스하는 법 가르쳐 준 사람도 나예요. 나랑 처음 키스했거든."

이 새끼는 맞아야 할 것 같다.

주먹을 불끈 움켜쥔 순간, 누군가 우석의 팔을 부드럽게 잡아당겼다.

"뭐 하고 있어요?"

향긋한 풀꽃 향기가 느껴졌다. 우석은 시선을 돌려 그녀를 내려다보았다.

눈을 동그랗게 뜨고 왜 그렇게 무서운 얼굴을 하고 있느냐 묻는 듯했다. 우석의 시선이 자연스레 그녀의 입술로 향했다.

저놈이 보는 앞에서 입술을 확 머금고 싶은 유치한 충동이 일었다.

"2시간 정도 걸릴 것 같은데, 계속 여기 있을 거예요?"

그녀가 걱정스러운 얼굴을 했다.

왜. 저놈이랑 꽁냥거려야 하는데 방해돼, 내가?

"어, 계속 있을 거야."

그녀의 입가에 웃음기가 어렸다. 그녀는 환한 미소를 숨기지 않은 채로 고개를 끄덕거렸다.

심장이 차올라서 가슴이 빠듯해지는 듯했다. 그저 한 번 웃어 줬을 뿐인데, 그게 뭐라고 이렇게 좋아?

일은 잘하는 놈인지 촬영은 순조롭게 진행되었고, 그녀는 내내 동생 윤수를 챙기며 분주하게 움직였다.

2시간이라 했던 촬영은 예상한 시간에 딱 맞춰 마무리되었다. 여기저기서 수고했다는 인사 소리가 들려왔다.

"뒤풀이 갑니다!"

뭐 이런 촬영에 뒤풀이도 있어?

우석은 윤수의 손을 잡고 움직이는 지수를 붙잡아 세웠다.

"이제 갈 거지?"

"어? 연우석 대표님! 제가 촬영에 집중하느라 오신 줄도 몰랐네요?"

부산스럽게 다가온 여자는 언젠가 본 적 있는 얼굴이었다.

"친구예요. 은경이. 여기 언론사 기자고요."

"다시 뵙네요. 연우석입니다."

"어머! 저 기억하시는구나."

그녀의 친구는 까르륵 웃으며 손뼉을 쳐 댔다.

"제가 지수랑 제일 친한 친구거든요. 그래서 그런데 저 부탁 하나만 드려도 돼요?"

"말씀하세요."

"워낙 둘 다 바쁘고, 결혼 전에 따로 만날 시간이 없을 것 같아서요. 제가 오늘 지수 하루만 빌려도 될까요?"

속 좁은 남편 될 수는 없으니, 우석은 너그러운 미소를 지으며 고개를 끄덕였다.

"그럼 윤수 좀, 데려다주실 수 있으세요? 아버님 가게로 가면 되는데."

지수가 그러지 말라고 친구의 옆구리를 툭 치는 게 보였다.

"그러죠. 두 분 오붓한 시간 보내세요."

사람 좋은 미소를 보이며, 그렇게 하라고 지수를 향해서도 다정한 눈빛을 보냈다. 그녀의 친구는 잘됐다는 얼굴로 주먹을 불끈 움켜쥐었다.

"이예! 현진 선배! 오늘 지수 시간 된대!"

뭐라고라?

"그럼, 윤수 좀 부탁해요!"

은경이 호들갑스럽게 인사를 하고는 지수의 팔을 붙잡고 저쪽으로 끌고 갔다.

끌고 간다고 끌려가냐, 이 여자야!

뒤풀이는 없었던 걸로 하라고 당장에 달려가서 이지수를 도로 데려오고 싶은 마음이 굴뚝같았다.

"매형, 우린 집에 가요?"

옆에서 윤수가 속삭였다. 열 받아 죽겠는데, 그 와중에 매형 소리는 또 듣기 좋다.

결국 윤수를 데리고 차에 올라탔다. 운전해 줄 수행원과 홍 실장을 데리고 왔기에 차 안에는 시커먼 남자만 넷이 타고 있었다.

계획대로라면 홍 실장이 윤수를 맡고, 이 차에는 그녀와 우

243

석, 단둘이 올랐어야 했다.

어차피 한 달 후면 결혼할 사이다. 그런데 사진작가 놈이 입을 너무 곱게 놀리는 바람에 속이 뒤집혀 버렸다.

"매형, 누나 오늘 늦게 온대요?"

"응, 그렇대."

"그럼, 매형. 나 오늘 아쿠아리움 가 보고 싶어요!"

묘하게 그녀를 닮은 윤수가 손뼉을 짝짝 치며 웃었다.

"그래, 우리 윤수가 가고 싶으면 가야지."

"우와, 매형 최고다!"

이지수한테도 최고였으면 좋겠다.

우석은 실없는 생각을 하며 윤수를 데리고 아쿠아리움으로 향했다.

커다란 수족관에서 물고기 구경도 하고, 윤수가 가고 싶다는 애니메이션 컨셉 레스토랑에서 밥도 먹고, 갖고 싶은 장난감이 있대서 대형 장난감 전문점까지 들렀더니 해가 져 버렸다.

고단했던지 집으로 향하는 차 안에서 윤수는 잠이 들어 버렸다. 그녀의 아버지는 도착 시각에 맞춰 대문 앞에 마중 나와 계셨다.

"고맙네."

"아닙니다, 장인어른."

그녀 아버지는 그저 살가운 미소만을 머금을 뿐이었다.

"우리 지수는 모르는 거지?"

잠기운에 칭얼거리는 윤수를 방에 눕히고 나오자, 그녀 아버지가 걱정스러운 목소리를 냈다.

"모릅니다."

"그 미국에 있는 의사가 우리 윤수 괜찮다고 한 것도 맞지?"

우석은 가만히 고개를 끄덕였다.

머리가 아프다 했던 윤수는 검사해 보니 뇌에 작은 종양이 있었다. 미국으로 여행을 갈 예정이라고 했지만, 사실 수술과 재활을 위해 떠날 예정이었다.

결혼 조건 중 하나로 윤수의 수술과 재활을 돕겠다고 하려고 했었다.

'우리 지수는 몰랐으면 해. 윤수 걱정은 좀 덜고, 당분간이라도 지수가 행복했으면 좋겠네.'

딸에게 말하지 않으면 좋겠다고 신신당부했다. 우석은 그의 뜻을 따를 수밖에 없었다.

의료진은 수술을 긍정적으로 보고 있었다. 또 수술 후에 기적 같은 일이 벌어질 수도 있다고도 했다.

제발 이들의 삶에 기적을 가져다줄 수 있기를. 우석은 간절히 바라고, 또 바랐다.

차라도 한잔 하고 가라는 말씀에 잠시 앉아 있다가 나왔더니 밤 11시가 다 되었다.

뒤풀이는 대체 언제 끝나는 거야?

오후 4시쯤 촬영이 끝났으니, 지금쯤 뒤풀이가 마무리되어야 할 시각이었다.

그녀의 친구라는 은경의 전화번호라도 알아 둘 걸 그랬다. 그녀는 대체 뭘 하고 있는 건지 벌써 수십 통째 전화를 받지 않고 있다.

"하아, 미치겠네."

우석이 한숨을 몰아쉬며 차에 올라탔다.

"대표님. 댁으로 가시겠습니까, 아니면."

아니면, 뭐? 하는 눈빛으로 우석이 홍 실장을 바라봤다.

"지금 홍대 근처에 있는 클럽에서 뒤풀이가 막바지에 접어들었다고 합니다."

"그걸 홍 실장이 어떻게 알아?"

저 몰래 사람을 붙였나 싶어서 우석이 날 선 목소리로 물었다. 조부가 아직도 그녀를 감시하고 있는 건가 하는 생각에 기분이 상하려는 순간이었다.

"그 친구분, 은경이, 아니, 은경 씨가 알려 줬습니다."

그리 대꾸하는 홍 실장의 귓불이 붉었다.

이것들 봐라?

"거기로 가지."

굼벵이도 구르는 재주가 있다더니, 뒤에서 호박씨를 까는 것도 정도가 있지. 우석은 조수석에 앉은 홍 실장을 쏘아보았다.

"사실 결혼은 제가 먼저 할 줄 알았습니다."

홍 실장이 기어들어 가는 목소리로 고백했다.

"우리 은경이 성격이 워낙 화통해서요."

재 지금 뭐라는 거야?

궁금하지도 않은 연애사를 자랑하려고 드는 것 같았다. 홍 실장은 정말이지 가끔 눈치가 없어도 너무 없다. 지금 우석은 연락도 되지 않는 지수를 찾아가느라 열불이 날 지경인데, 홍 실장은 '우리 은경이'라고 부르며 몸을 비비 꼬아 댔다.

내가 좀 덜 굴렸나? 요즘 한가했지?

우석은 활활 타오르는 눈빛으로 홍 실장을 노려보았다. 홍 실장은 그것도 모르고 제 입으로 야근을 척척 예약하고 있었다.

우석이 부글부글 끓어오르는 사이 차는 그녀가 있다는 홍대의 한 클럽 앞에 멈춰 섰다.

"여기라고?"

"네, 여기 계시다고 합니다."

"홍 실장은 알아서 퇴근해. 운전은 내가 할 테니까."

"감사합니다, 대표님!"

저 좋으라고 그런 게 아닌데, 홍 실장은 허리를 깊이 숙이며 과한 인사를 해 왔다. 우석은 고개를 절레절레 저으며 클럽 안으로 들어갔다.

시끄러운 음악이 쿵쿵 울리고, 실내 공기가 끈적하게 달아오른 공간이 불쾌했다.

이런 데서 뭘 하는 거야?

클럽 규모는 크지 않았고, 촬영팀 뒤풀이를 위해 전체 대관 중이라고 했다. 그래서 그랬는지 우석은 그녀의 모습을 쉽게 찾을 수 있었다.

아주 가관이네.

클럽 바 테이블 위에 엎드려 있는 그녀의 옆에 사진작가 놈이 서 있었다.

"이지수, 집에 가야지. 너 여기서 자면 어떡해!"

그놈이 그렇게 소리치고 있었다.

얻다 대고 소리를 질러, 저 자식이.

우석은 얼른 다가가 그녀를 부축해 일으켜 세웠다. 허리를 감싸 안자 그녀가 자연스레 우석에게 몸을 기대 왔다.

"어? 여기 어떻게 알고 왔어요? 지수 내가 데려다주려고 했는데."

"이지수 내가 데려갑니다."

우석이 걸음을 옮기려는데, 남자가 막아섰다. 감히 누굴 데려가느냐는 듯 남자의 눈빛이 형형했다.

"비켜."

우석은 조용히 읊조렸다.

"지수가 1년이 어쩌고저쩌고하던데, 허튼수작 부리고 있는 거 아닙니까?"

그가 지수의 팔을 잡았다. 우석의 시선이 그의 손에 잡힌 지수의 팔로 향했다.

"허튼수작은 지금 그쪽이 부리고 있는 것 같은데? 결혼 앞둔 연인 사이에 끼어드는 거, 치졸하다는 생각 안 듭니까?"

대답은 들을 생각조차 없었다. 우석은 지수를 끌어안은 채로 남자를 밀치고 지나갔다.

클럽을 빠져나와 차가운 공기를 마셨는데도 불구하고 기분이 나아지질 않았다.

우석은 조수석에 기대어 잠이 든 그녀를 물끄러미 바라봤다.

1년이 어쩌고저쩌고했다고?

왜, 1년 이따 돌아올 테니 저 자식한테 기다려 달라고 했어?

심장이 쿵쿵거렸다. 가슴이 빠듯해져서 숨을 쉬기가 버거울 정도였다.

"……오빠."

잠들어 있는 줄 알았던 그녀가 목소리를 냈다.

"나 집에다 내려 줘."

자신을 그놈으로 착각하고 있는 듯했다. 우석은 대꾸도 하지 않았다.

"왜 갑자기 결혼하느냐고 물었지."

그녀의 발음이 희미하게 뭉개졌다.

"내가 결혼하는 이유는……."

뒤이은 그녀의 말에 심장이 터질 듯 두근거렸다. 신호 대기에 멈춰 선 순간, 우석은 흔들리는 시선으로 조수석에 앉아 있는 그녀를 응시했다.

어제 그렇게 마시지 말았어야 했다. 시집가기 전에 만날 시간 없을 거라며, 그리고 시집가면 더욱 만나기 어려울 거라며 독한 술을 퍼붓는 은경을 말릴 수가 없었다.

머리가 빙빙 돌고, 구토기가 일었다. 꼭 배 위에 있는 것처럼 침대가 흔들리는 것 같았다.

응? 침대?

어제 분명 현진 선배에게 집에 데려다 달라고 했는데?

지수는 소스라치게 놀라서 몸을 일으켰다. 등허리를 세우기는 했는데, 머리가 울려서 눈을 질끈 감아야만 했다.

현기증이 가시고 눈을 뜬 지수는 경악했다.

미쳤나 봐! 이지수, 진짜 돌았나 봐! 어떡해!

새하얀 호텔 침구가 홀딱 벗은 알몸에 휘감겨 있었다.

어제 분명히 현진 선배가 데려다줬는데?

술에 취해서 그의 차에 올라탔고, 집으로 데려다 달라고 했던 게 드문드문 기억났다.

그런데 왜 내가 이 꼴로?

술이 웬수다. 정신 나간 원나잇은 인생에 한 번으로 족한 거 아냐? 그 일로 내 인생이 지금!

그런데도 정신 못 차리고, 그것도 결혼을 앞둔 상황에서!

지수는 얼른 침대에서 몸을 일으켰다. 바닥 어딘가에 뒹굴고 있을 거로 생각했던 옷가지를 찾느라 허둥댔다.

그런데 나무꾼 빙의한 현진이 옷을 숨겼을 리도 없고 옷이 하나도 보이질 않았다.

대체 옷이 다 어딜 간 거야!

이불을 몸에 둘둘 말고 카펫 위에서 종종거리던 지수는 절망했다. 그제야 테이블 위에 놓인 메모지와 펜이 눈에 들어왔다.

지금 눈에 띄면 안 되는 너무도 익숙한 호텔 로고였다.

호텔 I.

여기 몇 층이니, 그냥 뛰어내려 버릴까?

지수는 바닥에 털썩 주저앉았다. 결혼을 약속한 남자가 운영하는 호텔에서 다른 남자랑 원나잇을 해 버렸다.

나 완전 미친년이네?

어이가 없어서 웃음이 다 나왔다. 지수는 고개를 내려 제 몸을 한 번 살폈다.

얼마나 물고 빨았는지 어깨며 가슴 언저리가 울긋불긋했다. 어제 촬영장에 온 우석을 자극하는 현진을 보고 불안하기는 했다. 그런데 현진이 자신과 이런 사고를 칠 거라고는 꿈에도 생각 못 했다.

망했네, 난 망한 거야. 그냥 죽자.

어떻게 죽을까 고민하고 있는데, 귀에 익은 소음이 사라졌다. 현진이 욕실에서 샤워하고 있었나 보다.

뭐부터 물어야 할까? 나랑 같이 죽을 생각 있냐고?

망연자실해서 앉아 있는데, 욕실 문이 열리는 소리가 들어왔다. 익숙한 어메니티 향이 훅 풍김과 동시에 이쪽으로 다가오는 기척이 느껴졌다.

"어제 어떻게 된 거야?"

샤워를 마치고 나온 우석은 바닥에 널브러지듯 앉아 읊조리는 여자를 물끄러미 내려다보았다.

'내가 결혼하는 이유는, 그 남자이기 때문이야.'

다른 사람인 줄 알고 털어놓는 그녀의 취중진담을 듣고야 말았다.

'그 남자가 아니었으면, 나 결혼 안 했을 거야.'

결혼의 이유가 계약도 조건도 아닌, 우석이라 말하고 있었다.

괘씸하게 그런 고백을 제삼자에게 늘어놓는 모습을 보며 우석은 그녀를 골려 줘야겠다고 마음먹었다.

일부러 그녀의 집도, 제 아파트도 아닌 호텔로 데려왔다. 술을 마시면 침대 위에서 다소 적극적인 성향을 띠는 그녀였다.

역시나 어제도 그녀는 우석의 품에 정답게 안겼다. 설마 그렇게까지 했는데 기억 못 하겠나 싶었는데, 그녀는 하나도 기억을 못 하는 것 같았다. 그리고 지금 대단한 착각에 빠져 있는 듯했다.

"오빠, 우리 같이 죽을래?"

목소리에 울음기가 어려 있었다.

착각해도 어떻게 저런 착각을 할 수가 있지?

"오빠는 죽기 싫은데."

그녀 앞에 무릎을 굽혀 앉으며 빙그레 웃었다. 그러자 그녀가 소스라치게 놀라서는 우석을 바라보았다. 까만 눈동자가 정신없이 흔들렸다.

"이제 오빠라고 부르기로 한 거야? 말도 아예 편하게 놓고?
듣는 오빠 기분 좋네."

지금 여기 왜 있느냐고 물으면 제 속을 들킬 것 같았는지, 그
녀는 그저 어설프게 웃어 보였다.

"씻었어요? 내가 술이 덜 깼나? 꿈을 꿨나 보네."

그녀는 흘러내린 이불을 추스르며 웃었다.

'그 남자여서 결혼하는 거야.'

괘씸해서 화를 내고 싶은데, 지난밤의 고백이 자꾸만 가슴을
두드렸다.

"이지수 술만 마시면 날 덮치네."

"내가 언제 덮쳤다고 그래요!"

빽 소리를 지르는 모습이 귀엽다.

"와, 덮쳐 놓고 기억 안 난다고 발뺌하면 다야?"

얼굴을 보니 어젯밤 일이 조금씩 기억이 나나 보다. 그럼 어
제 그렇게 고백한 것도 기억하나?

"진짜 비겁한 거 알아요? 술 취한 사람 집에 곱게 보내 줘야
지."

"무슨 소리야. 집에 안 들어가겠다고 난리 친 게 누군데."

"내가 언제 그랬다고 그래요? 나 분명히 어제 집에 데려다 달
라고 했거든요?"

"그래? 누구한테?"

얼굴이 새빨개져서 따지던 그녀의 눈빛이 잠시 흔들렸다.

오호라, 이제야 좀 기억이 나시나 봐?

분명 달콤한 고백을 했던 것도 기억하는 듯했다.

"진짜 비겁하고, 치사해."

"웃기는 여자네. 나도 나 치한으로 모는 여자한테 손대기 싫어. 결혼하기 전까지 털끝 하나 안 건드릴 테니까, 걱정 마."

"흥!"

그녀가 토라진 듯 고개를 팩 돌려 버렸다.

그래도 소용없어, 이지수. 너 이미 나한테 고백했다.

우석은 나른하게 미소 지으며 그녀를 바라보았다.

길다면 길고, 짧다면 짧은 한 달이었다. 베테랑 웨딩플래너인 지수였기에 결혼 준비에는 별다른 어려움이 없었다.

그는 결혼 준비에 대한 모든 것을 지수에게 일임했다. 형식적인 결혼식을 준비하는 데 굳이 자신의 허락은 받을 필요 없다며 모든 것을 지수 뜻대로 결정하라고 했다.

그가 결혼 준비에 무심해서 서운한 마음은 조금도 들지 않았다.

원래 이런 결혼이었으니까.

자신의 결혼식이 있는 날임에도 불구하고 여느 날과 다르지 않았다. 호텔에 도착하면 스파에서 예비 신부가 기다리고 있을 것만 같았다.

"누나, 이따 봐."

윤수는 뭐가 그렇게 좋은지 함박웃음을 머금은 채 인사했다.

오늘이 지나면 1년은 떨어져 있어야 하는데, 자식이 울지도 않네.

오히려 서운한 건 지수였다. 그리고 아버지. 원래 눈을 마주하고 이야기하는 일이 드물었다.

이것도 결혼이라고, 시집갈 때 되면 철든다더니, 오늘따라 아버지 얼굴을 보기가 어려웠다.

"이따 호텔에서 봬요."

"그래, 이따 보자."

무뚝뚝하게 인사하는 아버지를 뒤로하고 나오는데, 마음이 복잡했다.

엄마가 돌아가시기 전에 바람을 피웠던 아버지였다. 장례를 치르고 곧장 재가하시지는 않을까 걱정했는데, 불륜을 저질렀던 사람이라는 게 무색하리만큼 아버지는 외로운 삶을 살아왔다.

차라리 지금 아버지 곁에 누군가 있었다면, 더 나았을까?

단 한 번도 해 보지 않았던 생각이 머릿속에 불쑥 떠올랐다. 집을 떠나려니 마음이 허전하기는 한지, 지수의 머릿속은 자꾸 엉뚱한 생각으로 채워졌다.

호텔에 도착하자 그가 기다리고 있었다. 굳이 이 시간에 나오지 않아도 될 텐데, 스파에서 마사지 받는 내내 지수의 곁을 지켰다.

"대표님이 이렇게 자상하실 줄 몰랐어요."

그가 잠시 자리를 비운 사이 스파 소속 직원이 빙그레 웃으며 말을 걸어왔다. 지수는 그저 미소로 답할 뿐이었다.

전신 마사지를 받고 헤어 · 메이크업을 받은 뒤 웨딩드레스까지 입었더니 결혼식이 1시간 앞으로 다가왔다.

인경그룹의 유일한 후계자의 결혼식답게 호텔에 모여든 인원이 어마어마했다.

1천 2백여 명이 자리할 수 있는 그랜드볼룸에서 본식이 있었고, 본식이 끝난 뒤에는 같은 장소에서 본식에 참여하지 못한 인사들과 함께 애프터 파티가 진행될 예정이었다.

이것으로도 부족해서 내일부터 신혼여행 대신 자선 파티 등 부부의 공식 행사가 예정되어 있었다.

그룹 내 행사와 우석의 일정을 핑계로 신혼여행은 생략했다. 나중에 우석의 공식 휴가 기간을 이용하여 가기로 했지만, 함께 여행을 가게 될 날이 오게 될지는 미지수였다.

본식은 여느 결혼식과 다를 바가 없었다. 굳이 다른 점을 들자면, 지수가 여태껏 진행했던 그 어떤 결혼식보다 호화찬란했다.

플라워 모티브 레이스로 장식된 웨딩드레스도 지나치게 화려했고, 머리를 장식한 사이드 티아라는 눈이 부실 정도로 반짝거렸다.

성혼 선언문이 낭독되는 순간에는, 심장이 쿵쿵 울렸다. 앞으로 1년간은 옆에 선 남자의 아내가 된 것이다.

형식적이었던 본식이 끝나고, 지수는 그와 함께 호텔 I 프레지던셜 스위트룸으로 올라왔다.

한 달 전 이곳 호텔에서 결혼할 때까지 털끝 하나 건드리지 않겠다고 선전포고했던 그는 그 약속을 끝까지 지켜 냈다.

사람 괜히 아쉽게.

그러더니 애프터 파티까지 2시간이나 남았다며 갑자기 덤벼든다. 개수작 부리지 말라고 으름장을 놓았는데도 뭐가 그렇게 좋은지 그저 웃기만 한다.

내가 그렇게 좋냐?

지수는 우석을 가만히 올려다보았다. 그는 벗겨 낸 드레스를 테이블 위에 고이 올려 두고는 지수가 누워 있는 침대로 다가왔다.

턱시도 재킷과 턱시도 셔츠를 벗어 던지는 모습이 무척이나 관능적이었다. 안 그래도 넓은 그의 가슴이 유독 강조되었고, 지수는 그에게서 눈을 떼지 못했다.

"눈을 못 떼네, 이지수."

그렇게 말하는 그도 얇은 속옷만을 입고 있는 지수에게서 눈을 떼지 못한 채였다.

그의 몸이 점점 가까이 다가왔다. 갑작스레 밀려오는 긴장감에 지수는 숨을 흡 들이켰다.

그의 입술이 지수의 목덜미에 닿자, 오소소 소름이 돋아났다. 화인을 찍듯 그는 부드럽게 입술을 묻은 채로 숨을 들이마셨다.

"하아."

절로 한숨이 터져 나왔다. 그저 목덜미에 입술을 묻었을 뿐인데 발끝이 말릴 정도로 긴장됐다.

"이 정도로 긴장을 하고 그래?"

우석이 빙그레 미소 지으며 물었다. 침대에 누워 얼굴을 붉히고 있는 여자는 평소보다 훨씬 빨리 흥분하는 듯했다.

한 달 동안 일부러 그녀에게 손끝 하나 대지 않았다. 당장에 눈앞에 있는 여자를 품에 안고, 취하고 싶었지만 참았다.

일부러 결혼식은 지극히 형식적인 방향으로 진행했고, 그녀에게 모든 권한을 일임했다.

감정을 드러내지 않기 위해 얼마나 절제했는지 그녀는 절대 모른다. 그럴수록 그녀의 낯빛은 초조함으로 물들었다.

심장 폭행범이 뭔지 보여 주겠다더니, 별거 없네?

평소 같았으면 그렇게 말하며 도발했을 법한데, 그녀는 그저 입을 꾹 다물고 묵묵히 결혼식을 준비했다.

겉으로는 마치 타인의 결혼을 준비하는 웨딩플래너처럼 굴었지만, 우석의 앞에서 초조한 눈빛을 보이곤 했다.

그럴 때마다 가슴이 얼마나 벅차올랐는지 그녀는 모른다.

연우석이어서 결혼하는 거라고 했던 그녀였다.

이제는 연우석이 없으면 살지 못할 정도로 만들고 싶었다. 연우석 없이 아무것도 못 할 여자는 아니지만, 그래도 연우석

258

만이 그녀에게 간절해지기를 바랐다.

그래서 애를 태웠다. 속수무책으로 자신에게 넘어와 주기만을 바라고 또 바랐다.

부드러운 목덜미에 묻었던 입술을 그녀의 입술로 옮겨 갔다. 작고 말랑말랑한 입술을 머금자, 그녀의 손이 우석의 목덜미를 어루만졌다.

"으음."

우석은 낮게 신음하며 그녀의 허리 아래로 팔을 집어넣었다. 그녀가 허리를 들썩이며 몸을 바싹 붙였다.

"하아."

입술이 잠시 떨어지자 그녀가 달콤한 숨결과 함께 신음을 내뱉었다. 우석은 공기 중으로 흩어지는 기운마저 애틋해서 얼른 다시 입술을 겹치며 허리를 뒤챘다.

서로에게 가장 은밀한 곳을 묻자, 누가 먼저랄 것도 없이 신음이 터져 나왔다.

"흐읏."

"아아."

우석은 그녀를 바싹 당겨 안은 채로 허리를 움직였다. 눈을 꼭 감고 있는 그녀의 얼굴은 붉게 상기되어 있었다.

화려한 메이크업을 마치고, 새하얀 웨딩드레스를 입고 있을 때보다 지금이 훨씬 아름다웠다.

우석은 그녀의 이마에 보드랍게 입술을 내리눌렀다. 단단한 어깨를 잡고 있는 작은 손이 파르르 떨렸다.

"흐응."

그녀가 신음을 흘리며 몸을 뒤틀었다. 우석은 그녀의 머리칼과 목덜미에 얼굴을 묻은 채로 열락에 빠졌다.

신접살림은 우석이 살고 있던 아파트에 차렸다. 백화점 리빙·가전 매장의 쇼룸을 옮겨 놓은 것처럼 집 안은 완벽 그 자체였다.

지수는 그 완벽함이 오히려 더 어색했다.

"화분을 좀 사야겠어요."

일요일 아침 식사를 하며 건넨 말에 우석은 미간을 찌푸렸다.

"화분?"

"집이 좀 삭막한 것 같아서, 화분이라도 있으면 생기가 돌 것 같아."

우석은 가만히 그녀를 바라보았다. 가전제품과 가구를 바꾸고, 인테리어를 하는 데에도 그녀의 손길은 하나도 닿지 않았다.

그녀가 원하는 게 아니라면 굳이 하라고 할 생각도 없었다.

그런데 함께 지내는 공간이 삭막한 것 같다며 그녀가 화분을 사자고 한다.

슬슬 마음을 열어 가는 것처럼 느껴진다면 착각일까?

결혼한 지 이제 한 달, 둘은 여느 부부와 다를 것 없이 생활

했다.

단지 그녀는 여전히 시한부 부부라 여기는 듯했지만, 우석의 눈에는 그 시한부 딱지가 이제 슬슬 그 접착성을 잃고 떨어질락 말락 하는 듯 보였다.

"그래. 알아서 사."

우석은 일부러 자신은 관심 없다는 듯이 굴었다.

"오늘 바빠요?"

"아니, 운동 다녀와서 쉴 거야."

그녀는 아랫입술을 짓씹으며 눈을 지그시 감았다가 떴다. 분을 삭이는 모습이었다.

왜 화가 나실까, 이지수 양?

"나 양재 화훼시장까지 좀 태워다 줘요."

뾰로통한 목소리가 귀엽다. 같이 고르자고 하는 건 자존심이 상하나 보다.

"그러든지."

우석은 무심하게 대꾸했다.

"운동 언제 끝나는데요?"

"운동? 글쎄."

잠시 뜸을 들이고.

"운동 가지 말고, 화분 구경이나 갈까?"

우석은 태블릿 PC로 보고 있던 신문 기사에서 눈을 떼며, 그녀에게로 시선을 옮겼다. 그녀의 눈동자가 반짝반짝 빛나는 건 착각이 아닌 것 같다.

"뭐, 마음대로 해요."

새침하게 말한 그녀가 커피 잔을 들고 일어섰다. 걸어가는 뒷모습을 보는데, 등이 웃고 있는 것 같은 착각이 인다.

이지수, 시한부 딱지는 그만 버리지?

봄이 완연한 화훼시장은 활기가 넘쳤다. 온갖 종류의 화초들이 즐비했고, 신록은 눈을 즐겁게 하고 마음을 편안하게 했다.

"지나갑니다."

무거운 화분을 실은 카트가 아슬아슬하게 두 사람 곁을 지나쳐 갔다. 우석은 지수의 허리를 감싼 뒤 제 쪽으로 바짝 끌어당겨 안았다.

그녀가 얼굴을 붉히며 올려다보았다.

"왜?"

우석은 일부러 왜 그러느냐고 묻고는 허리에서 손을 뗐다. 그러자 그녀는 아무 일도 아니라는 듯 얼굴을 굳히며 고개를 내저었다.

우석이 그녀의 귓가에 대고 조용히 속삭였다.

"왜 그렇게 얼어, 이지수. 할 거 다 한 사이에."

이쯤 되면 작은 주먹이 옴팡지게 날아오거나, 와다다 쏘아붙이는 소리가 들려야 하는데 잠잠하다.

우석은 고개를 돌려 그녀를 내려다보았다. 감정을 씻어 낸 얼굴이 처연하다. 끓어오르는 감정을 거둬 내려 노력하는 모습에 우석은 괜히 가슴이 철렁 내려앉았다.

"장난이야."

"알아요."

그녀는 그저 조용히 대꾸할 뿐이었다.

"뭐가 좋을 것 같아요? 요즘 잎이 넓은 화초가 유행이래요. 행잉 화분도 그렇고. 근데 막 길게 늘어지면 지저분할 것 같죠?"

그녀는 이내 미소를 머금으며 활기차게 물었다. 우석은 그럴 것 같다며 그저 고개를 끄덕거렸다.

사실 잎이 넓든, 좁든, 늘어지든, 안 늘어지든 상관없었다. 그녀가 눈빛을 반짝거리며 두 사람이 머무는 공간을 꾸미기 위해 애쓰는 모습이 그저 예뻐 보일 뿐이었다.

극락조와 같은 꽃이 핀다는 제주 극락조와 벽에 거는 박쥐란을 배달 예약하고 나오는 길, 그녀가 머뭇거렸다.

"왜, 또 사고 싶은 거 있어?"

"절화 매장도 보고 갈래요?"

저 말이 뭐가 그렇게 어려운 걸까. 남편한테 꽃 보러 가자고 하는 말이 그렇게 힘들어?

"그래, 그럼."

우석은 그녀를 따라 옆 건물로 이동했다. 여러 가지 빛깔의 꽃들이 가득한 풍경을 보고 그녀는 얼굴이 발그레해질 정도로 환한 미소를 지었다.

그녀는 이것도 예쁘고, 저것도 예쁘다며 꽃을 살피기에 여념이 없었고, 우석은 그런 그녀를 흐뭇하게 바라보았다.

"와, 이게 뭐지?"

"모란꽃이에요. 예쁘죠?"

"네, 예뻐요."

꽃 가게 주인으로 보이는 아주머니의 말에 그녀는 그저 눈을 곱게 접으며 웃을 뿐이었다. 그녀를 기쁘게 할 수 있는 거라면 우석은 뭐든 할 수 있었다. 우석은 모란꽃이 모여 있는 곳을 가리키며 말했다.

"이거 다 주세요."

"미쳤어요? 이걸 왜 다 사요?"

지수가 우석을 나무라거나 말거나, 가게 주인은 우석의 눈짓에 꽃을 한 아름 포장하기 시작했다.

"예쁘다며."

"예쁘다고 다 사요?"

"이지수가 눈 반짝반짝 빛내면서 예쁘다고 한 게 처음이잖아."

우석이 낮게 읊조리자 그녀가 얼굴을 붉히며 입을 꾹 다물었다.

"아이고, 신혼인가 보다. 자, 무거우니까 남편이 대신 들어요."

아주머니가 한 아름 꽃을 안겨 주며 웃었다. 결제를 마치고 카드를 건네주며 인상 좋은 아주머니께서 말씀하셨다.

"모란꽃 꽃말이 '행복한 결혼'이에요. 꽃말처럼 예쁘게 살아요."

우석은 지수의 손을 꼭 붙잡았다.

지수는 결혼하고도 호텔을 그만두지 않았다. 여전히 연회 판촉팀 소속 직원이었고, 맡은 바 임무를 다하기 위해 최선을 다했다.

대표의 부인이라고 해서 직원들도 그녀를 특별 대우하지 않았고, 그저 묵묵히 업무에 집중했다.

결혼 전에 깜짝 이벤트를 했던 것처럼 우석이 사무실로 찾아왔던 적은 없었다.

오늘만 제외하고.

"안녕하세요, 대표님."

사무실 입구에서 들려오는 소리에 열심히 키보드를 두드리던 지수의 손이 멈췄다.

가끔 백오피스를 순시하던 그였지만, 그마저도 지수가 불편할까 봐 하지 않았던 그였다. 강 지배인을 만나러 왔을 리도 없고, 지수는 무슨 일인가 싶어서 자리에서 일어섰다.

"바빠?"

그는 곧장 지수의 자리 쪽으로 다가왔다.

"네, 뭐."

갑작스러운 질문이 당황스러웠다. 그는 한숨을 한 번 내쉬고는 지수의 얼굴을 바라보았다. 그의 얼굴이 이렇게 심각했던 적이 있었나 싶다.

"무슨 일 있어요?"

"가면서 이야기하자."

심장이 철렁 내려앉았다. 강 지배인에게 갑자기 자리를 비워 미안하다는 말을 하고 그를 따라 사무실을 나섰다. 강 지배인도 무슨 일인지 아는 눈치였다.

"대체 무슨 일인데요?"

그도 긴장했는지 운전대를 직접 잡지 않았다. 공식적인 일이 아니고서야 둘이 움직이는 데 수행원을 대동하는 경우는 극히 드물었다.

"어디 가는데요?"

지수가 다소 짜증이 묻어나는 목소리로 물었다.

"윤수, 오고 있어."

예정대로라면 윤수는 1년을 꽉 채우고 돌아올 터였다. 미국 여행을 하던 중 윤수가 배우고 싶은 게 생겼다며 메릴랜드 주 볼티모어에 눌러앉았다.

간간이 통화했고, 이메일도 주고받았고, 아버지의 연락도 있었다.

그러고 보니 윤수와 마지막으로 통화한 게 벌써 사흘 전이었다. 처음에는 하루가 멀다고 연락을 주고받았는데, 떨어져 있는 게 그새 익숙해졌다고 연락이 뜸해지기는 했었다.

"윤수, 무슨 일 생겼어요?"

지수의 목소리가 파들파들 떨렸다. 혹시 무슨 사고라도 나서 한국으로 응급 수송되는 건 아닌가 싶어서 가슴이 철렁 내려앉았다.

"아냐."

"근데 표정이 왜 그래요?"

내내 얼굴을 굳히고 있던 그가 억지 미소를 머금었다.

"나도 긴장돼서 그래."

그가 이렇게 못미더운 건 처음이었다. 그는 무언가 알고 있음에도 불구하고 아무런 말도 해 주지 않겠다는 듯 입을 꾹 다물어 버렸다. 고집스러운 얼굴이 얄밉다 못해 한 대 때려 주고 싶었다.

1시간여를 달려 인천 공항에 도착했을 때는 윤수가 타고 온 비행기가 착륙한 직후였다.

도착 게이트 앞에 서서 윤수와 아버지의 모습이 나타나기만을 애타게 기다렸다. 그 역시도 속을 졸이고 있는지, 초조해 보이기는 마찬가지였다.

"윤수한테 무슨 일 있기만 해 봐요! 1년이고 뭐고 이걸로 끝이야."

지수는 울음기 섞인 목소리로 횡설수설 떠들었다. 그런 지수의 어깨를 그가 부드럽게 감싸 안았다. 갑자기 몸이 닿는 것도 싫어진 지수는 그의 팔을 휙 뿌리치고 멀찍이 떨어져서 섰다.

이윽고 저 멀리서 아버지가 걸어 나오는 모습이 보였다.

"왜 아버지만 보이지?"

초조하게 발을 구르는데, 아버지 등 뒤로 큰 인영이 나타났다. 윤수가 환히 웃으며 이쪽을 향해 가볍게 손을 흔들었다.

찰랑거리던 머리카락을 바짝 깎은 모습이 생경했다.

"누나."

가까이 다가온 윤수는 머리 스타일만 달라진 게 아니었다. 묘하게 분위기가 달랐다.

어리광을 부리며 '누나, 누나!' 하고 달라붙어야 하는 아이가 어른스러운 목소리를 내고 있었다.

"윤수야…… 어떻게…….."

"매형, 우리 누나 그새 울보 됐어요?"

눈물 때문에 눈앞이 흐릿했다. 흐릿한 시야 사이로 여전히 초조한 미소를 짓고 있는 그의 모습이 보였다.

공항에서 집으로 이동하면서 그간 있었던 일을 대충 전해 들었다. 윤수가 퇴행한 것은 엄마의 사고사로 인한 트라우마 때문이기도 했지만, 양성 종양의 영향이 컸다고 했다.

종양을 제거하고, 재활 치료를 받으면서 놀랍도록 빠른 회복력을 보여 예정되었던 것보다 훨씬 빨리 한국으로 돌아올 수 있었다는 게 그의 설명이었다.

"이걸 왜…….."

이제야 말하느냐고 따져 물을 수도 없었다. 그는 충분히 미안한 얼굴로 지수를 바라보고 있었다.

이게 뭐가 미안해. 왜 그렇게 미안한 얼굴을 해.

"아버지라도 저한테 말씀해 주셨어야죠!"

신경질이 나서 목소리를 높였더니, 윤수가 대뜸 미간을 찌푸렸다.

"누나, 나랑 잠깐 이야기 좀 할래?"

지금 누구보다 혼란스러운 시기를 겪고 있는 사람은 윤수라고 했다. 그간의 기억이 전혀 없는 것은 아니었지만, 정신을 차리고 보니 수년의 세월이 한꺼번에 지나가 있어서 처음엔 몹시 힘들어했다고.

"그래, 윤수야."

누나와 단둘이 이야기하고 싶다는 윤수를 따라 함께 생활하던 방으로 들어갔다. 윤수는 상념 어린 시선으로 방 안을 둘러보고는 장난스럽게 물어 왔다.

"나 되게 징그러웠지? 다 큰 어른이 누나한테 막 달라붙고."

지수는 고개를 세차게 가로저었다. 단 한 번도 윤수를 징그럽다거나, 귀찮다고 생각해 본 적 없었다.

"알아. 누나가 나한테 어떻게 했는지……. 그래서 고마워. 근데 누나."

"응."

울음기 섞인 대답에 윤수가 한숨을 내쉬며 입을 열었다.

"아버지 잘못 없어."

윤수의 얼굴에 안타까운 기색이 어렸다. 자신이 겪었던 일보다 더 괴로운 이야기를 꺼내야 한다는 듯이 윤수는 미간을 찌푸렸다.

심성이 고운 아이였다. 착해 빠져서 말대꾸 한 번 하지 않았던 윤수였다. 그런 윤수는 분명 자신이 겪은 일보다, 직접 겪지 못한 다른 이의 아픔이 더 크다고 여길지도 모른다.

그런 의미에서 아버지의 이야기를 꺼내는 거라고 생각했다.

"……뭐?"

"아버지가 그러신 거 아냐……. 엄마야."

지수의 미간이 대번에 찌푸려졌다.

"다른 사람 만났던 거, 아버지가 아니라 엄마야. 내가 그렇게 됐던 것도 누나가 집 나가서, 그래서 엄마가 사고 나서 그랬던 거 아냐."

"그럼……?"

아버지는 무심하고, 아들은 무뚝뚝하고, 딸은 가출했다며 신세 한탄을 하던 엄마가 스스로 차에 몸을 던졌다고 했다. 이제껏 그 누구도 지수에게 전하지 않았던 이야기였다. 숨이 턱 막혀 왔다. 과호흡이라도 오는 듯 숨을 쉬기가 버거웠다.

"그 누구의 책임도 아니야. 아버지는 더욱 아니야. 아버지가 우리 가족한테 어떻게 하셨는데."

"그걸 왜 나만 몰랐는데?"

"아버지가 말씀 안 하신 거야. 엄마는 이제 변명도 못 하는데, 평생 원망하면서 살게 할 수 없다고."

목 놓아 울고 싶은데, 울음을 터뜨릴 수가 없었다. 가슴이 찢어진다는 게 뭔지 알 것 같았다. 이제껏 아픈 일은 다 겪었다고 생각했었다. 윤수가 이렇게 멀쩡히 회복된 마당에 더는 가슴 아픈 일이 없을 거라고 여겼다. 그런데 그런 생각이 무색하리만큼 어마어마한 이야기가 윤수의 입에서 흘러나오고 말았다.

이제껏 아버지를 그렇게 원망하고 미워하고 탓했는데…….
아버지가 아니었다고?

지나간 세월이 야속했다.

"그래도…… 그래도…….”

"그러니까 누나.”

윤수가 망연한 얼굴로 앉아 있는 지수의 손을 끌어다 꼭 붙잡았다. 늘 자신의 손길을 필요로 하는 동생이었다. 누나의 손을 꼭 붙들고 놓지 않으려 안간힘을 쓰던 아이였다. 불과 1년도 채 되지 않는 시간, 아이가 어른이 되어 지수에게 위로를 건넸다.

"앞으로 우리가 잘하면 돼. 돌아가신 엄마 원망도 하지 말고, 그렇게 숨긴 아버지도 안타까워 말고, 내가 아팠던 것도 잊고. 우리 그렇게 살자.”

평생 윤수를 품에 끼고만 살게 될 줄 알았다. 그런데 눈물만 뚝뚝 흘리고 있는 지수를 윤수가 너른 품에 끌어안으며 다독거렸다. 등 뒤에 닿는 윤수의 손이 유독 크게 느껴졌다.

"누나, 나 안 버리고 열심히 키워 줘서 고마워.”

윤수는 미소를 머금은 채로 말하려고 노력하는 듯했지만, 목소리에는 물기가 배어났다.

"내가 너를 어떻게 버려!”

화딱지가 나서 버럭 소리를 지르자, 윤수가 어이없다는 듯 웃으며 어깨를 떨었다. '우리 누나 성격은 정말.' 하고 읊조린 윤수가 진중한 목소리로 지수를 불렀다.

"그리고 누나."

아직 할 말이 더 남았는지, 윤수가 조심스레 입을 뗐다.

"매형 좋은 사람이야. 이제 누나도 좋은 사람한테 사랑받으면서 살았으면 좋겠어."

고개를 끄덕일 수가 없었다. 이기적으로 살아온 삶에 당위성을 부여하느라 바빴었다.

나 정도면 이렇게 살아도 되지 않느냐고.

아버지는 그렇게 무시당해도 된다고.

세상에 당연한 것은 없다. 더욱이 독한 마음을 먹고 하는 일에 당위성을 따지고 드는 것은 어불성설이다.

"자책하지 마. 누나 충분히 잘했어."

평생을 붙어살아서 그런 건지, 윤수는 누나 속을 깊이 헤아리며 달래 주었다.

"비행이 너무 길었어. 나랑 아버지는 좀 쉬고 싶은데, 밥은 내일 같이 먹자. 응?"

윤수는 고단하다는 핑계를 대며 지수와 우석에게 이만 돌아가라고 했다. 두 사람이 따로 할 이야기가 있을 거라고 판단했나 보다.

열심히 닦아 내기는 했지만, 대문을 나서는 지수의 얼굴에는 눈물자국이 가득했다.

"내일 다시 올게요."

"그래, 조심해서 가거라."

지수를 배웅하는 아버지의 눈가도 붉기는 마찬가지였다. 지독히도 미련한 사람이었다. 어쩌면 그 미련한 고집을 자신이 그대로 빼닮은 것 같다고 지수는 생각했다.

지수는 아버지의 얼굴을 똑바로 바라보지도 못하고 돌아섰다.

차에 오르자 수행원은 돌려보냈는지 그가 운전대를 잡고 있었다.

"일단 집으로 갈까?"

지수는 가만히 고개를 끄덕거렸다. 신혼집으로 가는 내내 두 사람은 한 마디도 하지 않았다.

복잡한 심경에 지수는 무슨 말부터 꺼내야 할지 난감해했고, 우석은 선고를 기다리는 죄인처럼 굴었다.

"내가 아버지를 많이 닮았나 봐요."

현관을 들어서며 그녀가 조용히 속삭였다. 신발을 벗고 집 안으로 들어서며 휘청이는 몸을 우석이 가뿐히 안아 들었다.

침대 위에 그녀를 눕히고 나가려는데, 그녀가 우석의 손을 붙잡았다.

그녀는 상체를 일으켜 세우며 앉았고, 우석은 그녀의 앞에 마주 보고 앉았다.

"있잖아요."

그녀가 무슨 말을 하려는지, 머뭇거렸다.

그녀로서는 기간을 정해 놓은 결혼 생활이었다. 게다가 우석에게 받은 위자료로 윤수와 편히 생활하고 싶다 했던 그녀였다.

모 아니면 도였다. 홀가분한 심정으로 홀로서기를 택할지, 그게 아니면…….

우석은 차갑게 얼어붙은 작은 손을 꼭 잡은 채로 그녀를 바라보았다.

"나, 이런 말 태어나서 처음 해 보는 거예요."

"무슨 말?"

우석은 한숨을 내뱉듯 되물었다. 그녀가 지금 무슨 말을 할지 감이 서질 않았다.

"사랑해요."

귓속이 윙 울리는 듯했다. 현기증이 이는 것 같아서 우석은 눈을 지그시 감았다가 떴다.

현실감이 없어도 너무 없었다.

"이 근처에 유치원 없는 거 알아요? 초등학교도 아파트 단지 안에 없어. 큰길 건너야 해요. 애 키우기는 좀 그렇다고 아파트 커뮤니티에서 그러데?"

뭐라고? 애를 키워?

우석이 말을 잃은 사람처럼 멍한 얼굴로 그녀를 바라보았다.

그렇게 튕겨 놓고, 그새 이런 걸 다 알아봤어?

울음기 어린 얼굴을 붉히며 그녀가 새침하게 말을 이었다.

"계속 여기 살기는 좀 그럴 것 같아."

아, 이 불여우, 이지수!

우석은 그녀의 어깨를 끌어당겨 와락 품에 안았다. 더는 벽

차오를 수 없을 것처럼 빠듯한 가슴이 끓어올랐다.

"하아, 이지수."

한숨과 함께 그녀의 이름이 흘러나왔다.

"나는 딸이 좋아."

"나는 네가 좋아."

"와! 누구는 사랑한다고 했는데, 겨우 좋대?"

기가 막혀서 웃음이 나왔다. 우석은 품 안에서 그녀를 살짝 떼어 놓으며 거리를 벌렸다.

빙그레 미소 지은 얼굴이 눈이 부시도록 예쁘다. 동그란 이마에 입술을 쪽 찍어 내자, 그녀의 미소가 짙어졌다.

"이제 평생 내 옆에 있을 건가?"

그녀가 수줍은 듯 어깨를 좁히며 고개를 끄덕였다.

우석은 침대 밑으로 내려가 무릎을 꿇었다. 그녀가 눈을 동그랗게 뜨며 놀란 듯 내려다본다.

"지수야, 나랑 다시 결혼할래? 웨딩드레스, 다시 입자."

그게 무슨 뜻이냐는 듯 그녀가 고개를 갸웃거렸다.

일부러 형식적인 결혼식을 했다. 둘이 상의해서 정한 것은 하나도 없었다.

"웨딩드레스는 입는 것보다 벗은 후가 더 중요하다며. 다시 입자, 같이 고른 거로. 그리고."

우석은 빠듯해지는 가슴이 버거워 크게 숨을 한 번 고르고는 말을 이었다.

"그 웨딩드레스 벗고 난 이후에는…… 평생 행복하게 살자."

무슨 의미인지 알겠다는 듯 그녀가 고개를 끄덕거렸다.

"이제 앙탈 좀 그만 부리고."

"내가 또 언제 앙탈을 부렸다고!"

그녀가 눈을 가늘게 뜨고 우석을 노려보았다.

그래, 이런 거. 근데 이런 거 안 부리면 심심해서 어떻게 살지?

우석은 지수를 와락 품에 안으며 푹신한 침대 위로 고꾸라졌다.

자연스레 입술이 맞물렸다. 그녀의 손은 어느새 우석의 드레스셔츠 단추를 풀고 있었다.

"엉큼한 거 봐라?"

잠시 입술을 떼어 낸 우석이 나무라듯 말했다.

"그럼, 하지 마."

팩 토라져서 고개를 돌리는 그녀의 얼굴에 웃음기가 가득하다.

"그래, 그럼. 하지 마."

어떻게 나오려나 싶어서 강수를 둬 봤다. 그랬더니 그녀의 손이 슬금슬금 우석의 허리 아래로 향했다.

"이 손 엉큼한 것 좀 봐?"

"몰라, 내 손 아냐."

동시에 웃음이 터지고 말았다. 우석은 지수를 품 안에 꼭 끌어안았다.

눈물을 쏟아내며 몸 안에 있는 수분을 모두 흘려 버린 듯 그녀의 입술은 메말라 있었다. 우석은 까칠하게 일어난 그녀의 입술을 부드럽게 핥으며 머금었다.

우석의 바지 버클을 풀어낸 그녀의 손이 허리를 꽉 끌어안았다.

"으음."

"흐응."

누가 먼저랄 것도 없이 서로의 입안으로 신음이 쏟아졌다. 우석은 그녀가 입고 있는 옷을 차례차례 벗겨 냈다. 그 어느 때보다도 손끝이 떨리고, 가슴이 뛰었다.

그녀를 품에 안는 게 처음이 아닌데도, 마치 처음처럼 느껴졌다.

처음이라고 해야 하나?

사랑한다는 말을 듣고 난 이후로는 그녀를 갖는다는 사실에 전율이 흘렀다. 속옷만을 남긴 채로 그녀를 침대에 눕혔다.

"하아."

매트리스에 등을 기댄 그녀가 벅찬 한숨을 몰아쉬었다.

"내가 이날을 얼마나 기다렸는지 알아?"

우석이 떨리는 목소리로 물었다. 담대해지고 싶은데, 그게 잘 되질 않았다.

"무슨 날?"

되묻는 그녀의 목소리도 떨리기는 마찬가지였다.

"이지수가 온전히 내 여자가 되는 날."

절대 그런 일은 없게 하겠다고 호언장담했지만, 언젠가 그녀가 자신의 곁을 떠날지도 모른다는 생각에 불안했었다. 옆에서 웃고 있는 그녀의 미소가 제 것이 아니라는 생각이 들 때마다 괴로웠다.

때때로 그녀가 자신을 한껏 마음에 담고 있는 것처럼 굴기도 했지만, 그마저도 불안했다. 혹시 마지막을 고하기 전에 그녀가 아량을 베풀고 있는 것은 아닐까 하는 의심도 했었다.

그렇게 마음이 병들어 가는 건 아닌가, 실의에 빠진 적도 있었다. 그럴 때마다 그래도 아직은 곁에 그녀가 있다는 사실 하나에만 매달렸다.

아무렇지 않은 척 구는 게 무척이나 어려웠다. 느른한 미소를 머금고 여유로운 척하려고 노력했다. 그녀의 곁에서는 언제나 완벽하게 멋진 남자이고 싶었다. 마음속 깊은 곳에서는 그녀가 자신의 곁을 떠날까 봐 근심하고 있다는 것을 들키고 싶지 않았다.

더 사랑하는 사람이 약자라고 했다. 그런데 우석은 그녀를 사랑한다는 사실 만으로 약자가 되어 버린 듯했다.

그녀가 자신을 사랑하지 않을 거라고 생각했던 적은 없었다. 오랜 세월에 걸쳐 깊게 팬 협곡처럼, 억겁의 시간을 지나 쌓인 퇴적층처럼, 세월이 흐르고, 시간이 지나면 그녀와 자신 사이에도 위대한 무언가가 생겨날 거라고 여겼다.

그게 무엇인지, 어디서 오게 될지, 언제 가질 수 있을지에 대한 막연한 기대감으로 하루하루를 버텼다. 누군가가 우석의 마음을 들여다보았다면, 사랑에 죽자 사자 매달린다며 우습게 여겼을지도 모른다.

하지만 돈에 매달리는 것보다, 명예에 매달리는 것보다, 권력에 매달리는 것보다. 사랑에 매달리는 것이 훨씬 아름답지 않은가?

그런 자신의 마음을 모른다고 여기지는 않았다. 단지 그 사실을 외면하고 있는 것이 두려웠다. 언제쯤 그녀가 온전히 자신을 받아들이고, 스스로를 내어 줄지 기다렸다.

설혹 평생에 걸쳐 그런 날이 오지 않는다 할지라도, 그녀의 곁을 지킬 수 있었다는 사실만으로 만족할 수 있을지 고민했었다.

곁에서 잠이 든 그녀의 고른 숨소리를 들으며 밤을 하얗게 새우고 동이 트는 하늘을 멍하니 바라보았던 날이 하루 이틀이 아니었다. 때로는 야속했고, 때로는 괘씸했고, 때로는 가슴이 아팠다.

그런데 자신이 흔들리면, 그녀 역시도 흔들릴 터였다. 흔들리면 안 됐다. 사랑하는 이에게 마음 한 가닥 기댈 수도 없는 현실이 안타까워도, 그녀의 상냥한 미소 한 줌에 심장이 녹아내렸다.

그렇다. 더 사랑하는 사람, 다시 생각해 봐도 우석은 한없이 약자였다.

"미안했어."

그녀의 브래지어 끈을 끌어 내리는데, 속삭이는 소리가 들려왔다. 봄날 꽃잎을 흩날리고 자취를 감추는 바람결처럼 아스라

한 음성이었다.

"아주 많이, 미안했어."

꺼져 가는 음성이라 느껴진 이유는 옅게 밴 울음기 때문이었나 보다. 우석은 그녀의 부드러운 살결에 입을 맞추었다. 봉긋 솟아오른 젖무덤은 오늘따라 유달리 사랑스러웠다.

우석의 숨결이 그녀의 가슴골에 닿자, 예민해진 살갗에 오스스 소름이 돋아났다. 우석은 그 위에 다시금 입을 맞추며 물었다.

"뭐가?"

"우석 씨가 아파하는 걸 알면서, 모른 척해서."

그녀가 다 알고 있었다는 듯이 말했다. 모른 척한 세월을 원망할 수도 없도록 그녀는 지독히도 사랑스러운 눈물기가 밴 목소리로 덧붙였다.

"그래서 나도 많이 힘들었어."

우석의 마음을 헤아렸고, 그럼에도 불구하고 받아들이기 어려웠고, 그래서 마음이 아팠다는 이야기에 심장이 들끓었다.

"됐어. 이제 안 미안해도 돼."

브래지어 컵을 끌어 내리자, 긴장감에 바짝 곤두선 정점이 눈에 들어왔다. 우석은 꽃잎처럼 피어난 유륜까지 입에 물고 빨았다.

"흐읏."

그녀가 신음을 흘리며 머리카락 속으로 손가락을 집어넣었다. 그녀의 몸을 입술로 탐할 때면, 그녀의 손길은 우석의 머리카락을 부드럽게 쓰다듬곤 했다. 오늘따라 그 손길이 유독 부드러웠다.

"이제, 흐음."

정점을 깨물자 그녀가 신음을 한 번 흘리고는 말을 이었다.

"내가 정말 잘할게."

감격스러워서 코끝이 시렸다. 우석은 그녀의 가슴을 힘껏 빨았다. 그러자 그녀의 손가락이 머릿속을 더 깊게 헤집었다.

"내가 정말 잘할게, 우석 씨."

그동안 딱히 우석에게 못 한 것도 없는 그녀였다. 그녀는 언제나, 늘 한결같았다. 단지 마음을 온전히 얻지 못해 불안했을 뿐이었다.

"내가, 정말."

우석은 입에 물고 있던 가슴을 떼어 냈다. 그러고는 상체를 일으켜 위로 향했다. 몸을 겹친 채로 그녀를 가만히 내려다보았다. 그녀의 눈가에는 눈물이 그득 고여 있었다. 검은 눈동자가 안쓰러울 정도로 반짝거렸다.

"잘할게."

그녀는 우석의 눈을 깊이 들여다보며 말했다. 진심 어린 애정을 약속하는 눈빛은 아름다웠다.

"그래."

우석은 선선히 대답하며 그녀의 이마에 입을 맞추었다. 그녀의 눈꺼풀이 내려앉는가 싶더니 뺨을 타고 눈물방울이 또르르 흘러내렸다.

충분히 잘해 왔다고 말해 주고 싶지 않았다. 마음 졸였던 시간을 보상이라도 받는 것처럼, 우석은 그저 그녀의 간절한 고백을 듣고만 싶었다.

"흐읏!"

여느 때보다 빨리 그녀의 몸이 젖어 들었다. 우석은 제 소유를 각인하듯 단번에 그녀의 안을 파고들었다.

"하아, 지수야."

다정한 부름에 그녀가 꼭 감았던 눈꺼풀을 들어 올리며 우석을 올려다보았다.

"사랑한다."

이토록 달콤한 고백은 처음이었다. 그녀와 자신이 모든 게 맞아 떨어지는 첫 순간이었다.

"나도, 흐응. 나도 우석 씨, 아앗! 사랑해!"

제 밑에 몸을 눕히고, 제 몸짓에 신음하며 사랑을 고백하는 여자의 얼굴은 지독히도 예뻤다. 우석은 방금 달콤한 고백을 내뱉은 그녀의 입술을 집어삼키듯 머금었다.

좀 전까지만 해도 메말라 있던 그녀의 입술 안에는 단물이 그득 고여 있었다. 달콤한 그녀의 입안을 헤집고 마시고 빨아 들였다.

그녀 역시도 우석의 목을 꼭 끌어안은 채로 연신 신음을 흘리며 제 입을 꽉 채우고 있는 우석의 키스를 받아 내느라 여념이 없었다.

절정에 오르기까지 둘은 입술을 떼지 않았다. 온몸과 마음이 통하는 순간에 한 치의 틈도 허락하지 않겠다는 듯이 지극하게 서로를 끌어안았다.

언제, 어디서부터, 왜 사랑하게 되었는지, 사랑의 당위성에 대해 따지는 것은 이 우주가 어떻게 생겨났는지를 밝히는 것보다 어려운 일인지도 모른다.

추운 날 햇살의 따사로움에 대한 고마움을 불현듯 느끼는 것처럼 서로의 미소가 따뜻하다 느꼈고, 대지를 적시는 빗방울처럼 서로의 가슴에 스며들었다.

거세게 불어닥치는 태풍을 막아설 수 없는 것처럼 서로를 지배하는 감정을 쉽사리 막을 수도 없었다.

그래, 이게 사랑이구나. 깨달은 순간 이미 서로 깊이 사랑하고 있을 뿐이었다.

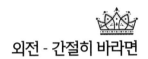

외전 - 간절히 바라면

집으로 가는 길이 행복하다는 사람이 부러웠다. 현관문을 열고 들어가면, 부드러운 온기가 살갗을 감싼다며 웃는 이들의 미소가 갖고 싶었다.

밖에서 있을 때보다 더 무거운 짐을 짊어지게 되는 장소, 지수에게 집은 그런 곳이었다.

아픈 동생은 온종일 지수가 퇴근하기만을 기다렸고, 아버지는 까칠하게 구는 지수의 곁을 맴돌기만 했다.

피를 나눈 가족인데도 불구하고, 물과 기름처럼 섞이지 않는 이질적인 상태를 몇 년이고 이어 왔다.

불안함, 공허함, 외로움 등은 허세 어린 감정이라고만 여겼다.

먹고살기 바쁜데, 외로울 새가 어디 있냐?

그런데 불안해지기 시작했다.

이 남자를 만나고 나서부터 공허하기도 하고 이따금 외로워지기도 한다.

지수는 깊은 잠에 빠진 듯 보이는 남자의 얼굴을 물끄러미 바라보았다. 언제나 그는 지수가 누운 쪽을 바라보며 잠이 든다. 등을 돌리고 자는 법이 절대 없는 남자다.

자는 것도 잘생겼네, 내 남편.

지수는 검지 끝으로 앞머리가 부드럽게 흘러내린 이마를 쓰다듬었다. 결 좋은 눈썹을 슬며시 훑어 내자, 미간에 미세한 주름이 잡힌다.

찡그려도 잘생겼네, 내 남편.

지수는 빙그레 미소를 머금으며 검지로 찡그린 미간을 꾹 눌렀다.

"……안 자고 뭐 하는 짓이지?"

눈 아래로 깊은 그늘을 드리우던 속눈썹이 느릿하게 움직였다. 수마에 잠긴 목소리는 무척이나 섹시했다.

자다 깨도 여전히 잘생겼네, 내 남편.

"잠이 안 와서."

지수는 애교 섞인 목소리로 투정을 부려 보았다. 피곤한 사람 깨우면 안 된다고 생각하면서도, 문득 그가 잠든 밤이 무척이나 외로웠다.

공사다망하신 대표님을 남편으로 둔 덕에 그의 얼굴도 보지 못하고 잠들기가 부지기수였다. 오랜만에 일찍 들어온 그와 와인 한잔 하면서 도란도란 이야기도 하고, 보고 싶었던 영화가 VOD로 나왔기에 같이 보자고 할 생각이었다.

그런데 그는 저녁상을 물리자마자 꾸벅꾸벅 졸기 시작하더니, 저녁 8시도 되지 않아서 뻗어 버렸다.

왜 이렇게 불안하고, 공허하고, 외로울까.

머릿속에는 인터넷 커뮤니티를 돌아다니다가 본 쓸데없는 글들이 먼지처럼 부유했다. 잡은 고기에는 먹이 안 주는 거라는 둥, 결혼 전·후의 모습이 완전히 달라진 남편들에 관한 성토 글은 어마어마했다.

'애가 셋인데, 딱 세 번 했어요.'

이게 말이 돼?

지수는 말도 안 된다며 인터넷 창을 닫았었다.

그런데 퇴근하자마자 녹초가 된 남편의 잠든 모습을 보고 있자니 속이 답답했다.

나 욕구불만인가?

지수가 울상을 지으며 여전히 잠에 취해 있는 그의 눈을 바라보았다.

"왜 잠이 안 와?"

그의 목소리에는 잠기운이 가득했다.

"그냥."

시시콜콜 하고 싶은 말도 많았고, 묻고 싶은 것도 많았는데,

막상 자는 사람 깨워 놓고 났더니 미안해졌다.

"미안, 얼른 더 자요."

지수는 한숨을 집어삼키며 돌아누웠다. 그 긴 세월 동안 아버지와 제대로 된 대화라고는 한 적 없었고, 사회 연령이 여섯 살에 멈춰 있었던 윤수와도 마찬가지였다.

그런데 고작 몇 주, 남편하고 얼굴 맞대고 말을 섞지 못했다고 이럴 수가 있나?

내가 이렇게 나약한 인간이었던가?

괜히 서글퍼서 울컥 눈물이 날 것만 같았다. 목구멍까지 차오른 눈물을 꿀꺽 삼키는데, 그의 손이 잠옷을 헤집고 들어와 지수의 매끈한 허리를 어루만지는가 싶더니 납작한 배를 쓸어올렸다.

갑작스러운 접촉에 지수는 어깨를 움츠리며, 그를 나무랐다.

"얼른 자요. 안 피곤해?"

뜻하지 않게 목소리가 뾰족해지고 말았다.

"앙탈은."

목덜미에서 뜨거운 숨결이 느껴졌다. 그의 입술이 지수의 목 안쪽을 부드럽게 머금었다.

"흐음."

납작한 배를 어루만지던 손이 천천히 위로 올라왔다. 침대 매트리스 쪽으로 물방울처럼 부드럽게 기울어 있는 젖가슴을 움켜쥔 그는 지수의 목덜미에 얼굴을 묻은 채로 깊게 숨을 들이마셨다.

"……하고 깨운 거야?"

낮게 쉰 그의 목소리는 이제 더는 잠에 취한 것처럼 들리지 않았다.

"응?"

무슨 말인지 되묻는 말에 그는 대답 대신 지수의 몸을 획 돌려서 침대에 반듯이 눕히고는 그 위를 덮치듯 올라탔다.

코끝과 코끝이 맞닿았다. 달콤한 그의 숨결이 입술 끝에서 느껴졌다.

"각오하고 깨운 거냐고."

"깨우려고 한 거 아닌데……. 그냥……."

"그래? 그럼 말지, 뭐."

정염 어린 그의 목소리에서 웃음기가 배어났다. 잠옷 속을 헤집던 그의 손도 쑥 빠져나갔다. 그는 깊이 잠들었던 때와 같은 자세로 침대에 몸을 눕히고는 아무 일도 없었다는 듯이 너부러진 이불을 끌어다 덮었다.

심장은 여전히 콩닥콩닥하고, 아랫배에 열이 잔뜩 올라서 바짝 긴장했는데, 마주한 공기가 갑자기 차게 식어 버렸다.

지수는 허망한 눈으로 옆에 누운 남자를 바라보았다.

아니, 그렇다고 하다 말아?

약이 올라서 눈물이 핑 돌 지경이었다. 이대로 물러나기엔 뭔가 억울한 것 같고, 그렇다고 말끔히 물러선 남편한테 더 들이대기엔 자존심이 상하는 것도 같고.

지수는 그가 누운 쪽으로 돌아누우며 단단한 팔뚝을 풍만한 가슴으로 은근하게 눌렀다.

"손만 잡고 자요."

애교스러운 목소리를 내며 그의 손을 끌어다 잡았다. 그 바람에 그의 팔뚝은 지수의 가슴골 사이로 쏙 들어와 있었다.

그가 기가 막힌다는 듯이 웃는 소리가 들려왔다. 얼마 만에 듣는 웃음소리인지 귀가 녹아 버릴 것만 같았다. 탄산수 기포가 터지는 듯한 유쾌한 웃음소리에 가슴이 간질거렸다.

지수는 저도 모르게 몸을 비비 꼬며 방긋 웃고 있었다.

"하아, 정말. 미치겠네."

내내 웃고만 있던 그가 지수의 어깨를 매트리스 방향으로 밀어 넘기며, 다시 한 번 몸을 타고 올랐다.

콩닥콩닥 울리던 심장이 쿵쿵거리기 시작했다. 입술이 바싹 마르는 것 같아서 지수는 혀로 아랫입술을 슬쩍 축였다.

이미 어둠에 익숙해진 시야에 그의 눈동자가 어디로 향해 있는지 정확하게 보였다. 정욕 가득한 그의 시선은 지수의 입술을 헤집으며 탐하고 있었다.

달아오른 그의 시선만으로 더운 숨이 터져 나올 것만 같아서 지수는 아랫입술을 꾹 깨물었다. 아무것도 한 게 없는데, 신음이 흘러나오려고 했다.

그의 얼굴이 점점 가까이 다가왔다.

"이제 이건 나만 깨물 수 있다고 말했던 것 같은데?"

낮게 읊조린 그가 지수의 아랫입술을 당겨 물었다.

"흐음."

알싸한 통증과 함께 신음이 흘러나왔다. 벅차오른 더운 숨결이 그의 입속으로 흘러 들어갔다.

자연스레 입술이 맞물리고, 혀가 얽혔다. 오돌토돌한 입천장을 훑고 들어와 가장 안쪽에 자리한 여린 살까지 훑어 내는 감각이 아찔했다. 작은 입안을 그의 혀가 가득 채웠고, 얽힌 혀가 거칠게 비벼졌다.

지수가 몸을 움찔하자, 단단한 팔뚝이 지수의 등허리를 받쳐 안았고, 지수는 손을 들어 그의 어깨를 꽉 끌어안았다.

빈틈없이 몸이 밀착되었다. 자연스레 다리 사이를 그의 허벅지가 가르고 들어왔다. 골반이 열리는 느낌이 뻐근하면서도 기분이 좋았다.

뜨겁게 차오른 숨결이 양껏 빠져나가지 못하고 심장을 달구고, 체온을 높이고, 살갗까지 뜨겁게 채웠다.

"으응."

견디지 못하고 흘러나온 신음이 그의 입안으로 쏟아지자, 지수의 어깨를 안고 있던 커다란 손이 납작한 배를 쓸어내리며 아래로 향했다.

원피스 잠옷 자락을 걷어 올리며, 레이스 팬티를 들춘 그는 질척거리는 틈새로 손가락을 파묻었다.

"흐응."

달아오른 열기를 견디지 못한 지수가 먼저 고개를 비틀어 입술을 떼어 내며 신음을 내뱉었다. 짙게 젖은 공간을 휘젓는 손짓에 몸이 움찔거렸다. 그의 손가락은 벌써 몸 안을 꿰뚫고 들어와 있었다.

"하아, 우석 씨."

그의 입술이 화인을 찍듯 지수의 목덜미를 따라 움직였다. 잠옷 넥 라인을 따라 입을 맞추던 그는 답답했는지 몸을 일으켜 세우며 깊게 숨을 내쉬었다.

은밀한 틈새를 채우고 있던 손가락이 빠져나갔고, 허전함에 탄식이 터져 나왔다.

"하아."

지수가 여린 신음이 섞인 한숨을 내쉬자, 그가 셔츠형 원피스 잠옷의 단추를 하나하나 풀어내기 시작했다.

실내가 적정 온도를 유지하고 있음에도 불구하고, 살갗에 닿는 공기가 차가워서 오스스 소름이 돋아났다. 어서 빨리 그의 뜨겁고 단단한 몸이 자신을 안아 주었으면 하는 바람만이 간절해져서 발끝이 오므라들 정도였다.

그가 단추를 다 풀어내자마자, 지수는 잠옷을 벗어서 침대 아래로 떨어뜨렸다. 그러는 동안 그는 굴곡진 여체에 시선을 고정한 채로 잠옷 상의를 탈의했다.

보기 좋게 자리 잡은 근육을 지수는 두 눈으로 천천히 음미했다. 울퉁불퉁 과한 근육이 아닌, 매끈하게 자리 잡은 각진 근육은 그를 더욱 돋보이게 했다.

지수의 시선이 매끄러운 그의 복근을 따라 내려왔다. 파자마 바지를 아슬아슬하게 걸친 장골은 은밀한 곳까지 매혹적으로 뻗어 있었다.

이미 어둠에 적응한 시야는 주변을 충분히 구분하고도 남았다. 또 그의 몸이라면 눈을 감고도 그릴 수 있을 정도로 익숙했다. 그런데 끝 간 데를 모르고 유혹적인 그의 단단한 몸을 샅샅이 감상하고 싶어서 불을 켜고 싶은 충동마저 일었다.

그 충동이 가시기 전에 그가 상체를 낮추며 지수에게 몸을 밀착시켰다.

"흐음."

그저 살갗과 살갗이 닿았을 뿐인데, 신음이 흘러나왔다. 지수는 매끈하고 우람한 그의 어깨를 어루만지며 만족스럽게 미소 지었다.

그런 지수의 얼굴을 바라보는 그의 눈동자는 그 어느 때보다도 검고 투명했다. 그의 입술이 지수의 입술을 지그시 누르는가 싶더니, 허리 아래에서 알싸한 통증이 일었다.

"하아……."

지수는 더운 숨을 내뱉으며 그의 어깨를 꽉 끌어안았다. 이제 막 몸을 묻었을 뿐인데, 금방 절정에 오를 것처럼 떨림이 느껴졌다.

"……지수야."

탁하게 쉰 목소리가 자신의 이름을 불러 줄 때가 좋았다. 욕망에 휩싸여 어쩔 줄을 몰라 하는 그의 부름이 들릴 때면 온몸에 전율이 흐를 만큼 짜릿했다.

지수는 고개를 들어 그의 입술을 머금었다. 뜨겁게 안고, 다정하게 이름을 불러 주는 남편의 입술은 차지하지 않고는 못

배길 정도로 사랑스러웠다.

지수가 그의 입안을 차지한 순간, 그가 움직이기 시작했다. 얕고 감질난 동작이 약 올리는 듯했고, 그의 의도를 충실히 따르듯 지수는 안달이 났다.

"으응."

지수는 그의 어깨를 끌어안고 있던 손을 내려 그의 겨드랑이를 천천히 쓸어내렸다. 야릇한 손길로 인해 가벼웠던 그의 동작이 깊이를 더해 가기 시작했다.

묵직하게 치고 올라올 때는 심장이 멎을 듯했고, 아찔하게 빠져나갈 때는 머릿속이 어질어질했다.

숨이 턱 끝까지 차올랐다. 맞물려 있던 입술을 떼어 내자 밭은 숨이 쏟아져 나왔다.

"하아, 하아."

숨을 내뱉기 무섭게 다시 입술이 빨려 들어갔다. 그는 무섭도록 지수를 파고들며 탐했다.

갑자기 자고 있던 그를 깨운 게 후회가 될 만큼 그는 맹렬히 움직였다.

"으음."

그의 입안으로 신음이 쏟아졌다. 몸이 흐물흐물 녹아내릴 것만 같았다. 그가 내뿜는 열기에 온몸이 액체가 된 것처럼 느껴질 정도였다.

뜨겁게 풀어진 몸 안에서 그 역시도 정점을 풀어내고 있었다. 깊게 맞물려 있던 입술이 자연스레 떨어졌다. 뜨거운 숨을 내뱉는 그의 입술이 짙게 감긴 지수의 눈꺼풀 위에 부드럽게 내려앉았다. 하루 끝이 뜨겁게 여물어 갔다.

간절히 바란다 할지라도 세상에는 이루어지지 않는 일이 있다는 것을 지수는 요즘 절감하는 중이다.

새벽녘까지 서로를 탐한 탓에 아침잠을 물리는 것이 어려웠다. 그런데도 평소보다 10분이나 일찍 일어나 화장실로 향했다.

지수는 플라스틱 막대기를 들고 긴 한숨을 내쉬었다. 생리가 일주일이나 늦어졌다. 이번에는 당연히 임신일 거라고 생각했다.

그런데 야속하게도, 이번 달도 아니었다. 골반은 왜 아팠던 건지, 가슴은 왜 평소보다 커진 것처럼 느껴졌는지……. 드라마에서만 보던 상상임신이 이런 건가 싶을 정도였다.

"하아."

긴 한숨을 내쉰 지수는 임신 테스트기를 검은색 비닐봉지에 넣어서 둘둘 말았다.

결혼한 지 6개월, 윤수가 돌아오고 서로 마음을 확인한 후, 이렇다 할 피임을 한 것도 아닌데, 아기가 찾아오지 않았다.

지수가 임신을 기다리고 있다는 것을 그도 잘 알고 있었다. 그렇기에 아이가 없어도 둘이 잘 살 수 있지 않느냐는 말은 꺼내지도 않았다. 섣부른 위로가 지수에게 상처가 될 수 있다는 것을 그는 잘 알고 있었다.

화장실에서 나오자마자 지수는 어젯밤 거실 테이블 위에 올려 두었던 핸드백 안에 비닐봉지를 숨겨 버렸다.

그가 보는 것을 원치 않았거니와 집안일을 도와주는 가사도우미가 쓰레기통을 비우다가 발견하는 것도 원치 않았다.

그렇게 이번 달에도 찾아오지 않은 아기를, 지수는 그 누구도 알아차리지 않았으면 했다. 핸드백 플립을 닫고, 소파에 무릎을 끌어 올려 안으며 오도카니 앉았다.

둘이라도 괜찮을까?

지수는 이제 막 아침 햇살이 들이치고 있는 적막한 거실을 조용히 둘러보았다. 너무도 고요해서 귀에서 윙 하는 이명이 들려올 것만 같았다.

아장아장 걷는 아이가 다가오는 장면을 상상하던 지수의 눈가에 눈물이 가득 고였다. 요즘 들어 왜 이렇게 감정이 오락가락하는지 모르겠다.

외로웠다가, 슬펐다가.

자존감이 바닥을 찍는 기분이었다. 결혼해서 넘치는 사랑을 받고 있는데도, 남들 다 하는 임신을 왜 못 하나 싶어서 우울해졌다.

절친이었던 은경과도 요즘 괜히 소원해졌다. 하필 은경이 속도위반을 해 버린 것이다. 배부른 상태에서 웨딩드레스를 입는 것은 죽기보다 싫다며, 애를 낳고 식을 올린다고 했다. 나중에 결혼식 때 꼭 지수를 웨딩플래너로 써먹겠다며 은경은 호탕하게 웃었다.

그런데, 왜? 왜요?

결혼도 안 한 은경과 홍 실장 사이에는 벌써 아기가 생겼는데, 왜?

한숨이 비어져 나왔다.

나, 참 못났다.

이따 오후쯤 은경이한테 연락해 봐야겠다고 생각하며 뺨 위에 떨어진 눈물을 훔치는데, 침실 문이 열리는 소리가 들려왔다.

식전 댓바람부터 눈물 훔치고 있던 게 민망해서 지수는 얼른 텔레비전 리모컨을 눌렀다.

"혼자 뭐 재미있는 거라도 보고 있었어?"

그가 탁하게 쉰 목소리를 가다듬으며 소파로 다가왔다.

"그냥, 일찍 깼어요."

허리를 휘감은 손길이 다정했다. 언제 우울했냐는 듯이 엉켰던 기분이 사르륵 풀어져 버렸다.

"오늘 나가지 말고, 나랑 놀자."

그가 울긋불긋하게 물든 지수의 앞섶을 향해 고개를 숙이며 속삭였다.

"나 오늘도 안 나가면 제명이래요."

"까짓거, 제명 좀 당하면 어때?"

그는 어느새 곱게 여며 있던 단추를 풀고 옷 안으로 손을 집어넣고 있었다.

"안 돼. 나 진짜 오늘은 나가야 해."

두 달에 한 번 있는 친목 모임이 있는 날이었다. 모임 인원은 다섯 명.

철강회사 사장 딸이자 건설사 며느리가 하나, 요식업 회장 딸이자 유통사 며느리 하나, 아나운서 출신의 통신사 며느리 하나, 언론사 사장 딸이자 국회의원 며느리 하나, 그리고 마지막으로 지수였다.

콧대 높기로 둘째가라면 서러울 여자들이 모인 이 바닥에서 그나마 지수를 존중해 주는 이들이었다.

사업을 하면서 독자 생존하는 이들은 없다. 그들만의 세상에서 흘러나오는 고급 정보를 접해야만 내조도 수월했기에 지수는 남편의 만류에도 불구하고 친목 모임에 합류했다.

지난번에는 그가 오늘처럼 엉겨 붙는 바람에 모임에 나가지 못했기에 오늘은 꼭 참석해야만 했다.

"평일엔 호텔에 뺏기고, 주말엔 쌩뚱맞은 여자들한테 뺏기고."

"그 호텔은 누구 거였더라?"

지수가 장난스레 웃으며 물었다. 여전히 지수는 연회 판촉팀에서 근무했다. 여전히 대리로 근무하고 있는 지수의 포지션을 그는 탐탁지 않게 생각했지만, 대표와 결혼했다는 이유만으로 승진을 하는 건 말도 안 되는 일이었다.

호텔을 그만둔 뒤에 다시 일구려고 했던 웨딩플래닝 사업은 지수 나름의 방법으로 호텔 안에서 구현하고 있었다.

"그럼 그 여자들은 뭔데?"

그는 소유욕이 가득 묻어나는 눈빛을 빛내며 불퉁스럽게 물었다.

"일종의 비즈니스?"

"비즈니스 격하게 했다가는 남편 말라 죽겠네."

"지난 2주 동안 누가 더 바빴는데? 자기는 바쁘고, 나는 일 좀 하면 안 되는 거예요?"

아침 내내 예민해져 있던 탓인지, 뾰로통한 목소리로 제법 날카롭게 쏘아붙이고 말았다.

"그게 아니라."

그는 다정한 미소를 머금으며 졌다는 듯이 지수의 허리를 꼭 당겨 안았다.

"뭐야, 몸으로 밀어붙일 생각 하지 마요. 오늘은 안 넘어가."

"안 해. 그런 생각."

"어? 안 하기는? 이것 봐. 하고 있으면서!"

지수는 그의 몸 한가운데 자리한 욕망의 증거를 눈짓으로 가리키며 미간을 좁혔다.

"이건 아침이니까."

그가 나지막히 속삭이며 지수의 목덜미에 입술을 묻었다.

"아, 진짜."

어깨를 돌리며 슬쩍 밀어내도 소용이 없다.

오늘 모임에 휘황하게 차려입고 나가기는 글러 먹었다.

오전 내내 붙잡혀 있다가, 겨우 샵에 들러서 머리만 만졌다. 입이 떡 벌어지게 꾸미고 나오는 여자들 사이에서 주눅 들고 싶지 않다며, 빨리 나가야 한다고 해도 그는 능청맞게 웃으며 지수를 붙잡았다.

'이지수는 안 꾸며도 예뻐.'

말이나 못하면.

지수는 속으로 혀를 쯧 차며 휴대전화를 집어 들었다. 모임 장소로 향하는 차 안에서 은경과 오랜만에 전화 통화를 할 생각이었다.

신호가 채 한 번도 가지 않았을 때, 다급히 전화를 받는 소리가 들려왔다.

— 야, 나 진짜 짜증 나서.

오랜만에 전화했다고 짜증내는 건가 싶었다.

"아, 그게······."

미안하단 말을 하려고 했는데, 은경이 와다다다 쏘아붙이기 시작한다.

— 야, 내가 진짜. 밤에 햄버거가 너무 먹고 싶은 거야. 그거 알지? 홍대 앞에 그거 수제 버거. 양파 많이 들어간 거.

"어, 알아."

평소 지수와 은경이 즐겨 찾던 곳이었다.

— 내가 그거 먹고 싶다고 그러는데. 홍 실장이 뭐라는 줄 알아?

이미 꼭지가 돈 것 같은 목소리였다. 지수는 오랜만에 파이팅 넘치는 친구의 목소리를 들으니 웃음이 터질 것만 같았다.

"뭐라는데?"

차마 열 오른 친구 앞에서 웃을 수는 없어서 어금니를 꾹 깨물며 물었다.

ㅡ 밤에 홍대는 위험해서 못 간대! 시부럴.

"야, 그래도 산모가 욕을 하고 그래."

ㅡ 얘도 욕 나올걸? 밤에 완전 먹고 싶었는데 못 먹어서 얘도 완전 욕하고 싶을걸, 지금?

"나 이따 모임 끝나면 사다 줄까?"

은경이 성격에 홍 실장이 지금에 와서 사다 준다고 호락호락하게 넘어갔을 리가 없었다.

ㅡ 그럴래? 근데 왜 저녁이야? 저녁 되려면 멀었는데?

언제 열을 올렸냐는 듯이 은경이 고분고분하게 물었다.

"나 지금 모임 나가는 길이야. 잠깐 차만 마시고 끝나니까, 이따 사다 줄게."

ㅡ 사모님이 햄버거 사 들고 돌아다닌다고 우리 홍 실장 깨지는 거 아냐?

"그럴 리가 있냐? 내가 먹고 싶어서 샀다고 하면 되지."

ㅡ 그럼, 왜 같이 안 갔냐고 하면 어쩔래?

얘는 나보다 연우석 대표 성격을 더 잘 아는 것 같네.

"내가 알아서 할게."

지수는 웃음기 어린 목소리로 대꾸하고는 전화를 끊었다. 오

301

랜만에 한 통화였기에, 약속 장소에 도착할 때까지 수다를 이어 가려고 했었다.

그런데 차가 엉뚱한 방향으로 들어서는 것 같아서 지수는 서둘러 통화를 마쳤다.

"진영 씨, 우리 모임 성북동인 걸로 아는데?"

북쪽으로 향해야 할 차가 남쪽으로 움직이고 있었다. 진영은 지수가 외부에서 움직일 때 수행을 맡은 수행원이었다.

"진영 씨?"

조수석에 앉은 진영이 미동조차 없다. 차에 오를 때, 왠지 모르게 졸음이 쏟아진다며 고개를 가볍게 흔들던 모습이 떠올랐다.

뒷좌석에 타고 있던 지수는 몸을 앞쪽으로 기울이며 진영의 어깨를 툭 건드렸다.

"진영 씨, 모임 장소 성북동인 것 같다고."

어깨에 지수의 손이 닿음과 동시에, 진영의 고개가 옆으로 뚝 떨어졌다. 심장이 덜컥 내려앉았다. 고개를 떨어뜨리는 모양새가 결코 잠에 빠진 모습이 아니었다.

결혼하고 난 뒤, 호텔에서의 생활은 예전과 같았지만 외부 생활에는 제약이 많았다. 수행원과 경호를 겸한 진영과 반드시 함께 움직여야 했고, 운전기사도 당연히 함께였다. 경호 차량을 한 대 더 붙여야겠다는 남편의 말에 지수는 손사래를 쳤다.

그런데 지금은 지수 몰래 경호 차량을 붙여 두었으면 좋겠다는 생각이 들 정도였다.

"많이 피곤한가 보네. 내가 착각했나?"

지수는 이상한 낌새를 눈치채지 못한 척 무심히 내뱉으며 휴대전화를 집어 들었다. 기사가 룸미러로 뒷좌석을 흘끗거리는 게 느껴졌다.

가장 먼저 떠오른 얼굴은 당연히 남편이었다. 심장이 불안한 박자로 덜컹거렸다. 지수는 모임 장소를 묻는 척, 혼잣말을 해대며 우석에게 메시지를 보냈다.

[성북동으로 가야 하는데, 차가 서울 요금소 쪽으로 가고 있어요. 지금 양재 지나요.]

짧은 메시지를 보낸 뒤, 휴대전화를 무음으로 전환했다. 마른침을 꿀꺽 삼키며 창밖을 살폈다.

주말 오후여서 그런지 서울 도심 방향 쪽으로 향하는 통행량은 많은 편이었지만, 하행선은 한산한 편이었다.

"서울 들어가는 차가 많네."

어색한 모습을 보이지 않으려고 지수는 또다시 혼잣말을 조용히 내뱉었다. 창밖에 고정해 둔 시야 아래로 휴대전화 화면이 깜빡거리는 게 눈에 들어왔다.

그 사람일 줄 알았는데, 수제 버거는 두 개를 사 왔으면 좋겠다는 은경의 메시지였다. 저도 모르게 헛웃음이 나왔다.

"그래, 사 갈게. 두 개 아니라 두 박스 사서 갈게."

내가 오늘 무사히 돌아갈 수 있으면.

지수는 그리 생각하며 울리지 않는 휴대전화를 가만히 들여다보았다. 은경에게 메시지를 남겨 둘까 하다가 그만뒀다.

홑몸도 아닌 애를 놀라게 할 수는 없었다. 한숨이 비어져 나올 것만 같아서, 지수는 가만히 입을 다물었다.

가슴속이 답답하고, 속이 메스꺼워졌다. 극도로 긴장한 탓인지 약간의 현기증도 느껴졌다. 갑자기 등줄기를 타고 식은땀이 주르륵 흘러내렸다. 목이 타고, 손끝이 바짝 말라비틀어지는 듯 저렸다.

운전석과 조수석 사이에 생수병이 하나 놓여 있었지만, 그 안에 든 내용물이 심히 의심스러웠다. 물티슈라도 찾아서 손을 적셔야 속이 좀 나아질 것 같았다.

핸드백을 뒤지는데, 아침에 넣어 둔 검은 비닐봉지가 풀어져 있었다.

가슴이 또다시 철렁했다.

아침에 확인했을 때만 해도 분명히 진한 분홍색 선 하나만 있었다. 그런데 텅 비어 있던 공간에 연분홍색 선이 희미하게 그어져 있었다.

지수는 가만히 아랫배 위에 손을 얹어 보았다. 만약 아기가 찾아온 거라면 무슨 수를 써서라도 지켜 내야만 했다.

기사가 독단적으로 움직이는 건지, 아니면 누군가의 사주를 받는지는 알 수 없었다. 진영은 여전히 정신을 차리지 못하고 있었다.

그에게서는 아직 아무런 연락도 오지 않았다.

"어디로 가는 거예요?"

지수의 나지막한 목소리가 적막한 차 안에 고요히 울려 퍼졌다.

"기흥 휴게소까지 갑니다. 그 이후로는 저도 모릅니다."

룸미러를 흘끗거리는 기사의 목소리에 수심이 가득했다.

"조 기사, 기흥은 왜."

"죄송합니다, 사모님. 저도 어쩔 수 없었습니다."

이유를 물으려는데, 조 기사가 말을 잘라 냈다. 그는 울 것 같은 목소리를 내며 핸들을 움켜잡았다.

"사모님, 지금 기흥에 제 딸이 있습니다."

자신의 딸이 기흥에 있다는 조 기사는 급기야 울음을 터뜨렸다.

"제 딸을 살리려면, 사모님을 그쪽에 넘겨야 합니다. 죄송합니다."

숨이 턱 막혀 왔다. 날카롭게 생기기는 했지만, 서글서글한 조 기사의 성격 덕분에 서로 생활하는 데 어려움이 없던 사이였다. 올해 초등학교 3학년이 되는 딸이 있다고도 들었었다.

지금 그 아이가 누군가에게 붙들려 기흥 휴게소에 있다는 소리였다. 지수는 오른손으로 가만히 아랫배를 감쌌다.

배 속에 존재하는지 확실치도 않은 태아를 지킬 수만 있다면 목숨이라도 내놓을 수 있을 것만 같았다. 조 기사도 같은 심정인 듯했다.

"이렇게 해요, 조 기사. 우리 기흥에 도착하면."

"사모님, 도청당하고 있습니다. 제가 드릴 수 있는 말씀은 여기까지입니다."

"아……."

탄식하는 거 말고는 할 수 있는 게 없었다. 희망을 걸 데라고는 남편이 몰래 경호 차량을 붙여 놓았으면 하는 것뿐이었다.

저 멀리 서울 요금소가 보였다. 심장에서 피가 모두 빠져나가는 것처럼 불안해졌다. 가슴이 깊게 가라앉았다.

전광판에 기흥까지는 대략 15분이 소요된다는 교통 안내 메시지가 깜빡거렸다. 15분 후, 누구의 손에 이끌려 어느 곳으로 가게 될지 알 수 없었다.

심장이 바짝 조여들었다. 긴장해서 배 속에 무리가 가면 어쩌나 싶어서 초조해졌다.

무사히 돌아갈 거야. 갈 수 있어.

지수는 정신을 바짝 차리기로 다짐했다. 사람이 하는 일에는 빈틈이 생기기 마련이다. 그 틈을 노리면 된다.

요금소가 점점 가까워졌다. 속도를 낮춘 차가 하이패스 전용 창구를 통과하는 순간이었다.

요금소 건물 쪽에서 갑자기 나타난 사람 때문에 차가 급정거했다. 뒤따르는 차 역시 서행하고 있어서 다행히 접촉 사고가 일어나지 않았다.

"아……."

지수는 또다시 탄식을 내뱉었다.

차를 향해 걸어오는 남자는 우석이었다. 순간 눈물이 핑 돌았다.

"안 돼."

조 기사가 울부짖으며 고개를 마구 저어 댔다. 조 기사가 브레이크를 밟고 있던 오른발을 가속 페달로 옮겨 갔다. 곧 차가 서서히 움직였다.

"조 기사! 그만둬요, 제발!"

속력이 점점 높아졌다. 남편의 모습이 점점 가까이 다가왔다. 그가 보닛에 부딪히기 직전이었다.

멍청아, 비켜!

지수는 눈을 질끈 감았다. 선팅이 짙은 탓에 뒷좌석에 앉은 사람까지는 보이지도 않을 텐데, 그는 마치 지수의 눈동자를 꿰뚫어 보고 있는 것처럼 시선에 한 치의 흔들림이 없었다.

울음을 삼키려는 순간, 몸이 앞으로 쏠렸다. 차가 멈추었다. 차체에 무언가 부딪히는 소리는 들리지 않았다.

왜 멈췄지?

눈꺼풀을 슬며시 들어 올리자, 눈물이 속절없이 주르륵 흘러내렸다.

앞 유리창으로 그가 보이지 않았다. 가슴이 철렁 내려앉았다.

"아……."

조 기사가 핸들에 얼굴을 묻은 채로 울부짖는 소리가 들려왔다. 달그락거리는 소리가 들려온 것도 동시였다.

뒷좌석 문이 열렸고, 익숙하고도 커다란 손이 지수를 끌어당겨 안았다.

"다친 데는? 괜찮아?"

그의 목소리는 깊게 가라앉아 있었다. 슈트 재킷 너머로 쿵쿵 울리는 그의 심장 소리가 들려왔다.

살았다.

안도의 한숨이 흘러나왔다. 그런데 자신만 살아서는 해결될 문제가 아니었다. 조 기사의 딸을 구해야 한다는 말을 전하려는데, 어디선가 어린아이의 목소리가 들려왔다.

"아빠!"

요금소 주변을 경찰이 통제하고 있었고, 그 사이에서 아이가 나타났다. 차에서 내린 조 기사는 허물어지듯 바닥에 무릎을 꿇고 오열했다.

"어떻게 된 거예요?"

지수가 알고 있는 것보다 그가 알고 있는 정보가 더 많을 듯했다.

"다행히 시간이 딱 맞아떨어졌네."

조 기사의 딸은 교회에 다녀오던 길에 납치되었으나, 기지를 발휘해 기흥 휴게소에서 주변에 도움을 요청했다고 했다.

고속도로를 순찰 중이던 경찰이 출동했고, 지수의 바람처럼 몰래 경호를 맡고 있던 차량은 지수가 타고 있던 차를 미행했다고 했다.

그는 지수가 탄 차가 이상한 방향으로 움직인다는 이야기를 듣자마자 달려왔다고 했다.

"어디서든 이지수한테 무슨 일이 생기면 달려와야지."

젖은 뺨을 어루만지며 그가 다행이라는 듯 미소 짓고는 동그란 이마에 입을 맞췄다.

지수는 그의 손에 이끌려 다른 차로 옮겨 탔다. 경찰과 수행원이 차 밖에서 분주하게 움직였고, 조 기사와 그의 딸도 옆에 선 차에 올라타는 게 보였다.

"누가, 이런 거예요?"

지수는 아직 진정이 되지 않아서 여전히 쿵쾅거리는 심장을 가라앉히려 길게 숨을 내쉬며 물었다.

그는 고심하듯 미간을 찌푸렸다.

"못 잡았어요? 놓쳤대요? 누군지 몰라요?"

간신히 가라앉을 것 같던 심장이 불안한 박자로 덜컹거렸다.

"잡았어."

"아는 사람이죠?"

모르는 사람이 이렇게 일을 꾸밀 리가 없었다.

"오진환."

"아……."

지수는 장탄식을 내뱉었다. 끄나풀 노릇은 했어도 이렇다 할 혐의점이 잡히지 않았던 인사였다.

"아마 바깥 하늘 보기 힘들 거야, 이제. 공갈·협박, 사기, 납치, 살인 교사까지. 최고 형량 받을 수 있게 손쓸 거니까."

죽을 수도 있었다는 이야기를 이 남자는 눈 하나 깜빡하지 않고 했다.

"나 죽을 수도 있었어요?"

그리 물었더니 그가 무서운 눈빛으로 턱을 굳혔다.

"누가 죽게 둔대?"

무섭게 변했던 그의 눈빛이 순식간에 서글퍼졌다. 자신이 없는 세상을 잠시나마 상상했을 그를 떠올리자 심장이 죄여 왔다.

"안 죽어요, 나. 무조건 살아서 돌아가려고 했어. 어떻게든 살아서 돌아가려고 했지."

지수는 눈물이 그렁그렁한 눈으로 그를 바라보며 미소 지었다.

"일단 병원부터 가자."

다친 데가 없다는데도 그는 막무가내로 굴었다.

앗, 차. 병원을 가기는 해야 하는구나.

그의 품에 안겨 몸만 빠져나오는 바람에 핸드백이 옆에 없었다. 지수는 이 상황에 어울리지 않는 말이라는 것을 충분히 알지만, 어쩔 수 없다는 듯이 입을 열었다.

"나 핸드백 그 차에 있는데, 그것 좀 갖다 달라고 하면 안 돼요?"

그는 어이가 없다는 듯이 지수를 바라보았다. 핸드백이라면 오조 오억 개라도 사 줄 수 있다고 했는데도, 지수는 제 월급을 긁어모아 명품 핸드백 하나를 손에 넣었다.

그 후로 그 핸드백을 얼마나 애지중지했는지는 말할 필요도 없었다. 캐비어가 어쩌고, 금장이 어쩌고 하는 소리에 우석은 그저 고개를 절레절레 내저을 뿐이었다.

"그래, 이지수가 힘들게 일해서 모은 월급으로 처음 산 명품 백인데 찾아다 줘야지."

그는 혼이 나간 듯이 중얼거렸다.

그 안에 뭐가 들었는지 알면 기절하겠네. 지수는 살포시 미소를 머금으며 수행원에게 가방을 가져오라고 지시하는 모습을 바라봤다.

이윽고 수행원이 지수의 핸드백을 신줏단지 모시듯이 들고 왔다.

"자, 이 상황에서 이거 챙길 정신이 다 있어?"

그는 여전히 맥이 빠진 모습이었다. 여기까지 무슨 걱정을 하면서 왔는지 아느냐는 듯 그는 허탈한 얼굴이었다.

지수는 핸드백 플립을 열고, 검은색 비닐봉지를 꺼내 들었다.

"그게 뭐야?"

그의 얼굴이 대번에 하얗게 질려 버렸다. 마치 핸드백 안에서 미확인 폭발물이라도 발견한 표정이었다.

"이거 어쩌죠?"

지레 겁먹는 얼굴을 보니 놀리고 싶어졌다.

"이게 우리 인생을 바꿀 수도 있어요. 이것 때문에 내가 많이 아플 수도 있고, 훗날 당신은 이것 때문에 바보가 될 수도 있어요."

지수는 슬픈 얼굴로 속삭였다. 그의 얼굴이 경악에 찼다.

지수는 터져 나오려는 웃음을 참으며 고개를 모로 기울이고는 말을 이었다.

"나도 아닌 줄 알았어요, 처음에는. 그런데 맞는 것 같아요."

지금까지 한 말 중에 거짓이라고는 1도 없었다. 아이가 생기면 두 사람의 삶이 바뀌는 것은 당연했고, 출산 시 고통도 응당 수반되는 것이었다. 아이 때문에 아빠가 바보가 되는 일도 허다했다.

또 아침에는 아닌 줄 알았다. 그런데 지금은 희미한 줄 하나에 확신이 생겨나기 시작했다.

그는 뭐라 묻지도 못하고 입만 벙긋거리다가 다물었다.

"우리, 부모가 될 것 같아."

지수는 검은 봉지 안에 들어 있던 임신 테스트기를 꺼내서 그에게 건넸다.

"그럼, 이게 처음 우리 아기의 존재를 알게 해 준 물건이 되는 건데. 이건 꼭 챙겨야 하잖아요."

눈물이 말랐던 지수의 눈가가 다른 의미를 지닌 물기로 채워졌다. 그가 그제야 심각했던 얼굴을 풀고 웃음을 터뜨렸다.

"아, 이지수 진짜!"

그는 지수를 품 안으로 당겨 안았다. 그의 품 안은 여전히 따뜻했고, 그의 심장도 여전히 쿵쿵거리고 있었다.

"아까 은경이랑 통화했는데, 홍 실장이 새벽에 햄버거 안 사다 줘서 엄청 화났더라고요."

아직 병원에 가서 진료를 받고 확정 지은 것도 아닌데, 지금 이 순간만큼은 기분을 만끽하고 싶었다.

"정신 못 차리네, 홍 실장. 햄버거 아니라 햄버거 할아버지 손이라도 잡고 와야지."

그는 홍 실장을 나무라며 엄한 목소리를 냈다.

"그럼 내가 먹고 싶다는 거, 다 구해다 줄 거야?"

"당연하지."

지수는 빙그레 웃음을 지었다. 이 남자라면 정말 그래 줄 것 같았다.

자신이 무엇을 원하든, 어디에 있든, 어떤 위험에 처하든.

원하는 것을 가져다주고, 찾아와 주고, 구해 줄 것이다.

지수 역시도 그에게 모든 것을 다 내어 줄 수 있다고 생각했다.

굳건한 믿음만큼 중요한 것은 없다. 가슴을 들끓게 하는 뜨거운 신뢰가 두 사람의 사랑을 더욱 안온하게 만들었다.

"일단 병원부터 가자."

멀지 않은 곳에 있는 산부인과에 들러서 점처럼 작은 아기를 볼 수 있었다. 임신 5주, 임신 초기여서 이것저것 조심해야 한다는 주의 사항을 듣는데, 그의 얼굴이 굳어졌다.

"살살 하는 것도 안 됩니까?"

의사는 단호하게 고개를 내저었다.

"아직은 살살 하는 것도 안 됩니다."

지수는 고개를 푹 숙인 채로 새빨개진 얼굴을 감추려 애썼다.

이 남자가 진짜! 그게, 지금 제일 중요해? 우리 아기 예정일은 언젠지, 심장 소리는 언제 들을 수 있는지 그런 건 안 궁금해? 딸일까, 아들일까 그런 생각부터 들지 않아?

병원을 나선 지수는 우석의 옆구리를 팔꿈치로 쿡 찔렀다.

"아야."

그는 엄살을 떨며 지수의 어깨를 끌어안았다.

"왜 얼굴이 또 뾰족해졌어?"

"그게 중요해요? 그걸 제일 먼저 물었어야 했어?"

그는 어쩔 수 없었다는 듯이 심오한 표정을 지었다.

"나는 그게 제일 중요해."

"어머! 이 남자 좀 봐! 아빠 될 사람이! 애기 다 들어요!"

"설마. 아직 귀도 없을 텐데, 들릴 리가."

"마음으로 듣고 있을걸? 영혼으로 들을걸?"

어째 대화를 하면 할수록 유치해지는 듯했다. 그는 지수를 꼭 끌어안으며 속삭였다.

"나는 아이가 생긴다고 해도 이지수가 세상에서 제일 중요해. 내가 살아가는 인생에서 이지수와 사랑을 나눌 수 있는 시간이 가장 소중하고. 누구보다 이지수를 어루만지고, 예뻐할 수 있는 일이 가장 뜻깊어."

심장이 바싹 조여들었다. 콩닥콩닥 뛰는 소리가 귓가에서 들리는 듯했다.

"나도."

"음?"

"나도 연우석이 세상에서 제일 소중해."

부부가 서로를 아끼지 않으면 어진 부모가 될 수 없고, 가정이 바로 서지 않는다.

지수는 쿵쿵 울리는 그의 심장 소리를 들으며 조용히 속삭였다.

"고마워. 내가 엄마가 될 수 있게 해 줘서."

"나도 고마워. 내가 아빠가 될 수 있게 해 줘서."

커다란 손이 지수의 등을 부드럽게 쓸어내렸다. 가녀린 손이 우석의 허리를 꼭 끌어안았다.

사랑은 그렇게 계속되었다.

특별 외전 - 사랑은 그렇게 계속되었다

사랑은 그렇게 계속될 줄로만 알았다.

이렇게 어처구니없는 일을 겪게 되리라고는 정말이지 꿈에도 생각하지 못했다.

그러니까 이 모든 사건의 발단은 은경이 줬다가 빼앗아 간, 그 녹음기에서부터 시작되었다.

"진짜 죽겠다니까. 하나 재우면 다른 하나가 깨서 울고. 하나 밥 먹이고 나면, 다른 하나가 옆에서 밥그릇 뒤집어쓰고 있고. 돌겠어, 진짜."

– 왜 이래, 재벌 집 사모님께서. 도우미 아주머니 한 너덧 명 써 버려. 신랑이 그거 아깝대?

"아니, 그게 아까운 게 아니라."

– 너 또 '내 애는 내가 키울 거다!' 하고 고집 피우고 있어? 못 말려, 이지수.

은경은 왜 사서 고생을 하고 있느냐며 지수를 나무랐다.

있는 사람들이 돈을 써야 소비가 살아나고 경제가 활성화된다며 은경이 실물경제에 관한 장광설을 늘어놓기 직전이었다.

"아니, 그게 아니라니까. 내 말 좀 들어 봐, 좀."

지수는 낮잠을 자는 쌍둥이가 깰세라 목소리를 낮춘 채로 수화기 너머를 향해 신경질을 부렸다.

비슷한 시기에 아이를 낳고 육아에 전념하고 있는 두 사람이 유일하게 스트레스를 푸는 창구는 아이들이 낮잠 잘 때, 간신히 서로의 안부를 묻는 전화 통화가 전부였다.

"우리 집 애들 극성이라고 소문 다 났다니까. 한두 달은 버티시던 분들이, 이제는 일주일도 못 버티고 그만두신다고 했잖아."

– 아, 맞다. 내가 또 깜빡했네.

온갖 덕질은 다 하면서 연예인 스케줄을 매니저보다 더 자세히 꿰고 있던 은경이 맞나 싶다.

애 낳고 나면 깜빡한다더니, 은경은 엊그제 전화 통화로 나누었던 대화 내용을 또 깜빡했다며 너스레를 떨었다.

– 근데 이번에 되게 좋으신 분 구했다고 하지 않았었어?

은경은 이제야 생각이 났다는 듯이 물었다.

"좋은 줄 알았지."

지수가 한숨처럼 대꾸했다.

– 무슨 일 있었구나?

"정말 완전 너무너무 차분하고 좋으신 분이었잖아. 나 애들 교구, 교재 이런 거 하나도 모르는데 그런 것도 막 권해 주시고. 쌍둥이 배탈 났을 때는 퇴근도 안 하시고 나랑 같이 밤새우셨다니까. 근데."

앞서 그만둔 도우미 아주머니의 칭찬을 늘어놓던 지수가 비장하게 말을 끊었다.

잠시간의 침묵이 흐른 뒤 이상한 낌새를 눈치챈, 촉이 아주 좋은, 육아휴직 중인 연예부 기자 은경이 조심스레 되물었다.

– 근데?

"아니, 이 아줌마 남편이 사업한다고 했거든. 애 봐 주는 일은 자기가 애를 정말 좋아해서 하는 거라고. 자기도 애 둘 키우면서 정말 고생 많이 했는데, 노하우 없이 애들 키우는 젊은 엄마들 안쓰러워서 도와주는 거라고 그랬어. 돈이 아쉬워서 하는 거 절대 아니라고."

– 그래서?

대서사시가 나올 것을 예상했는지, 은경은 채근하지 않고 추임새를 넣듯 되묻기만 했다.

"그래서 내가 좀 마음을 쉽게 준 것도 있기는 하다? 워낙 믿음직스러웠고, 내가 쌍둥이 돌보느라 진짜 밤낮없이 개고생을 하고 있는 찰나에 나타난 사람이니까. 완전 천사처럼 보였겠지, 내 눈에?"

– 근데 그 천사가 악마로 돌변했어?

"아니, 남편이 무슨 광물자원 개발 사업을 하는데, 북한 희토류 개발 사업을 시작하려고 펀딩을 한다는 거야. 흘리듯 말해서 나는 그냥 흘려들어야겠다, 했지."

─ 와, 그년이 너한테 사기 치려고 떡밥 던졌는데, 네가 안 물었구나?

눈치 빠른 은경이 휴대전화 너머에서 목소리를 죽인 채로 킥킥 웃었다.

"어, 완전 사기. 진짜 사기. 나한테 본격적으로 작업 치려고 한 날, 잡혀갔어. 우리 집으로 출근하는 길에 딱 붙잡혔대. 당한 아기 엄마들이 한둘이 아니래, 글쎄. 세상에 결혼반지에 박혀 있는 다이아까지 팔아서 그 아줌마한테 준 아기 엄마도 있대."

─ 대박이다. 어떻게 반지에 있는 다이아를 빼서 팔 생각을 해? 천잰데?

은경은 가끔 이상한 부분에 꽂힐 때가 있다.

─ 그거 사실 큐빅으로 바꿔도 모를 거야, 그치?

"왜, 너 그거 빼서 판 돈으로 뭐 하게?"

─ 재벌 집 사모님이 일개 비서실장 안사람의 삶을 어떻게 아시겠어?

갑자기 분위기 싸해지게, 얘 또 왜 이러실까.

"아니, 그게 아니라."

지수가 경박하게 던진 질문은 아니었다며 변명을 하려는데 은경이 엉뚱한 소리를 해 댔다.

─ 옥타곤 VIP룸 잡고 놀고 싶어.

"미쳤나 봐!"

은경의 목소리가 천년의 한이라도 서린 것처럼 간절하고 진지해서 지수는 저도 모르게 웃음을 터뜨리고 말았다.

　– 너 솔직히 말해 봐. 아직도 신랑이랑 있으면, 막 두근거려? 설레? 다리가 막 저절로 꼬일 만큼?

　"그럴 정신이 어디 있냐? 눈 붙이기도 바쁜데."

　사실 연애할 때만큼은 아니라도, 그는 결혼하고 난 후에도 여전히 뜨거웠다.

　신세 한탄을 시작하려는 친구에게 굳이 우리 부부는 안 그렇다며 눈치 없이 굴 필요는 없었다.

　– 열정이, 열기가 사라졌어. 내 삶이 너무 밋밋해진 것 같단 말이야.

　"그래서 내린 결론이 옥타곤 VIP룸이야?"

　– 젊은이들 노는 곳에 가면 그들의 열정이 나한테 좀 전염될까 싶어서…….

　은경이 흐릿한 눈으로 먼 산을 보고 있을 것만 같은 목소리로 말했다.

　"홍 실장님이 너 옥타곤 간다고 하면 눈 뒤집혀서 논현동 바닥을 이 잡듯이 뒤질 거야."

　– 그래, 제발 그래 줬으면 좋겠어. 요즘 우리 홍 실장은 하숙생이 따로 없다. 집에 와서 잠만 자. 그리고 하숙비 내듯이 월급 줘. 그게 안쓰럽기는 한데. 말도 안 통하는 애 붙들고 종일 씨름하다가 남편 얼굴 보고 이야기 좀 하려고 하면,1 이 인간이 나라 잃은 얼굴을 하고 지친 눈빛으로 나를 봐.

　"그럼, 그냥 들어가서 쉬라는 말이 나오겠네."

– 예전에 시도 때도 없이 덤벼들던 남자는 어디 갔나 싶다니까? 야, 우리 둘째 빨리 낳으려고 했는데 이러다간 둘째는커녕 외동으로 그냥 키우게 생겼어. 쌍둥이 아빠한테 일 좀 줄이라고 해. 전 세계 호텔을 내 손 안에! 뭐 이럴 거래?

"어."

은경이 우스갯소리로 묻는 듯했지만, 지수는 진지하게 대꾸했다.

"뭐 그렇게 바쁜지 모르겠다."

– 야, 깼다. 또 통화해.

전화 통화는 늘 이런 식으로 마무리되었다. 둘 중 한 사람이 먼저 육아의 전장으로 떠나고 나면, 나머지 한 사람은 전투 대기 상태로 떠나는 이의 안녕을 빌어 주었다.

지수는 휴대전화를 거실 테이블 위에 내려놓고는 한숨을 내쉬었다. 이제 잠든 지 30분이 지났으니까, 앞으로 1시간은 더 집 안이 고요할 예정이었다.

지수는 신혼 때와는 사뭇 다른 분위기의 집 안을 한 번 둘러보았다.

임신 6개월쯤, 신혼집이었던 아파트를 떠나 마당이 있는 삼성동 단독주택으로 이사를 왔다.

흰색과 회색이 주를 이루는 모노톤으로 실내를 꾸미고, 아이가 태어나더라도 절대 알록달록한 유아용품으로 집 안을 채우지 않으리라 비장하게 다짐했었다.

아이가 태어나면 어쩔 수 없이 총천연색으로 집이 물든다지만, 자신만큼은 우아하게 살 거라며 고개를 휘휘 저었었다.

그런데 아이가 태어나고 깨달았다. 알록달록한 물건이 많을 수록 엄마가 자유를 얻는 시간이 늘어난다는 사실을 말이다. 거실은 쌍둥이를 위한 온갖 용품들로 가득했다.

사실 쌍둥이만을 위한 물건만은 아니라는 점을 굳이 또 이야 기하지는 않겠다.

심플했던 모노톤의 인테리어가 총천연색으로 물들어 버라이 어티해진 사이, 파란만장했던 지수의 인생은 미니멀리즘을 추 구하고 있었다.

인생이 이렇게 단조로웠던 때가 있었나 싶은 생각이 들 정도 로 지수의 인생은 한 가지 목표를 향해 있었으며, 그로 인해 단 순 명료해졌다.

쌍둥이의, 쌍둥이를 위한, 쌍둥이에 의한.

마치 날 때부터 육아를 위해 태어난 숙명을 가진 것처럼 느 껴질 때도 있었다.

이유식은 어떻게 준비해야 할지, 오늘 하루 먹인 음식의 영양 이 골고루 잘 맞는지, 변을 어떻게 봤는지, 몇 번이나 봤는지……

온통 머릿속은 쌍둥이에 대한 생각들로 가득 차 있었다.

그러다 남편이 집에 들어오고 나면, 상황은 180도 바뀌었다. 은경에게 장단을 맞추느라 앓는 소리를 하기는 했지만, 그는 결혼 전이나 후나 여전히 뜨거운 애정을 가지고 지수를 바라보 았다. 가끔 그게 너무 귀찮아서 죽을 맛이기는 했다.

쌍둥이를 재우는 것은 남편의 몫이었고, 가끔 쌍둥이를 재우고 덤벼드는 남편을 피하려고 잠든 척한 적도 있었다.

그럼, 우리는⋯⋯. 내가 변한 건가?

은경은 남편이 변하는 게 눈에 보인다며 야속해했다. 그런데 곰곰이 생각해 보니, 이쪽은 미지근해지고 있는 게 자신인 것 같았다.

어느 쪽이든, 속이 상하는 일이었다.

남편 때문에 속상한 은경과 달리, 지수는 자신 때문에 속이 상하려고 했다.

이러려고 결혼 생활을 유지하고 있는 게 아닌데, 어디서부터 식어 버린 걸까? 애 때문에 산다는 말이 가장 듣기 싫었는데, 지금 나는 애를 위해서만 살고 있는데⋯⋯.

당장에 달라질 엄두도 나질 않았다. 쌍둥이를 돌보는 것만으로도 너무 힘들어서 결혼 전의 들불처럼 타올랐던 느낌을 되살리는 것이 두려웠다.

그냥 이렇게 살아지는 건가? 다들 이렇게 사나?

흔히들 엄마는 강하다고 하지만, 아이가 태어난 뒤 엄마니까 강해져야 한다는 의무감에 악착같이 노력하다 보니 세상을 향해 뾰족해지는 게 아닌가 싶었다.

달걀 껍데기에 가시라도 나 있는 것처럼 억척스러운 아줌마가 되어 버리지만, 정작 속은 말랑말랑한 점액질로 가득 차서 홀로 상처받은 뒤에도 상처받지 않은 척해 버린다. 아이를 낳았으니 그깟 것에 신경 쓰지 않는다며, 이전보다 더 성숙하고 단단한 인격체가 된 척 구는 것이다.

그래서 힘든 내색을 하기가 어렵고, 아파도 아프다는 말을 못 하면서 살게 되는 건가? 나도 자연스럽게 그렇게 살게 되는 건가?

엄마가 돌아가시고 난 뒤에는 윤수를 위해 악착같이 살았었다. 그리고 나서 결혼을 한 뒤에는 아이를 위해서만 살고 있다.

왜 나는 나를 위해서 살았던 적이 한 번도 없는 거지?

기회가 주어졌을 때는 모른다. 그런데 그 기회를 다시는 갖지 못하게 될 것 같은 순간이 오면 그 시절이 간절해져 버린다. 그리고 살면서 그런 기회를 한 번도 갖지 못했었다는 것을 깨닫고 난 뒤에 찾아오는 고립감은 이루 말할 수 없이 슬프다.

아이들이 잠들고 나면 부쩍 외로워질 때가 있다. 온종일 말을 바깥으로 내뱉을 일이 없으니 속에서만 맴돌게 되고, 그 말은 안에서부터 자라나 이상한 방향으로 가지를 뻗으며 나아가기도 한다.

나도 나를 위해서만 살아 볼걸. 연애도 질리도록 해 보고, 혼자서 여행도 가 보고…….

이제 와서 이런 생각을 하면 뭘 하겠는가?

지수는 이따 밤에 떠올리면 손발이 오그라들 만한 생각을 한 거라며, 잡생각을 떨치기 위해 고개를 휘저었다.

그러고는 쌍둥이가 낮잠에서 깨어나면 먹일 간식을 준비하기 위해 일어나는데, 테이블 위에 올려 두었던 휴대전화가 짧게 진동했다.

[너라도 다시 타올라라. 이거 신랑이랑 꼭 같이 들어.]

은경이 MP3 파일과 함께 짧은 메시지를 보내왔다.

[이게 뭔데?]

불현듯 무서운 생각이 들었다. 공포 영화는 절대 보지 못하는 지수였기에, 은경이 또 짓궂은 장난을 치는 건가 싶은 미심쩍은 마음에 물었다.

물론 이때까지만 해도, 이 녹음 파일이 공포 영화보다 더 엄청난 일을 불러일으킬 거라고는 상상조차 하지 못했다.

[그날.]

[그날?]

[너 그 만년필.]

은경이 사악하게 웃고 있는 곰 이모티콘을 추가로 보내왔다. 지수는 멍하니 휴대전화를 내려다보았다.

이 변태 같은 계집애, 하다 하다, 친구가 어? 막 그러는 걸 다 들었어? 이 음흉한 년!

그리고 그걸 여태 갖고 있었어? 와! 나도 잊어버렸었는데?

[너 설마 이걸 다 들었어?]

메시지를 입력하는 손가락 끝이 파들파들 떨렸다.

[야, 내가 아무리 덕질로 갈고닦은 인생이라도, 그런 변태 같은 짓은 안 한다. 재생하자마자 콧소리 나와서 바로 껐다. 너 결혼 50주년쯤 되면 주려고 했는데, 다 쪼그라들어서 무슨 소용이야? 지금 들어. 선물이다!]

이런 건 선물이 아니라, 고문이 아닐까?

지수는 이걸 고맙다고 해야 하는지, 욕을 퍼부어야 하는지 잠시 머뭇거렸다.

또 이걸 들어야 하는지, 말아야 하는지도 심히 고민이 되었다.

"우에엥!"

방 안에서 타이밍 좋게 울음소리가 들려왔다. 오늘따라 쌍둥이가 엄마 정신을 쏙 빼 놓을 타이밍을 무지하게 잘 골랐다.

침실로 문을 열고 들어가자, 잠투정을 한 건지 큰애가 눈을 감은 채로 입술을 삐죽거리고 있었다.

침실에는 커다란 패밀리 침대가 놓여 있었고, 네 식구가 한곳에서 잠을 청했다. 그는 얼른 애들 키워서 독립시키고 싶다며 날마다 노래를 불렀다.

지수는 쌍둥이 옆, 자신의 자리에 몸을 눕히며 큰애의 가슴을 가만히 도닥여 주었다.

아이가 지수의 팔을 끌어다 안으며 몸을 뒤척였다. 엄마가

327

곁에 있기를 바라는 몸짓이었다.

그래. 간식 한 번 대충 준다고 어떻게 되나, 뭐.

아직까지 밤에 통잠을 자지 않는 아이들 때문에 잠이 부족한 지수였다. 지수는 아이들 옆에 누워서 잠시 잠을 청하기로 했다.

눈을 감자마자 수마가 덮쳐 왔다. 몸이 붕 뜨는 기분이 들기 시작하면서, 막 잠에 빠지려는 순간이었다.

아, 씨. 궁금해서 못 자겠네.

갑작스러운 호기심에 심장이 쿵 하고 울리는가 싶더니, 눈이 번쩍 뜨였다.

지수는 한 손으로는 아이를 다독이고, 다른 한 손은 머리맡을 더듬었다. 밤중 수유를 할 때 무료해서 라디오라도 듣기 위해 이어폰을 머리맡에 가져다 두었던 게 생각이 났기 때문이었다.

이어폰을 귀에 꽂은 지수는 플레이 버튼을 누를까 말까 망설였다. 재생이 시작되자마자 콧소리가 나올 거라는 은경의 말이 끊임없이 귓전을 맴돌았다.

사실 자신의 평범한 목소리를 녹음해서 듣는 것도 생경했다. 그런데 신음을 내지르는 소리를 듣고 있어야 한다고 생각하니 등줄기를 타고 오스스 소름이 돋아났다.

아, 이걸 들어, 말아?

어차피 들을 거잖아?

지수는 침음을 삼키며 화면을 두드렸다.

– 아아!

은경의 말마따나 날카로운 신음이 고막을 강타했다.

그날 드문드문 기억이 나는 일련의 사건들이 그곳에 고스란히 녹음되었나 보다. 쓸데없이 성능이 좋은 녹음기다.

살을 치대는 외설적인 소음도 동반되었다. 그리고 거친 숨소리와 함께 그가 신음을 삼키는 소리도 들려왔다. 지수는 여전히 날카롭게 교성을 내지르고 있었다.

남편과의 첫 정사 소리를 듣는 것만으로도 아랫배가 뭉근하게 뭉치며 울컥울컥 열기가 치솟았다.

갑자기 솟아오르는 열기에 어지럼증도 살짝 이는 것만 같았다. 절정을 향해 가는지 두 사람의 숨소리와 신음이 더욱 거칠게 뒤섞였다.

– 하아.

만족스럽게 내뱉는 한숨 소리는 자신의 것이었다.

지수는 그날의 기억이 또다시 드문드문 머릿속에 떠올라서 얼굴이 화끈 달아올라 버렸다.

이윽고 그의 목소리가 들려왔다.

– 지금 이지수 씨 표정…….

그의 목소리가 멀리 있는 것처럼 흐릿하게 들려서 지수는 볼륨을 높이며 눈을 가늘게 뜨고는 귀를 기울였다.

– 미치겠다, 정말.

나도 미치겠다, 정말!

정염에 젖어 낮게 쉬어 있는 그의 느른한 목소리는 미치도록 섹시했다.

지수는 저도 모르게 훅 차오른 숨을 몰아쉬며, 침대 헤드 보드에 기댔던 머리를 가라앉히며 베개에 뒤통수를 대고 똑바로 누웠다.

달아오른 심장이 어쩐지 가라앉을 생각을 하질 않았다. 자신이 기억 못 하는 남편의 목소리는 이미 사랑에 빠진 사람의 것이었다.

마치 사고처럼 사랑에 빠진 남자가 어쩔 줄을 몰라 하면서 내뱉은 '미치겠다, 정말.'이라는 짧은 문장이 가슴에 큰 파문을 일으켰다.

만약 이날, 이 남자가 바에 내려오지 않았더라면.

자신이 이 남자를 따라나서지 않았더라면.

그와 하룻밤을 보내지 않았더라면, 우리는 지금 어떻게 살고 있을까?

이것도 육아에 젖은 초보 아기 엄마의 망상 중 하나였다. 돌이킬 수 없는 만약을 가정하며, 그랬다면 어떻게 되었을까 하고 가정해 보는 것.

만약 티아라를 분실하지 않았더라면, 나는 여전히 웨딩플래닝 업체 대표로 살고 있을까? 그랬으면 윤수의 병은 발견하지 못했을까?

생각은 언제나 윤수에게서 멈췄다. 그가 있었기에 윤수의 병을 발견할 수 있었고, 낫게 할 수 있었다. 그렇게 만약을 가정하는 일은 언제나 거기서 멈췄다.

아까도 언급했다시피 혼자 있다 보면 망상이 많아진다. 그리고 결론을 내지 못한 망상을 머금은 채로 수마를 이겨 내지 못한 지수는 스르륵 눈을 감았다.

"그건 곤란한데요."

갑작스레 들려온 남편의 딱딱한 목소리에 지수는 얼른 고개를 치켜들었다.

눈앞에는 서너 살은 어려 보이는 외모를 한 남편이 특유의 오만한 표정을 지은 채로 앉아 있었다.

결혼 후, 서로의 오해가 풀리고 난 뒤부터는 저런 표정을 짓는 남편의 얼굴을 본 적이 없었다.

"무슨 소릴……."

지금 대체 무슨 소리를 하는 거냐며 되물으려던 지수는 소스라치게 놀라고 말았다.

지수는 얼른 시선을 내려 자신의 복장부터 살폈다.

아니, 이걸 내가 왜?

호텔 유니폼을 곱게 차려입은 자신이 오만한 얼굴을 한 남편과 앉아 있다?

이거 어디서 본 적 있어! 분명해! 나, 이런 비슷한 거 본 적, 아니, 겪은 적 있어!

그가 '그건 곤란한데요.'라고 내뱉기 직전에 자신이 던진 질문이 신기루처럼 나타나 허공을 부유했다.

'저 5억만 빌려주실……래요?'

그 질문에 언젠가 흔쾌히 대답했었던 그가 곤란하다며 난색을 표하고 있었다.

이게, 뭐지?

지수는 자신이 꿈을 꾸고 있는 거로 생각했다. 만약에 만약을 가정하다 보니 이상한 꿈을 꾸고 있는 거라 여겼다.

"아, 그렇겠죠? 역시 그건 좀 어려우시겠죠."

지수는 한숨을 몰아쉬며 고개를 떨궜다.

이곳은 꿈속에 존재하는 2106호인 거고, 그는 도도한 호텔 사장이 되어 웨딩 케이크 위로 내던져지고, 돔페리뇽에 맞을 뻔했다가, 끝내는 웨딩업체 대표를 스카우트하려다가, 밑도 끝도 없는 제안을 받고는 거절하는 중인 거다.

아, 뭐 꿈인데. 어떻게든 되겠지?

"그럼, 귀한 시간 내주셔서 감사합니다. 저는 처리해야 할 일이 있어서 먼저 일어나 보도록 하겠습니다."

지수는 자리에서 일어나며 고개 숙여 인사를 건넸다.

허리는 깊게 숙이지 않아서 비굴해 보이기는커녕 우아한 몸짓이었다.

"그래요, 다음에 기회가 있으면 또 봅시다. 홍 실장, 이지수 씨 배웅해 주도록 하세요."

어라?

이 남자 꿈이라 그런지 사뭇 다르다?

분명 이 순간에는 감히 자신보다 먼저 자리를 뜨는 것은 용납 못 하겠다는 듯이 흉흉한 기운을 내뿜으며 먼저 자리를 박차고 일어났어야 했다.

그런데 지수에게 선선히 웃어 보이며, 홍 실장에게 배웅을 지시했다. 지수는 얼결에 홍 실장의 배웅을 받으며 2106호를 나섰다.

"저희 대표님께서 이지수 대표님의 제안을 받아들이지 못하셔서 애석하게 여기시는 듯합니다. 티아라 분실과 관련하여서는 저희 호텔 측 보안상의 문제도 있고요. 대표님께서 이 대표님 사업에 누가 되지 않도록 조치를 취하시겠다고 하셨습니다."

진중하게 눈빛을 빛내며 깍듯이 예의를 갖추는 홍 실장을 지수는 물끄러미 올려다보았다.

이 사람도 이런 사람이 아니었는데?

지수가 그와 결혼하기 전까지, 연인경 회장과 그의 사이에서 갈팡질팡하던 홍 실장이었다. 그러면서 지수를 은근히 깔아 보기도 했었다.

그런데 그랬던 홍 실장이 지수에게 '대표님'이라는 호칭까지 써 가며 허리를 숙여 보였다.

그래, 생각해 보니 재벌가 결혼식 당일에 보안이 뚫렸다는 건 이 호텔이 문제가 있는 거였다!

나는 왜 그때 호텔에 따져 물을 생각을 하지 못했을까? 왜 재벌 사생활 지켜 주려고 CCTV는 꺼 놨다는 말을 당연하다는 듯이 여기고 넘어갔을까?

"어떤 조치를 말씀하시는 거죠?"

지수는 미심쩍은 목소리를 내며 홍 실장을 올려다보았다.

"이 대표님께서 사업을 영위하시는 데 어려움이 생기지 않도록 티아라 분실에 관한 모든 사항은 저희 호텔 I가 책임지고 처리하도록 하겠습니다. 이 대표님은 그 부분에 대해서는 신경쓰지 않으셔도 됩니다."

타이밍이 참 묘했다. 티아라가 없어지고 난 뒤 불과 1시간도되지 않아서 지수는 그에게 만나자며 연락을 했었다. 그리고 티아라가 없어졌다는 말은 지수가 아직 입도 뻥긋하지 않았으며, 그를 만나서는 변제 금액을 채우기 위해 5억을 빌려 달라는 말만 했을 뿐이었다.

그런데 그는 마치 모든 일을 미리부터 알고 있었던 것처럼 홍 실장한테 티아라 분실 사건을 처리하라는 지시를 내려놓았다.

"제가 티아라에 관한 이야기는 안 한 것 같은데요?"

궁금한 건 속 시원히 물어보는 편이 낫다.

"대표님께서는 호텔에서 일어나는 모든 일을 알고 계십니다."

홍 실장은 당연한 거 아니냐는 듯이 웃었다.

홍 실장의 눈빛에 자신이 보좌하는 연 대표에 대한 거만한 자부심이 언뜻 스쳤다.

이런 충성도는 대체 무엇?

혼란스러웠다. 홍 실장이 구렁이 오조 오억 마리를 뱃속에 품은 것처럼 굴어야 맞는 타이밍인데, 마치 연 대표에게 목숨이라도 바칠 것처럼 보였다.

"아, 그러시군요."

순간 강진필 지배인의 얼굴이 머릿속을 스치고 지났다. 나중에 안 사실이었지만, 강진필 지배인과 그는 막역한 사이였다.

강 지배인이 말해 줬나?

아니지, 누가 말했는지가 중요한가?

지수는 회심의 미소를 지었다. 그러니까 만약에 만약을 가정했을 때처럼 티아라 사건은 마치 없었던 일처럼 해결될 것이고, 자신은 계속해서 사업체를 꾸려 나갈 수 있게 된 것이다.

현실 세계에서는 몰라도, 꿈속에서는 신이 내 편이었어!

이건 마치 FIFA 랭킹 57위를 기록했던 대한민국이 FIFA 온라인게임에서는 유저 랭킹 1위를 달리는 뭐 그런 느낌이랄까?

그러니까 지금은 가정만 해 보았던 만약을 즐길 수 있는 타이밍이라는 것이다.

"어쩐지 주요 인사 결혼식 보안이 너무 쉽게 뚫렸다 했어요."

넙죽 감사하다고 받는 척은 하고 싶지 않았다. 호텔 I의 잘못도 있는 거라며, 당연한 절차라고 여기는 척하려고 했다.

"송구스럽게 생각합니다. 다시는 이런 일이 없도록 주의하겠습니다. 앞으로도 저희 호텔에서 주요 인사의 결혼식이 무사히 진행될 수 있도록, 잘 부탁드리겠습니다."

결혼식이 끝나고 티아라를 잘못 관리한 웨딩업체 측의 잘못은 전혀 묻지 않는다는 투였다.

지수는 뭔가 찜찜한 기분으로 홍 실장에게 인사를 건네고는 돌아섰다.

이상하다. 그런데 뭐가 이상한 건지 모르겠다.

아침 해가 빛나는 창문을 멍하니 올려다보던 지수는 화들짝 놀라 몸을 일으켰다.

왜 안 깨는 거지?

꿈속에서 하루가 지나 버렸다. 결혼 전에 사용했던 방의 익숙한 풍경이 고스란히 지수의 시야에 잡혔다.

연녹색 새싹이 프린트된 노란 커튼도 그대로였고, 분홍색 극세사 이불도 여전했다. 그리고 옆에는 쌍둥이가 아닌 윤수가 고른 숨소리를 내뱉으며 잠들어 있었다.

설마, 꿈이 아니야?

동공이 마구잡이로 흔들리는 게 느껴질 정도였다. 지수는 당황스러워서 아주 진부하게 뺨을 한 번 때려 보았다.

영화나 드라마에서 회귀한 주인공이 꼭 꿈인지 생신지 확인하기 위해 뺨을 때리거나 볼을 꼬집어 본 뒤 '아프니까 현실이다!' 하는 결론을 내리곤 한다.

찰싹 소리가 날 정도로 뺨을 때렸더니, 아프다.

머릿속에서 모래 폭풍이 이는 것처럼 아득해졌다.

혹시나 신이 아스트랄했던 자신의 바람을 듣고 선심을 베풀듯 시계를 돌려 버린 것일까?

"누나."

윤수가 눈도 못 뜬 채로 손을 뻗어 베개를 더듬거렸다.

"응, 윤수야."

결혼식이 끝나고 오늘은 월요일이었다. 지수는 땀이 송골송골 맺힌 윤수의 이마를 어루만지며 대꾸했다.

"오늘 누나 출근 안 하니까, 나도 복지관 안 갈래."

"그래, 오늘은 누나랑 쉬자."

만약 이게 꿈이 아니라면, 티아라 사건도 해결된 마당에 지수가 온 신경을 쏟아야 할 곳은 윤수였다. 오늘 당장 윤수의 주치의를 만나러 가야겠다. 윤수가 고통을 숨기고 병을 키우기 전에 먼저 손을 써야 했다.

예약된 정기 검진일이 아니었는데도 불구하고 오랜 시간 윤수를 지켜봐 온 주치의는 흔쾌히 진료를 봐주었다.

그리고 지난 현실-이제는, 지금이 꿈이 아니라 현실인 것 같으니 이전 일은 지난 현실이라 불러야겠다.-에서와 똑같은 자리에 종양이 자라고 있는 것을 의사가 놓치지 않고 발견했다.

얼마 전까지만 해도 국내에서 수술이 어려웠는데, 뇌종양을 획기적으로 절제해 낼 수 있는 신 사이버 나이프 기술이 존스 홉킨스에 이어서 세계에서 두 번째로 도입되었다고 했다.

'그룹 인경에서 후원해 준 덕에 비싼 기계를 쉽게 들여올 수 있었지.'

윤수와 함께 병원을 나서던 지수는 내내 의사가 했던 말을 곱씹어 보았다.

분명 지난 현실에서는 윤수를 수술시키기 위해 미국으로 보내야만 했었다. 그런데 지금은 그 기술이 고스란히 한국에 들어와 있었고, 윤수가 빠른 시일 내에 수술을 받을 수 있도록 일정을 잡아 보겠다고 했다.

2주 후에 와서 수술 전 검사를 한 뒤, 수술 날짜를 잡자는 게 주치의의 말이었다.

"누나, 윤수 더 아픈 거야?"

내내 잠잠하던 윤수가 불안한 목소리를 냈다. 제 누나에게 눈도 마주치지 못한 채로 윤수는 고개를 떨어뜨렸다.

"윤수야."

지수는 다정한 목소리로 윤수를 불렀다.

"우리 윤수 멋있어지는 방법을 의사 선생님이 찾아내셨대."

윤수는 아이처럼 환히 웃으며 '진짜?' 하고 되물었다. 지수는 고개를 끄덕거리며 윤수의 손을 맞잡았다. 커다란 손에서 느껴지는 온기에 저절로 미소가 지어졌다.

일이 일사천리로 풀렸다. 마치 세상이 지수를 중심으로 돌아가는 것처럼 모든 일에 대한 대비책이 마련되어 있는 세계 같았다.

그런데 그 굵직한 사건들의 주위를 맴도는 위성 같은 존재가 있었다. 마치 재규정된 코스모스 안에 존재하는 질서 같았고, 이 세계가 존재할 수 있는 필요충분조건처럼 보이는 것. 바로 지난 현실에서 지수의 남편이었던 남자, 연우석이었다.

남편이었던 남자라.

그와 있었던 모든 일이 현재에는 일어나지 않을 것처럼 여겨지자, 심장이 뻐근하게 아파 왔다.

그도 그럴 것이 그의 앞에서 눈을 뜨기 직전까지 둘은 애정이 깊은 부부였다. 그는 쌍둥이를 낳고 날마다 초췌한 모습으로 앉아 있는 지수를 예쁘다며 보듬어 주었고, 연애 때와 다를 바 없는 열렬한 사랑을 보여 줬었다.

그런데 지수의 삶 근처에 그가 존재하는 듯했지만, 더 이상 그는 자신의 남편이 아니었다.

사랑하는 연인의 시선을 더는 받을 수 없다는 사실에 왈칵 눈물이 솟구쳤다.

"누나."

갑자기 제 누나의 표정이 어두워진 것을 눈치챈 윤수가 초조한 목소리를 냈다.

"왜 그래? 윤수가 뭐 잘못했어요?"

"윤수가 뭘 잘못해! 누나가 너무 기뻐서 그래."

"기쁜데 왜 울 것 같은 얼굴이야?"

"기뻐도 눈물이 나올 때가 있어."

지수는 최대한 다정한 미소를 머금고 다감한 눈빛으로 윤수를 바라보기 위해 노력했다. 뜨거운 연애도 마음껏 하고, 혼자서 여행도 다녀 보고, 접었던 사업도 다시 키워 보고 싶었지만, 그가 없는 삶을 꿈꿨던 것은 아니었다.

이제 그와의 접점이 단 하나도 없었다. 지수는 한숨을 집어 삼키며 병원을 나섰다. 날씨는 쾌청한데, 가슴에 이는 바람은 차갑기만 했다.

아무리 생각해도 안 되겠다. 지수는 지난 삶을 복기하듯 차례차례 떠올려 보았다.

그 사람이랑 그 이후에 얽혔던 일이 뭐였더라?

첫 밤을 보낸 다음 날, 은경이 불러내는 바람에 그의 호텔 면세점 테라스 카페에서 그를 다시 우연히 만났었다. 그리고 그곳에서 은경에게 문제의 만년필 녹음기를 강탈당하기도 했었다.

그런데 그와 우연히 만났어야 하는 날이 바로 오늘이었다. 잠든 윤수가 내뱉은 조용한 숨소리를 들으며 지수는 아랫입술을 꾹 깨물었다.

당장 윤수를 보살피는 게 먼저인 것은 맞지만, 그 바람에 오늘 그를 만났어야 할 장소에서 만나지 못했다.

심장이 타들어 가는 듯했다. 그때와 달리 그의 호텔로 출근할 수 있는 입장도 아니었기에 그와 마주칠 방법이 없어 보였다. 일개 서민이 호텔 대표와 우연히 마주칠 수 있는 확률은 제로에 수렴했다.

모든 사건이 그와 연관되어 있었지만, 그와의 관계는 기묘하게 엇나가는 듯했다.

그런데 가끔은.

그 제로에 수렴하는 일이 기적처럼 벌어질 때도 있는 법이다.

"리나야, 샵에 연락해서 실크 드레스 확보되면 바로 전화 달라고 해. 그리고 그 베일도."

메건 마클이 입었던 실크 드레스가 선풍적인 인기를 끌고 있었다. 그녀가 입은 것은 지방시의 웨딩드레스였고, 수없이 많은 카피 제품이 등장했지만 오리지널이 달리 오리지널이겠는가? 메건 마클이 입었던, 그 웨딩드레스를 구해 달라는 예비 신부들의 요청이 쇄도하는 중이었다.

청담동 메이크업샵 대표를 만나고 건물을 나서던 지수는 리나에게 지시를 내리느라 건물 입구로 들어서는 남자를 미처 발견하지 못하고 그와 부딪쳤다.

남자의 단단한 가슴에 이마가 가볍게 닿았다가 떨어지는 순간에도 미처 알지 못했다.

"죄송합니다."

사과를 건네는 순간에도 몰랐다.

"이지수 대표, 여기서 보네요."

정수리로 떨어지는 잔잔하고 낮은 음성에 심장이 쿵 내려앉았다. 지수는 아래로 향해 있던 시선을 천천히 들어 올려 그의 얼굴을 바라보았다.

그는 적당히 예의를 차린, 선선한 미소를 머금은 얼굴로 지수의 코앞에 서 있었다. 익숙했던 그의 향수 냄새가 코끝을 스치고 들어와 폐부 깊숙한 곳의 각인을 찾아내듯 헤집었다.

"안녕하세요, 대표님."

당황한 기색을 내비치고 싶지 않았지만, 적잖이 놀란 목소리가 튀어나왔다.

"많이 바쁘신가 보네요."

그는 옆에 선 리나를 흘끗 보고는 다시 지수에게로 시선을 옮겨 오며 물었다. 이 남자가 이 세계에서는 캐릭터가 많이 바뀌었나 보다. 세상 다감한 눈빛을 하고 있어서, 미친 척하고 마음껏 행복회로를 돌리고 싶어졌다.

이 남자, 혹시 이 세계에서도 나한테 반한 건 아닐까? 근데 이전과는 달라진 성격 탓에 내가 부담스러워하지 않도록 티아라 사건도 해결해 주고, 윤수 병원에도 투자한 거 아닐까?

지수가 망상에 젖어 대꾸하지 않자, 리나가 지수의 옆구리를 툭 건드렸다. 잠시 넋을 놓았던 지수는 이내 은은한 미소를 머금으며 대꾸했다.

"늘 결혼하는 사람이 있으니, 늘 바쁩니다."

그 대답에 그는 더 진한 미소를 머금으며 고개를 끄덕였다. 이제 자리를 뜨려는 분위기 같았다.

아, 어떡하지? 이렇게 만난 것도 인연인데, 저랑 연애하실래요?

이렇게 말하면 미친년 취급받을 것 같았다. 그런데.

"이렇게 만난 것도 인연인데."

그가 먼저 운을 뗐다. 그는 천년의 고백을 할 것처럼 수줍은 얼굴로 시선을 내리깔고는 뜸을 들였다. 환장하겠다. 초조해서 미치고 팔짝 뛰겠다.

네 맘, 내 맘, 에브리바디 한마음. 뭐 그런 건가? 싶다.

이 세계는 정말 좋은 세계다. 이 남자가 이전처럼 5억으로 사람 갈구고, 굴리지도 않거니와 세상 다정한 얼굴로 수줍은 미소까지 지으며 지수를 대했다.

여기 정말 살 만한 곳인 것 같다.

그래서 뭐요? 그런 얼굴로 무슨 이야기를 할 건데?

"점심이나 같이할까요?"

김칫국을 들이마시다 못해 김치냉장고 안으로 들어가 문을 닫으려던 지수는 얼른 정신을 차리고 대꾸했다.

"어떡하죠? 저희 직원이 있어서."

그래, 리나야! 일생에 도움이 되지 않는 리나야! 내가 인품 좋은 대표로서 지난 삶에서는 너를 감싸고돌았지만, 리나야! 그렇다고 리나야, 어? 너 왜 지금 여기 있어?

자신의 뒤를 졸졸 쫓아다니며 보좌하고 있는 리나가 원망스럽기까지 했다. 따지고 보면 일전에도 티아라를 잃어버린 것은 리나였다. 한 많은 이 세상, 정말 야속한 리나다.

지수가 고민하는 모습을 느른한 시선으로 내려다보던 그가 환한 미소를 머금은 채로 리나에게 시선을 돌렸다.

"제가 이 대표님과 긴히 할 말이 좀 있는데, 잠시 실례해도 될까요?"

그는 근사하다 못해 아름다운 미소를 머금고 있었지만, 리나를 바라보는 그의 눈빛에는 고압적인 카리스마가 흘러넘쳤다.

짧은 시간이었지만, 이곳에서 만난 이후로 지수에게는 보인 적 없는 눈빛이었다.

"네, 그럼 두 분 말씀 나누세요."

그의 기운이 어찌나 흉흉했는지, 리나는 먼저 사무실에 들어가 있겠다는 말을 남기고 줄행랑을 쳤다. 그는 지수에게는 분명 따뜻하게 대해 주었지만, 그 외의 인물들에게는 말도 못할 카리스마를 풍겨 댔다.

그리고 그를 대하는 이들은 하나같이 절대자에게 복종하는 피지배자처럼 굴었다. 홍 실장이 그랬고, 방금 전에는 리나가 그렇게 사라졌다.

혹시 너 님이 이 세계의 조물주 되세요?

엉뚱하게 피어오른 생각에 지수는 피식 터져 나오는 웃음을 참지 못했다.

"왜 웃어요?"

그는 뭐가 그렇게 재미있느냐는 듯이 물었다.

"아니, 저희 직원이 저런 얼굴을 하는 건 처음 봐서요."

분명 겁을 잔뜩 집어먹은 얼굴이었다. 샵에서 나올 때만 해도 멀쩡한 얼굴이었는데, 그의 한마디에 리나는 곧 울음이라도 터뜨릴 것 같은 얼굴로 부리나케 사라졌다.

이 남자가 그렇게 위협적인가?

지수는 온 세상을 밝힐 듯이 환하게 웃고 있는 남자의 시선을 마주했다.

"점심은 제가 자주 가는 식당으로 가도 괜찮을까요?"

그의 질문에 지수는 그러자며 고개를 끄덕거렸다. 그와는 식성도 제법 잘 맞는 편이었다. 싱겁게 먹었고, 화학조미료가 첨가된 음식은 싫어했으며, 닭고기를 선호했고, 튀긴 음식은 속이 부대껴서 즐겨 먹지 않았다.

그래서 두 사람이 가장 좋아하는 음식은 삼계탕이었다. 아이가 들어서지 않아 고민이었을 때, 용한 한의원에 가서 진맥을 해 보니 두 사람의 체질 상 잘 맞는 음식도 삼계탕이라고 했었다. 겨우 점심 메뉴를 정하면서 뻗어 나간 생각이 아이에까지 이르자, 심장이 둔중하게 뛰었다.

우리 쌍둥이는?

식사 장소로 이동하기 위해 그의 차에 올라탄 지수는 옆에 앉은 남자의 얼굴을 흘끗 보았다.

순간 눈물이 고일 것만 같았다. 그가 모르는 세계를 자신은 알고 있었고, 그가 겪어 보지 못한 사랑을 자신은 절절히 체감했었고, 그가 한 번도 보듬어 보지 못한 아이를 자신은 열 달을 품고 있다가 낳았었다.

그 일들이 마치 신기루 같았다. 선명했던 기억들이 단 이틀 만에 흐릿해지는 것 같았다. 눈물로 가려진 시야도 흐릿해지기는 마찬가지였다.

벅차오른 숨을 고르기 위해 지수는 잠시 숨을 멈추었다가 자잘하게 내뱉었다. 눈물을 떨구지 않기 위해 눈을 커다랗게 뜨고, 이마를 아래위로 길게 늘였다.

고개를 푹 숙이고 있는데, 시야에 불쑥 그의 손이 나타났다.

그의 손에는 곱게 접힌 회갈색 손수건이 들려 있었다. 지수는 고개를 돌려 그의 모습을 바라보았다. 그는 반대편 차창에 시선을 고정한 채로 무심한 듯 손수건을 건네고 있었다.

지수가 흘리는 눈물의 이유도 묻지 않은 채로 말이다.

운전대는 그의 수행비서 중 한 명이 잡고 있었고, 조수석에는 홍 실장이 앉아 있었다.

식사를 마친 후에 그는 외부 회의를 위해 움직여야 했기에 두 사람을 무를 수는 없다며 동행을 제안했다. 단 식사는 둘이 할 테니 걱정하지 말라는 말도 그가 덧붙였었다.

지수는 그의 손에서 조심스레 손수건을 빼내어 눈가를 찍어 냈다. 비겁해 보일지도 모르지만, 뭣하면 윤수 이야기를 꺼내야겠다고 생각했다.

하지만 그는 식당에 들어서서 단둘이 된 순간에까지 지수가 눈물을 보인 이유를 묻지 않았다. 마치 지수가 감정을 추스를 만한 시간을 주려는 듯 그는 조용했다.

그의 배려에 뭉클뭉클 따스한 기운이 올라왔다.

그래, 이렇게 좋은 남자였어.

티아라로 인해 첫 단추를 잘못 끼웠을지언정, 그는 지수가 온 삶을 걸고 지켜 내고자 했던 남자였다. 자신의 인생이 어떻게 굴러가게 될지 한 치 앞도 예상할 수 없는 상황에서 지수는 그를 위해 모든 것을 걸었었다.

"여기 삼계탕이 맛있어요."

눈물을 더듬고, 숨을 고르느라 미처 깨닫지 못했다. 그의 안

내에 따라 자리한 곳은 두 사람이 자주 찾았던 오래된 삼계탕 전문 식당이었다.

"아……."

지수는 입을 벙긋거리며 당장에 대꾸를 내놓지 못하고 망설였다. 목구멍에 무언가 콱 걸린 것 같아서 말을 내뱉을 수가 없었다.

"삼계탕 별로예요? 처음 같이 식사하는 건데, 너무 먹기 어려운 음식을 골랐나 보네요. 미안해요."

그런 뜻으로 말을 내뱉지 못한 게 아니었는데, 그는 진심으로 안타까운 얼굴을 하고는 사과를 해 왔다.

"아니에요. 삼계탕, 저도 좋아해요."

"그럴 줄 알았어요."

그는 의미심장하게 웃으며 종업원에게 전복이 들어간 삼계탕 2인분을 주문했다. 지수는 저도 모르게 그의 얼굴을 물끄러미 들여다보았다.

"그럴 줄 알았다니요?"

생각을 온전히 떠올리기도 전에 말이 먼저 튀어나왔다. 내내 찜찜했던 게 불현듯 머릿속을 스치고 지나갔다. 자신이 엉뚱한 생각이라고 치부했던 것 말이다.

이 남자는 지금 벌어지고 있는 모든 일을 혹시 다 알고 있는 게 아닐까? 혹시 이 사람도 나처럼…….

"그냥 해 본 말이에요."

대단한 대답이 튀어나올 줄 알았는데, 그는 선선히 웃으며 대수롭지 않다는 듯이 대꾸했다. 갑자기 맥이 탁 풀리는 기분이었다.

"저한테 긴히 하실 말씀이 있다고 하셨죠?"

본론부터 빨리 듣고 싶었다. 그는 느리게 눈을 한 번 깜빡거리고는, 하고 싶은 말을 참는 듯한 표정으로 깊게 숨을 들이마셨다가 입을 열었다.

"성격 급하다는 얘기, 많이 듣죠?"

"뭐, 종종."

굳이 그걸 반박할 이유는 없었다. 지수가 고개까지 끄덕이며 적극적으로 동의하자 그가 탄산수 기포가 터지듯, 청량감 넘치는 웃음을 터뜨렸다.

저 웃음은 전염성이 강했다. 가슴 속 깊은 곳에서 기포가 뽀글뽀글 올라와 지수의 입가에서 터지듯 미소가 흘러나왔다.

"일단 밥부터 먹고 이야기하기로 하죠."

음식은 빠르게 서빙되었고, 두 사람은 묵묵히 먹는 데만 집중했다. 아니, 그는 집중했을지 몰라도 지수는 입안으로는 살코기를 욱여넣으며 그를 살폈다. 뭔가 이전과 다른 것 같기도 하고, 다르기 위해 연기를 하는 것 같기도 하고, 아리송했다.

그가 먼저 식사를 마쳤고, 이곳으로 오면서 식사량도 다시 결혼 전으로 돌아갔는지 얼마 먹지 못하고 지수 역시 식사를 끝냈다.

"더 먹지 그래요?"

"배불러요."

그의 눈빛에 언뜻 안타깝고 못마땅하다는 기색이 어렸다. 아이를 낳기 전, 새 모이만큼 먹고 만다며 지수를 타박했을 때 그가 지었던 표정과 비슷했다.

아, 수상하다. 그런데 뭐가 수상한지 도통 모르겠다.

'여보, 당신도 혹시……?'라고 물었다가는 미친년 취급 받겠지?

지수는 그저 한숨을 집어삼킬 뿐이었다.

"결혼 준비를 좀 도와줬으면 합니다."

"결혼 준비요?"

그는 그렇다며 고개를 끄덕거렸다. 웨딩플래너에게 결혼 준비를 의뢰하는 것은 어쩌면 당연한 일이었다. 그런데 왜 이렇게 가슴이 뻐근하게 아파 오는 걸까?

"예비 신부는 아직 제가 결혼 준비를 의뢰했다는 걸 모르고요. 날짜가 구체적으로 잡히면 알릴 생각입니다."

그의 얼굴에 멋쩍은 미소가 어렸다. 여기서 그럼 예비 신랑님은 누구시죠? 하는 바보 같은 질문을 던져서는 안 될 것 같았다.

결혼 준비를 의뢰한다. 예비 신부는 아직 모른다. 날짜가 구체적으로 잡히면 신부에게 알린다는 말은…….

그가 결혼을 준비한다는 의미 같았다.

보통 웨딩플래닝 견적을 받으러 온 예비부부를 마주할 때면, 결혼을 축하한다는 인사를 먼저 건네곤 한다. 그런데 그를 향해 축하한다는 말이 나오질 않았다.

"사실 결혼 준비는 예비 신부님께서 결정해야 할 일이 훨씬 많아요."

어쩐지 한숨이 흘러나올 것만 같아서 지수는 숨을 한 번 고르고는 입을 열었다.

"예비 신부님 연락처를 주시면, 제가 따로 연락을 드려도 될까요?"

이 세계에 존재하는 그의 여자를 마주해야 한다는 의미였다. 가슴이 뻐근해서 죽을 것만 같았다. 심장이 오그라들어서 곧 없어질지도 모른다는 생각도 들었다.

"조만간 같이 보도록 하죠. 제가 혼자 이지수 대표 만난 줄 알면, 한 소리 할 것 같기는 한데."

그의 눈빛이 순간 몽롱해졌다. 사랑하는 여자를 떠올리는 남자의 전형적인 눈빛이었다. 가슴이 딱딱하게 굳어 갔다.

만약에 만약을 가정했을 뿐이었다. 이런 가슴 아픈 상황을 원했던 게 아니었다.

불같은 연애, 나 홀로 여행, 번듯한 사업체? 다 필요 없었다. 눈앞에 앉은 남자의 곁을 자신이 차지하고 있었던 시절이 존재하지 않았던 것처럼 느껴졌다.

"미리 연락드리고 약속을 잡는 편이 낫겠죠?"

흔들리는 목소리가 흘러나올 것만 같아서 지수는 가볍게 고개를 끄덕이는 것으로 대답을 대신했다.

"이건 제 연락처입니다."

그가 건넨 은회색 명함에는 금빛으로 음각 처리된 휴대전화번호 열한 글자만 새겨져 있었다.

전화번호를 외울 필요가 없는 세상에서 지수가 외우고 있는 몇 안 되는 그의 사적인 전화번호였다.

"이지수 대표님 연락처도 받을 수 있을까요?"

지수가 건네받은 명함만 물끄러미 내려다보고 있자, 그가 잔잔한 목소리로 넌지시 물어 왔다.

"네, 그럼요."

명함 지갑에서 명함 한 장을 꺼내서 그에게 건넸다. 그의 손으로 전해지는 명함에는 '대표 이지수'라고, 지수의 현 위치가 새겨져 있었다.

그것과 맞바꾼 게 이 사람이라면…….

지수는 그의 명함을 지갑에 끼워 넣었다.

이제 그와는 명함을 주고받고, 업무를 논하는 사이밖에는 되지 않았다. 그것도 그의 결혼을 준비하는 동안 아주 짧게 만나고 헤어질 사이였다.

"그럼, 연락드리겠습니다. 돌아가시는 길은 제가 준비한 차로 모시겠습니다."

다정한 그의 미소와 눈빛은 착각이었나 보다. 그는 자신과 관련한 중차대한 일을 맡기기 위해 지수를 접대하고 있는 거였다. 지나치게 깍듯한 그의 태도에 가슴이 왈칵 뒤집어졌다.

"아닙니다. 예정된 업무가 있어서 저는 따로 움직이겠습니다. 제가 하는 업무 중 일부는 극비로 진행되는 경우가 종종 있어서요."

그가 마련해 준 차를 타고 가는 길에 눈물을 펑펑 쏟는 추태를 부리고 싶지는 않았다. 정중하게 그의 배려를 거절했는데, 그의 눈빛이 일순간 일렁이는 게 눈에 들어왔다.

자신의 안배를 거부당했다는 사실이 그렇게 동요를 일으킬 정도로 못마땅한가? 그럴 만도 하지.

완벽주의에 가까운 그의 성격을 돌이켜 보던 지수는 하마터면 쓴웃음을 머금을 뻔했다. 가까스로 표정을 지워 낸 지수는 그에게 먼저 자리를 뜨겠다는 인사를 건넨 뒤, 식당을 허둥지둥 빠져나왔다.

등 뒤가 허전했다. 자신의 뒤를 든든하게 지키고 있던 남자의 부재가 등을 시리게 만들었다.

지수는 택시를 잡을 생각도, 그렇다고 다른 대중교통을 이용할 생각도 하지 못하고 정처 없이 걸었다. 자주 다니던 식당이었기에 길은 훤했지만, 그 풍경이 눈에 들어오지 않았다.

차오른 눈물 때문에 뿌옇게 가린 시야가 세상을 어지럽게 만들었다.

이틀을 꼬박 앓았다. 중요한 미팅은 이틀 뒤로 미루고, 자잘한 업무는 전부 리나가 처리하게 했다.

그토록 되찾고 싶던 자리였다. 육아는 적성에 맞지 않는 것 같다며 투덜거렸고, 다시 일을 시작하고 싶은 생각에 마음이 싱숭생숭했었다. 어렵게 얻은 쌍둥이임에도 그런 생각이 종종 들었었다.

그런데 열심히 하고 싶은 생각이 들지 않았다. 모든 게 의미를 잃어버린 듯했고, 세상이 희끗희끗하게 탈색되는 것만 같았다.

그도 다른 여자랑 결혼한다는데, 나도 그냥 다른 남자나 만나 볼까? 이런 오기 어린 생각도 떠올랐다.

그보다 나은 남자를 만날 수 있을까? 아니, 다른 남자를 만나는 게 가능한 일이야?

거기까지 생각이 미치자 한숨만 흘러나왔다. 그는 지수에게 더없이 과분한 사람이었는지도 모른다. 하지만 그는 자신보다 훨씬 훌륭한 조건의 여자를 얼마든지 만날 수 있는 위치의 사람이었다.

이렇게 자존감이 낮아서야 어떡하냐고 나무라는 이가 있을지도 모르겠지만, 그게 사실이었다.

"병원이라도 다녀와야지."

방문을 열고 나서자, 거실에 앉아 계시던 아버지가 걱정스러운 얼굴로 지수를 바라보다가 이내 시선을 돌렸다.

아직 아버지와의 오해가 풀리기 전인 상황이었다. 아버지는 딸인 지수에게 눈도 제대로 맞추지 못하고 다른 곳을 바라보셨다.

감기 몸살로 몸이 고되어 말라 버린 줄 알았던 눈물이 맥없이 치솟아 눈가가 따끔거렸다.

"지금 다녀오려고요."

지수의 순순한 대답에 아버지가 흠칫 놀란 얼굴로 지수에게 시선을 돌렸다. 지수는 가만히 그 시선을 마주하고 있다가 숨을 깊게 들이쉬고는 입을 열었다.

"아버지."

매일 얼굴을 맞대고 살았음에도 아버지라는 부름이 어색했다. 이전에도 느낀 거였지만, 올바른 마음으로 아버지의 존재를 깨달았을 때 마주한 얼굴은 주름이 깊게 패여 가슴이 사무칠 정도였다.

"그래."

아버지는 눈을 휘둥그렇게 뜨고 지수를 바라보았다.

"카페에서 점심 대충 드시지 마시고, 식사 잘 챙겨 드세요."

집에서 식사할 때를 제외하고, 바깥에서 식사하실 때는 허술하게 끼니를 해결한다는 것을 지수는 잘 알고 있었다.

한때는 그게 당연하다고 생각했었다. 엄마를 죽음으로 내몬 책임이 있으니까, 아버지는 편한 삶을 영위해서는 안 된다고 여겼었다.

그게 아니었는데, 정말 그게 아니었는데.

미련하도록 입을 꾹 다물고 있는 아버지의 모습에 목구멍이 눈물로 꽉 막히고 가슴이 터져 나갈 것만 같았다.

지수의 살가운 말에 놀라셨는지, 아버지는 대꾸도 하지 못하셨다. 지수는 자신이 나가는 모습을 묵묵히 바라보기만 하는 아버지를 뒤로한 채 집을 나섰다.

동네 병원으로 향하는 길이 정처 없이 흔들렸다. 감기가 심하기는 한지, 아스팔트가 치솟아 오르는 듯한 착각도 일었다.

시선을 앞에 두면 어지러워서 발을 헛디딜 것 같아서, 지수는 내내 땅만 보고 걸었다.

그래서 익숙한 인영이 자신의 앞을 막아선 것도 눈치채지 못했다. 또다시 단단한 가슴에 이마를 부딪치고 나서야 누군가 앞에 서 있었다는 사실을 깨달았다. 휘청 몸이 기울자, 낭창한 허리를 그의 팔이 감쌌다.

"이런 몸을 하고 어딜 가요?"

그의 걱정스러운 목소리가 쏟아져 내렸다. 이대로 정신을 잃어버렸으면 좋겠다는 생각이 들 정도로 그의 품은 안온했다. 그리고 거짓말처럼 까무룩 눈이 감겼다.

다시 눈을 떴을 때는 1인용 병실이었다. 몸을 일으키려 하자, 그의 목소리가 들려왔다.

"더 누워 있어요. 영양제 들어가려면 좀 걸리니까."

그는 손목에 있는 시계를 한 번 확인하고는 침대 옆에 서서 지수를 내려다보았다.

"과로에 감기몸살이 겹친 것 같다고 하네요. 아까는 열이 41도까지 올랐었어요. 사람 체온이 41도까지 오를 수 있는 줄은 몰랐네요."

그는 그리 말하며 멋쩍게 웃었다.

"감사합니다. 대표님 아니었으면 큰일 날 뻔했네요."

정말 그가 아니었으면 길바닥에서 비명횡사했을지도 모를 일이다.

"감사 인사는 나중에 하고, 오늘은 일단 푹 쉬어요."

그는 다정한 미소를 머금은 채로 그리 말했다. 모든 병은 마음에서 비롯되는 거라는 사실이 절절하게 와닿았다. 이렇게 아파 본 적이 없는 지수였다.

"이제 가 보셔도 괜찮아요."

마음에도 없는 소리를 해 보았다. 그가 자신의 곁을 지키고 있다는 사실에 가슴이 애틋하게 달아오르는 것을 애써 무시하며 내뱉은 말이었다.

"아픈 사람을 혼자 두고 갈 정도로 매정한 인간은 아닌데요."

투명하게 빛나는 그의 검은색 눈동자가 오롯이 지수를 향해 있었다. 그를 알게 된 이후로 그의 시선은 언제나 이렇듯 지수를 향해서만 빛났다.

영양제를 다 맞고 병원을 나서는 길, 그는 친히 운전대를 잡은 차로 지수를 집 앞까지 데려다주었다.

"내일 시간 어때요? 날이 잡혀서."

행복한 순간을 앞두고 있는 그의 얼굴이 환히 빛났다.

"내일 오전에는 사무실에 나가 봐야 할 것 같고요. 오후에는 괜찮은데, 어쩌세요?"

지수는 최대한 사무적인 태도를 유지하려 애쓰며 물었다.

"그럼, 오후 4시쯤 호텔에서 볼 수 있을까요?"

그 역시도 지수에게 다소 경직된 모습으로 되물었다.

"시간 맞춰서 다시 연락드리겠습니다. 사용하시는 방으로 가면 될까요?"

그는 대답 대신 그러라며 고개를 끄덕거렸다. 그러고는 손을 뻗어 지수의 어깨를 두어 번 토닥거렸다.

"내일은 아프지 말고, 다 나아서 와요. 영 못 오겠으면 연락하고요."

그의 손길이 닿았던 어깨에 가슴이 미어지도록 그리운 열감이 고였다. 그는 지수에게 얼른 들어가라며 인사를 하고는 운전석에 올라탔다.

"아, 맞다."

그의 차가 멀어지는 것을 보고 문득 생각이 났다.

"저 사람 이 동네 왜 왔지, 근데?"

말을 내뱉은 순간 머릿속에 얼굴 하나가 동동 떠올랐다.

"아! 맞다!"

감기 기운 때문에 잔뜩 잠겼던 목소리가 치솟았다. 윤하윤, 그의 먼 친척 동생의 결혼식을 지수가 담당했었다. 그때도 똑같이 이와 같은 오해를 했다가 분노를 참지 못하고 하마터면 일을 치를 뻔했다.

지수의 입가에 미소가 번져 갔다. 그의 결혼식이 아니라는 확신이 들자, 심장이 두근두근 뛰기 시작했다.

"인사해, 이쪽은 웨딩플래닝 업체 이지수 대표."

"안녕하세요, 김주은입니다."

네가 왜 거기서 나와?

지수는 당황스러운 기색을 감추느라 애썼다. 자신이 예식을 맡아야 하는 예비 신부는 윤하윤이었어야만 했다. 그런데 눈앞에 있는 여자는 그가 스토커라며 눈을 부라렸던 주은이었다.

"말씀 많이 들었어요. 이런 결혼식 처리에 능숙하시다고."

"그저 열심히 할 따름입니다."

형식적인 대꾸를 하며 미소를 머금은 지수의 입가에 경련이 일었다.

"사실 오빠가 적극적으로 추천하는데, 제가 좀 망설였거든요. 웨딩플래너는 제가 고르고 싶은 마음도 컸고요."

지수의 실력을 못 믿겠다는 듯이 미심쩍어하는 얼굴이었다.

"보통은 예비 신부님께서 직접 고르시죠."

예비 신부라는 말에 주은이 얼굴을 붉히며 옆에 앉은 그의 얼굴을 한 번 바라보았다.

어디서부터 일이 이렇게 되었을까?

결국 그의 옆에 서게 된 사람은 주은이었다. 묘하게 세계가 뒤틀렸다.

"식이 급하게 잡혔어요. 두 달 앞인데, 괜찮겠죠?"

"그럼요. 두 달이면 충분합니다."

충분하지 않다고 말하고 싶었다. 이 결혼은 진행 못 하겠다고 자리를 박차고 일어나고 싶었다.

다른 사람도 아니고 마음을 섞고, 몸을 섞고, 자신이 낳은 아이의 아빠였던 남자의 결혼식을 맡아서 진행한다는 게 말이

나 되는 소린가? 지나가는 사람 붙잡고 물어보면 열이면 열, 미쳤다고 할 것이다.

지수가 한숨을 집어삼키는 사이 휴대전화가 울렸다.

"죄송합니다."

두 사람을 향해 양해를 구한 지수는 재킷 주머니 안에 넣어 두었던 휴대전화를 꺼내 들었다. 지금 당장 눈물을 쏟지 않으려면 분위기를 환기시켜야 했다. 보이스 피싱 경고 문구가 뜨는 극악무도한 번호였어도 지수는 전화를 받았을 것이다.

그런데 전화를 걸어온 이는 현진이었다. 현진의 전화가 이렇게 반가웠던 적이 없었다.

"어, 현진 선배."

– 왜 이렇게 연락이 안 돼? 다음 커플 진행해야 한다고 하지 않았어? 나 외국 출사 일정 잡아야 하는데.

"미안. 요 며칠 컨디션이 안 좋아서 좀 쉬었어. 일정은 만나서 이야기할까?"

그가 아닌 다른 인물과의 만남이 없었다. 은경조차도 바쁜지 요 며칠 통 연락이 되질 않았다.

– 그래, 그럼. 오늘 저녁 어때?

"오늘 저녁에 별일 없어."

– 그럼, 내가 사무실로 데리러 갈게. 맛있는 거 먹자. 나 오늘 사진 많이 팔아서 돈 많다?

워낙에 인기 있는 작가였고, 그의 작품은 없어서 못 팔 정도였다. 작품을 많이 내놓지 않는 탓에 시장에 그의 사진이 떴다

하면 매매상들과 콜렉터들이 해당 작품을 차지하기 위해 눈독을 들였다.

"맛있는 거 먹자, 그럼."

업무 중에 이렇게 사적인 대화 내용이 담긴 전화 통화를 한 적은 단 한 번도 없었다. 그런데 그가 다른 여자와 나란히 앉아 있는 마당에 심통이 나서 통화가 길어지고 말았다. 이에 심기가 불편했는지 그가 헛기침을 하는 소리가 들려왔다.

"그럼, 선배. 이따 전화할게."

지수는 화사한 목소리로 통화를 마무리했다. 그러고는 목소리 톤과 잘 어울리는 해사한 미소를 머금은 채로 그에게 시선을 옮겼다.

"죄송해요. 제 일 도와주는 사진작가님이신데, 워낙 귀한 분이라서요."

일부러 강조하는 듯한 뉘앙스로 말했다.

"혹시 윤현진 작가님 전화였나요?"

얼굴이 발갛게 상기된 주은이 입을 열었다. 주은의 눈동자에는 기대감이 그득했다.

"네, 맞아요."

"와, 그 소문이 진짜였구나! 윤현진 작가님이 웨딩플래너 한 분이랑만 일한다고 하던데. 그게 이지수 대표님이셨어요?"

주은은 손뼉까지 짝짝 쳐 대며 좋아했다.

"네, 선배가 제 일 많이 도와주죠. 고맙게도."

"사진 정말 멋있더라고요! 저 정말 그분 섭외하고 싶었거든요."

호들갑을 떠는 모습이 이전에 알고 지냈던 주은의 모습과 똑같았다. 그 모습에 어쩐지 웃음이 나올 것만 같기도 하고, 주은이 원하는 웨딩 사진의 신랑 역할을 그가 할 것이라 생각하니 눈가가 따가운 것도 같았다.

"왜 그렇게 호들갑이야? 난 별로던데, 그 작가."

그가 심드렁한 얼굴로 무뚝뚝하게 쏘아붙였다.

"아, 그건 오빠가 몰라서 하는 얘기야. 윤현진 작가님이 찍어 준다고 하면 없는 결혼식도 만들어서 해야 한다니까!"

안 그래도 어두워진 그의 표정이 더욱 사납게 일그러졌다.

"그 말씀 꼭 전해 드릴게요."

질투심이 남다른 남자였다. 아무리 사진작가라 할지라도 제 여자가 격한 애정을 드러내는 반응을 보이는 게 마음에 안 드는 듯했다.

"오늘 만나세요? 어떻게 생기셨어요? 완전 궁금하다! 잘생기셨어요? 소문에 완전 미남이라던데. 어때요? 우리 오빠보다 잘생겼어요?"

질문을 와다다다 쏟아붓는 모습을 마주하니, 물색없이 주은이 반가워지려고 했다. 아이를 낳은 뒤로 통 보지 못한 얼굴이기에 그런가 보다. 그런 주은의 모습을 그가 못마땅하다는 듯이 쏘아보며 고개를 절레절레 내저었다.

지수는 뾰로통한 얼굴을 한 그에게 조심스레 시선을 옮겨 갔다. 사실 지금 그의 얼굴을 자세히 뜯어보고 자시고 할 것도 없었다. 지수의 눈에는 그가 제일 잘생겼으니까.

하지만 지금 예비신부 앞에서 그 신랑이 더 잘생겼다는 말을 사심을 듬뿍 담아 할 수야 없었다.

"분위기가 서로 다르게 잘생긴 얼굴이라, 뭐라고 말을 못 하겠네요. 나중에 촬영하실 때 직접 보세요."

지수의 대답에 그의 표정은 더욱 험악하게 굳어 갔다. 나중에 촬영할 때 직접 보라는 말은 하지 말 걸 그랬나 보다.

"근데요, 왜 윤 작가님은 꼭 이지수 대표님하고만 일해요? 두 분 무슨 사이세요?"

주은은 전생에 광부였던 게 틀림없다. 캐고 또 캐고. 이렇게 캔 정보로 어디서든 최고의 TMI를 자랑하는 아이였었다. 그 기질이 어디 안 가고 지금 이 순간에도 화려하게 발현되고 있었다.

"그냥 선후배요."

지수가 선선히 대꾸하자, 주은이 얼굴까지 붉히며 말했다.

"에이! 작품 발표도 잘 안 하시는 작가님이신데, 웨딩 촬영해 주시는 게 솔직히 말이 안 되잖아요? 스튜디오 촬영이나 외부 스냅 촬영할 때 이 대표님이 꼭 동행하시는 거죠? 그래서 윤 작가님이 찍어 주시는 거 맞죠? 딱 봐도 윤 작가님이 이 대표님한테 공들이는 것 같은데? 맞죠? 몇 년 공든 탑이에요? 공든 탑이 무너질 리 없잖아요, 그러니까."

"야, 김주은."

싸늘한 목소리에 주은이 나불거리던 입을 꾹 다물었다. 갑자기 주은의 얼굴이 하얗게 질려 버렸고, 그는 한숨을 몰아쉬며 눈을 지그시 감았다가 뜨고는 더는 못 참겠다는 듯이 화를 억누르는 듯한 목소리로 읊조렸다.

"네 남편은 언제 오는데?"

음……?

지수는 고개를 모로 기울이며 눈을 가늘게 뜨고 두 사람을 번갈아 보았다.

"오늘 못 온댔어. 오빠가 멋대로 약속 잡은 거잖아."

퉁명스럽게 쏘아붙이기는 했지만, 주은의 얼굴은 하얗다 못해 푸르렀다.

"아니, 왜 못 와? 같은 호텔 안에 있는데."

음……?

그러니까 지금 이 대화를 정리하자면, 주은의 예비 신랑은 따로 있는 거고, 이 앞에 갑자기 분위기 싸하게 만든 남자는 남의 결혼식에 감 놔라, 배 놔라 하고 있는 거다?

지수는 저도 모르게 헛웃음이 나오려는 것을 가까스로 참아 냈다. 아랫입술 한번 비틀어 깨물었다가 놓은 지수는 조심스레 질문을 던졌다.

"그럼, 두 분이 결혼하시는 거 아니셨어요?"

그 질문에 두 뼘 정도 간격을 두고 나란히 앉아 있던 두 사람이 소파 양옆으로 홍해가 갈라지듯 떨어져 앉았다.

"아니거든요! 저 이런 성격 완전 싫어해요! 독재자가 따로 없어요. 완전 극혐!"

주은이 몸서리를 쳤다. '우리 선배님은요!'와 함께 찬양 멘트를 입에 달고 살던 그 주은이 맞나 싶었다.

"결혼이 두 달 앞이면, 제가 예비 신랑님은 봬야 대략적인 분위기를 그려 볼 수 있을 것 같은데요."

지수가 넌지시 입을 뗐는데도 아랑곳하지 않고, 주은은 입을 나불댔다.

"그래서 윤 작가님이 이 대표님 좋아하는 거 맞죠?"

그러자 그가 곧 폭발할 듯한 얼굴로 휴대전화를 집어 들었다.

아니. 결혼할 사이도 아닌데, 저렇게 반응할 건 또 뭐야?

지수는 붉으락푸르락한 얼굴로 휴대전화를 귀에 대고 있는 그와 초롱초롱한 눈동자를 빛내며 지수에게 답을 구하고 있는 주은은 번갈아 보았다.

"왜 안 올라와? 빨리 와, 그냥!"

그가 신경질 섞인 목소리로 통화 상대를 나무랐다.

"우리 오빠한테 왜 소리를 지르고 그래?"

"너는 그럼 왜 우리!"

그가 오른손을 뻗어 지수를 가리켰다.

음……?

비스듬히 기울어져 있던 지수의 고개가 반대편으로 다시 기울어졌다.

내가…… 왜…… 우리라 표현되는 거지?

의문을 해소할 새도 없이 누군가 방 문을 열고 들어왔다.

벨도 안 누르고, 막역하게 방문을 열고 들어오는 사람은 또 누구지?

"바쁘다는 사람 이렇게 불러도 되는 거야, 대표님아?"

너무도 익숙한 목소리에 놀란 지수가 자리에서 벌떡 일어났다.

"강진필 지배인님?"

그러니까 주은의 예비 신랑이 강진필 지배인이라는 뜻?

"오빠, 우석 오빠 혼내 줘. 나한테 막 눈 이렇게 뜨고 막 뭐라고 했어!"

주은이 양손 검지로 눈꼬리를 눌러서 위로 찍 올리며 울먹였다.

세상에, 넌 참 오빠 많아서 좋겠다.

지수는 세 사람의 모습을 신기하다는 듯이 바라보았다.

"이쪽은 내 후배, 저쪽은 내 선배."

그는 주은을 향해 손가락을 까딱했다가, 그 손가락을 그대로 까딱하며 움직여서 강 지배인을 가리켰다. 이미 다 알고 있는 사실이지만 마치 처음 듣는 내용인 것처럼 지수는 무구한 얼굴로 고개를 끄덕였다.

"얘 좀 데리고 가, 이제."

그가 강 지배인을 향해 귀찮다는 듯이 말했다. 그러자 주은이 그에게 눈을 부라리며 툴툴거렸다.

"언제는 꼭 와 달라고 난리를 치더니, 뭐 하자는 거야?"

왜 꼭 와 달라고 난리를 쳤을까? 이 남자는 왜 남의 결혼식 웨딩플래너를 본인이 직접 고용했을까?

"두 사람 결혼한다니까 내가 신경 써 주려고 한 거지."

365

그는 지수의 눈치를 살피며 변명을 해 댔다.

"입은 삐뚤어져도 말은 바로 해라."

그러자 강 지배인이 그와 지수를 번갈아 보면서 의미심장한 미소를 머금었다.

아, 뭔데! 같이 좀 재밌자!

하지만 주은과 강 지배인은 애절한 지수의 시선을 외면한 채로 방을 나섰다. 이쯤 되면 지수도 그만 작별을 고하고 이 방을 떠야 하는데, 발길이 떨어지질 않았다.

이 남자 대체 왜 이러는 걸까요?

지수가 인제 그만 가 보겠다고 입을 열려던 순간이었다.

"이지수."

여태 존대를 하던 그가 지수의 이름을 평생에 걸쳐 불러 왔던 것처럼 친근한 투로 읊조렸다. 갑자기 심장이 쿵 울렸다.

"이번엔 내가 설마 김주은이랑 결혼이라도 하는 줄 알았어?"

순간 시공간이 멈춰 버린 듯한 착각이 일었다. 지수는 아무런 대꾸도 하지 못하고 입만 뻥끗거리며 그를 바라보았다. 그는 자리에서 일어나 성큼 걸음을 옮겨 아까부터 일어서 있는 지수에게 다가섰다.

심장이 세차게 뛰었다. 지수는 그가 했던 질문을 가만히 곱씹었다.

'이번엔 내가 설마 김주은이랑 결혼이라도 하는 줄 알았어?'

366

이번에는······. 이라는 것은 지난번이 있었다는 뜻이고, 그걸 이 남자도 기억한다는 의미였다!

"언제쯤 날 알아보나 했잖아."

지수는 저도 모르게 양손을 올려 입을 막았다. 그가 자신보다 먼저 이 상황을 간파하고 있었다는 의미였다. 눈가에 눈물이 차오르는지 시야가 흐릿해졌다.

"뭐라고 말 좀 해 봐."

그가 따뜻한 손길로 지수의 손을 잡아 내렸다. 눈물이 뺨을 타고 또르르 흘러내렸다. 그의 손이 지수의 양 볼을 감쌌고, 엄지가 눈 밑을 부드럽게 쓸었다.

"나빴어, 진짜. 이런 장난을 또 치는 게 어딨어?"

지수가 볼멘소리를 내며 눈을 가느스름하게 뜨고 그를 노려보았다.

"나도 억울해서 그랬어."

"뭐가 억울한데요?"

"내가 여기서 널 얼마나 기다렸을 것 같아?"

그가 말하는 '여기서'의 의미가 2106호라든지, 호텔이라든지 하는 장소의 의미는 아닌 것 같았다. 그러니까 우리가 존재하고 있는 지금의 시공간을 아우르는 '여기서'였다.

지수는 짐작이 되지 않아서 고개를 내저으며 되물었다.

"얼마나 기다렸는데?"

"눈떠 보니까 고3인 거야."

지수의 입이 저절로 쩍 벌어졌다. 호텔 대표였던 남자가 고3

이 되어 눈을 떴다는 말에 기가 막혔다.

"네 앞에 빨리 나타나고 싶었는데, 우리가 겪었던 모든 게 어긋날까 봐 두려웠어."

검고 투명한 그의 눈동자에 진중한 빛이 어렸다. 고작 일주일도 되지 않는 시간, 지수는 그가 자신의 사람이 아니라는 사실에 절망한 나머지 몸져누웠었다.

그런데 그는 이곳에서 오랜 시간 동안 자신을 기다리고 있었다고 말하고 있었다. 혹여 자신이 섣불리 나섰다가 모든 게 어긋날까 봐 두려웠다는 말도 했다.

"그래서 너한테 직접적인 영향이 가지 않는 범위 내에서 움직이려고 차근차근 준비했지."

그는 안타깝게도 제 뜻대로 되지 않았던 게 하나 있다는 듯이 말을 이었다.

"근데 티아라 분실되는 거는 막을 수가 없었어. 보안이 어떻게 뚫렸는지, 아직도 의문이야."

"그럼 나 5억은 왜 안 빌려줬어? 어긋날까 봐 무서웠다는 사람이?"

그러자 그가 근사한 미소를 머금으며 조용히 속삭였다.

"그때 이지수가 날 알아본 것 같았거든."

너무 황홀해서 머릿속이 아득해질 것만 같았다.

"그리고 5억으로 널 묶어서 내 곁에 두고 싶지 않았어. 이번에는 정말."

그는 크게 숨을 들이마셨다가 내쉬고는 달콤하게 말했다.

"연애다운 연애 하고 싶었어. 내가 메이크업샵에 갈 일이 뭐가 있겠어? 그날 나랑 우연히 마주쳤다고 생각해? 너 아플 때 길에서 만난 건? 그것도 우연 같아?"

우연을 가장한 필연이었다는 의미다. 그는 그렇게 자신의 곁으로 한 발자국씩 다가오고 있었다.

"나 너무 불안했어. 근데 우석 씨가 주은이랑 결혼하려는 줄 알고."

어린아이처럼 울음이 터져 버렸다.

"우리 쌍둥이는 어쩌나 싶어서."

울음 섞인 목소리가 이리저리 흔들렸다.

"쌍둥이는 다시 태어날 거야. 우리가 다시 만들면 되지."

그의 입술이 지수의 입술을 부드럽게 머금었다. 갈증에 허덕이던 사람처럼 지수는 그의 입술을 허겁지겁 들이마셨다.

"으음."

그의 목에서 먼저 신음이 울렸다. 그의 손이 지수의 옷을 자연스레 벗겨 냈다. 그가 입술을 떼어 내자, 지수는 떨어지기 싫어서 그의 볼에 자신의 볼을 비볐다.

"미치는 줄 알았어. 밤마다 이지수 생각나서."

그가 사납도록 낮게 읊조리는 말에 정수리까지 열감이 치솟았다.

"나도 미치는 줄 알았어. 우석 씨 옆에 정말 다른 여자가 있는 건가 싶어서."

재킷과 블라우스가 한꺼번에 바닥으로 뚝 떨어지자, 그가 지수의 치마를 걷어 내고는 허벅지를 잡아 올렸다.

지수는 자연스레 그의 허리에 다리를 두르고 그에게 매달리듯 안겼다. 그가 침대로 걸음을 옮기며 말했다.

"내가 여기 언제부터 있었다고?"

"고3?"

"그럼, 내가 이지수 생각하면서 몇 년을 참았을 것 같아?"

10년은 족히 넘는 세월이었다.

"밀린 거 다 할 거야."

침대 위로 몸이 스러졌다. 정염으로 달콤하게 젖은 그의 목소리만으로도 절정에 이를 것처럼 열기가 치솟았다.

그는 지수의 스타킹과 팬티를 단번에 벗겨 내렸다. 허리까지 말려 올라간 스커트를 채 벗기도 전에 지퍼를 내린 그가 지수의 여린 살점을 파고 들어왔다.

"아웃."

지수가 신음을 내지르며 골반을 들썩거렸다.

따지고 보면 불과 일주일도 안 되는 시간 만에 그와 몸을 섞는 거였지만, 이곳에서 마음고생을 해서 그런지 그 어느 때보다도 애틋했다.

"하아, 이지수."

그가 허리를 숙이며 오른쪽 젖꼭지에 입술을 가져다 댔다. 이미 단단하게 솟아오른 정점에 그의 입술이 스치자 짜릿한 전율이 흘렀다.

"으응, 우석 씨."

질 내벽을 깊게 훑으며 들어왔다가 빠져나갈 때마다 신음이 터져 나왔다. 그는 먹어 치울 듯이 지수의 가슴에 매달려 빨고 핥아 댔다.

"하응, 으응. 으으응! 아앗! 우석 씨……. 아아!"

이미 그의 몸짓에 십분 길들어 있던 지수였다. 그가 몸을 뒤척일 때마다 감당할 수 없는 쾌락이 밀려들었고, 절정은 너무도 쉽게 찾아왔다.

지수는 눈을 지그시 감으며 숨을 멈추었다. 신음도, 숨도, 그 무엇도 내뱉을 수가 없는 지경에 이르렀다.

만약의 만약을 가정하던 시간이 덧없었다. 일은 언제든 다시 시작하면 된다. 여행은 언제든 떠나면 된다. 결혼했다고 한들 로맨스가 아주 사라지는 것도 아니었고, 사랑을 할 수 없는 것도 아니었다.

부부가 되어서도 충분히 서로를 그리워하며 아껴 줄 수 있었다. 오히려 시간이 지날수록 농익은 사랑이 충만해질 터였다.

당장에 할 수 없는 것을 떠올리다가 가장 중요한 것을 놓치고 있었다는 걸, 지수는 지금에서야 깨달았다.

지금 나를 안고 있는, 내가 끌어안고 있는 이 남자가 가장 소중한 것을, 잠시 잊고 헛된 망상에 사로잡혀 이런 일을 겪게 되었나 보다.

절정이 가시고 나자 수마가 찾아들었다. 지수는 그의 어깨를 꼭 끌어안은 채로 잠이 들었다.

수, 숨 막혀!

그를 끌어안은 상태로 잠이 들었으니, 그가 아직도 제 위에 자리하고 있나 보다 생각했다. 그런데 코끝에서 알싸한 그의 향수 냄새와 매혹적인 체취가 아닌 구수한 냄새가 느껴졌다.

이건……. 큰애 똥 냄샌데?

지수가 화들짝 놀라 눈을 뜬 순간이었다. 큰 애가 지수의 얼굴 위에 앉아서 시위하고 있었고, 작은애는 지수의 가슴 위에 누워서 뭐라고 알아들을 수 없는 말을 중얼거리고 있었다.

지수는 얼른 큰애 준후의 허리를 안아서 일단 옆에 앉혔다.

"준후 응가했어?"

큰애는 울상이 된 얼굴로 고개를 끄덕거렸다. 가슴에 기대 누워서 제 배를 두드리고 있는 둘째 윤후에게도 인사를 건넸어.

"우리 윤후는 배고파?"

지수의 가슴에 누워 있던 윤후가 얼른 고개를 들고 일어나려고 애썼다. 아직 머리 무게가 무거워서 일어날 때마다 입을 양 옆으로 찍 늘리며 애쓰는 표정을 보고 있노라면 저절로 웃음이 터져 나왔다.

몸을 일으킨 윤후가 우다다닥 움직이는가 싶더니, 지수의 입 안에 오른손 검지를 슥 집어넣고는 씨익 웃는다. 저럴 때는 영락없는 연우석 아들이다. 입안에서 달고 짠맛이 나는 이물감이 느껴졌다.

그렇다. 윤후는 지금 자기가 세상에서 가장 소중히 여기는 코딱지를 엄마에게 나눠 준 것이다. 엄마가 잠에서 깨어나 자기처럼 배가 고플 거라고 생각했고, 귀한 별미를 먹이고 싶었나 보다.

"고마워, 윤후야."

지수는 얼굴을 구기며 몸을 일으켰다.

일단 준후 기저귀부터 갈고, 윤후 간식을 줘야겠다.

기저귀 바구니에서 기저귀를 뽑아 드는데, 안방 문이 열렸다.

"압빠빠빠빠빠빠."

"압빠아!"

요란하게 부르는 소리는 윤후의 것, 묵직하게 울리는 소리는 준후의 것이었다.

"우리 준후 응가했나 보다. 아빠랑 씻자."

그는 준후를 번쩍 안아 들었다. 준후는 엄마인 지수를 빼다 박았고, 윤후는 아빠인 우석을 빼다 박은 얼굴이었다.

준후가 딸이 아니라는 사실에 그는 날마다 안타까워했다. 그러면서 딸 하나만 낳자는 말을 입에 달고 살았다.

그가 지수의 이마에 입을 쪽 맞추고는 욕실로 들어갔다. 아빠가 씻겨 주는 게 기분이 좋은지, 욕실 안에서는 연신 준후의 웃음소리가 터져 나왔다. 그러자 윤후가 자신도 가고 싶다며 침대 끝으로 빠르게 움직였다.

"윤후야, 그러다!"

넘어진다는 말이 채 끝나기도 전에 침대 아래로 착지한 아이는 욕실 쪽으로 아장아장 걸어갔다.

성격은 급한데 아직 몸이 뜻대로 움직이지 않아서 윤후는 답답하다는 듯이 신경질을 부렸다.

"우리 윤후도 들어가서 아빠랑 씻자!"

그는 어느새 옷을 홀러덩 벗은 채로 나와서 윤후를 달랑 안고 욕실 안으로 들어갔다.

그냥 이상한 꿈을 꾼 건가?

지수는 그렇게 생각하며 침대에서 몸을 일으켰다.

목욕을 한 아이들은 진이 빠지도록 놀다가 저녁을 먹은 뒤 곯아떨어졌다.

"오늘은 어떻게 일찍 퇴근했어?"

소파에 널브러지듯 앉는 지수를 그가 끌어당겨 제 무릎 위에 앉혔다.

"보고 싶어서 일찍 왔지."

애정 표현이 박한 사람은 아니었지만, 이런 말을 할 때면 괜히 수줍었다.

"내일 아가씨 우리 집에 놀러 오기로 했어."

결혼한 직후에만 해도 우희를 아가씨라고 부르는 것을 그는 못마땅해했다. 하지만 쌍둥이가 태어난 뒤, 아이의 아빠가 된 그는 우희를 새삼 측은한 눈길로 바라보았다. 우희가 일곱 살 때 홀로 집을 나섰던 일을 떠올리면 아찔하다는 말도 했었다.

우희의 존재는 그렇게 자연스레 받아들인 듯했지만, 여전히 우희 모친에 대해서는 날을 세웠다.

우희가 태어난 것은 아이 스스로 선택한 일이 아니었지만, 우희의 모친이 저지른 일은 경우가 다른 것이라고 말했다.

"내일도 일찍 퇴근할 수 있어?"

"왜?"

꼭 알면서 이렇게 퉁명스럽게 묻는다.

"아가씨가 당신 보고 싶어 하니까."

우희는 제 오빠가 자신을 대하는 태도가 달라졌다는 사실만으로 성격이 180도 바뀌었다. 온몸에 가시로 만든 갑옷을 두르고 있었던 것 같은 아이가 아이다운 모습으로 변모했다. 이제더는 바랄 것이 없다며 우희 모친의 얼굴도 요즘에는 한결 편안해 보였다.

"아가씨가 보고 싶어 하는 거면 일찍 못 오고."

"나도 빨리 보고 싶으니까."

지수가 아양을 떨며 그의 목을 꼭 끌어안았다. 그러자 그가 갑자기 왜 전에 없던 애교를 부리느냐며 당황스럽다는 눈빛으로 지수를 바라보았다.

"무슨 일 있었어?"

심히 두렵다는 말투다.

아, 이걸 말해, 말아?

이야기를 시작하려면 은경이 건넨 녹음 파일부터 설명해야 했다.

"있잖아. 내가 예전에 일할 때, 신부들한테 하도 당해서 녹음기를 들고 다녔다?"

녹음 파일에 관한 이야기를 들은 그의 얼굴에 경악의 빛이 스쳤다.

"변태! 그런 취미도 있었어?"

그가 아연실색해서 물었다.

"아니, 내가 그걸 일부러 녹음한 게 아니라."

"이제껏 몇 개나 녹음했어? 혹시 막 영상도 있어?"

"아니! 그런 게 아니라니까!"

지수가 얼굴까지 새빨개져서 부정했다.

"아, 영상 같은 거 있으면 좋았을걸. 안타깝네."

이 남자가 점점?

"이상한 생각 하지 말고 내 얘기 좀 들어 봐, 그러니까."

지수는 자신이 꾼 꿈에 관해 대충 간추려서 늘어놓았다.

그렇게 현실적인 꿈은 처음이었다고, 마치 그 세계에 잠시 살다가 빠져나온 것 같다고도 말했다.

"그래서, 거기 있는 나는 잘해?"

"뭘?"

되묻는 순간 그가 뭘 묻는 건지 깨달았다.

"아니면 여기 있는 내가 더 잘해?"

둘 다 잘하더라……. 라고 대답할 수는 없으니까.

지수는 뭘 그런 걸 묻느냐며 짓궂다는 듯이 눈을 가늘게 뜨고는 그를 노려보았다.

"뭐, 개꿈인가 보네. 낮잠 자다 꾼 꿈이 대부분 그렇지 않나?"

그러자 그가 심드렁하게 되묻고는 말을 이었다.

"내일 한 3시쯤 들어올게. 우희랑 쌍둥이랑 같이 산책하러 나가자."

"좋아!"

지수는 남편과 하는 외출이 가장 좋았다. 쌍둥이를 가장 잘 돌볼 수 있는 조력자와 함께하는 외출이 가장 편하기 때문이었다.

"밖에서 좀 뛰어놀면 애들 일찍 자잖아. 밤에 통잠도 잘 때 있고."

맞다며 고개를 끄덕거리던 순간이었다.

"그럼 내일부터 애들 일찍 재우고, 고3 때부터 밀린 거 차근차근 할 거다."

매혹적인 목소리로 읊조리는 그의 눈빛에는 이채가 어렸다. 뭐라 되물을 새도 없이 지수의 입술을 그의 입술이 덮었다.

내가 고3 때부터 당신이 거기 먼저 있었다는 말은 안 했는데?

그의 손이 지수의 티셔츠 자락 아래로 들어오는가 싶더니 순식간에 가슴을 움켜잡았다. 또다시 머릿속이 아득해졌다.

그렇게 사랑은 계속되었다.

담벼락에 스치는 빛방울이 유난히도 아름다운 날이었다. 햇살이 나뭇잎 사이를 파고 들어와 벽에 그려 놓은 비눗방울 무늬의 그림자는 가슴속에 뭉클뭉클 차오르는 설렘을 자연이 그려 놓은 모양 같았다.

육아에 지쳐 있었고, 회사에서는 사람에 치여 고달팠고, 바람직한 아내의 모습을 보여 주지 못하는 것 같아서 힘들었던 때였다.

그 어느 곳에서도 나는 칭찬받지 못하는 사람이었고, 언제나 누군가의 불평을 떠안아야만 했었다.

왜 이렇게 살아야만 할까? 라는 생각은 머릿속에서 끊임없이 이어졌고, 이렇게 사는 게 맞는 것인가에 대한 고민도 깊어만 갔다.

혼자서 어디론가 훌쩍 떠나고 싶다는 생각이 들 때쯤 장기 출장이 잡혔다. 집안일이 걱정되기는 했지만, 막연히 혼자 떠날 수 있다는 생각에 가슴이 설렜다.

출장지에 도착하자마자 렌터카 운전대를 잡은 나는 실리콘 밸리 근처에 있는 유명 대학교로 향했다. 그곳 학내 서점은 출장을 올 때마다 들르는 곳이었다.

그곳에는 책뿐만 아니라 해당 학교의 기념품도 함께 판매하고 있었다. 그중 격언이 새겨진 자석이 그날따라 눈에 들어왔다.

Wedding is a day, Marriage is life.

그 문구를 마주한 순간 심장이 바짝 오그라드는 듯했다. 꿈결 같은 결혼식은 단 하루지만, 결혼은 삶이다. 어떻게 결혼식 이후의 삶이 이렇게 날마다 달콤하지 않을 수 있느냐며, 나는 내 삶을 스스로 부정하고 있었다.

반짝반짝 빛나던 시기가 바래는 것만 같았고, 뭐든 할 수 있다는 생각을 가졌던 젊음이 저무는 느낌이었다. 결혼 이후 더 두꺼워진 유리천장을 목도하며 좌절하기도 했다.

출장 간 아내를 대신해 생신을 맞은 장모를 모시고 처가 식구들과 함께 여행을 떠난 남편과, 엄마는 뭐든지 할 수 있는 사람이라 믿고 있는 아이와 그 외에도 나를 필요로 하는 곳이 하나 더 있다는 사실에, 진부하게도, 나는 감사하지 못한 채로 살고 있었다.

그런데 햇살 가득한 교정에서 발견한 격언 두 줄이 생각을 단번에 바꿔 놓았다.

물론 고달픈 생활에서 벗어나 홀로 여유 있게 생각을 정리할 시간이 주어졌기에 다른 시각을 가지게 되었는지도 모른다. 《잃어버린 시간을 찾아서》를 쓴 작가 마르셀 프루스트가 그랬듯이 여행은 새로운 시야를 갖기 위해 떠나는 것이니까. 온전한 여행이 아닌 출장이었지만 말이다.

상대적으로 낯선 곳에서 마주한 두 문장은 지금까지도 나를 버티게 하는 힘이 되어 주었다. '결혼은 삶이다'라는 말은 복잡한 모든 것을 설명해 주는 마법의 문장 같았다.

출장에서 돌아온 뒤, 얼마 지나지 않아 결혼하는 친구가 결혼 선배로서 해 줄 말이 있느냐고 물었다. 친구에게 두 문장을 적어서 보내 주었다.

Wedding is a day, Marriage is life.

유수의 패션 잡지사 편집부에서 일하는 친구는 결혼에 관해서 이보다 명문은 없을 거라며 감탄했었다.

결혼이 삶이라는 말은 비단 한 사람만의 삶만을 논하는 것은 아닐 것이다. 내가 그의 삶이 되고, 그가 나의 삶이 되는 것이라는 의미도 담고 있는 듯하다.

이 격언에서 시작한 글이 《웨딩드레스를 벗기는 방법》이다. 웨딩드레스를 입은 순간보다, 벗고 난 이후의 삶이 더 중요하다는 심오한 뜻이 담긴 제목이다. (작가 혼자 심오한 것일 수도 있다.)

카카오페이지에서 처음 연재를 시작했을 무렵 '이 작가님 제목이 죄다 왜 이래요?'라는 댓글을 본 적 있다. 앞으로는 제목을 짓는 데 더욱 신중해야겠다고 생각했지만, 제목을 듣고 출판사 편집장님이 손뼉을 치셨으니까⋯⋯. 음⋯⋯. 신중하게 생각하되, 편집장님이 깨춤 추실 수 있는 것으로 지을 수 있도록 노력해야겠다.

글을 처음 구상할 무렵 여자 주인공 지수의 직업은 웨딩플래너가 아닌 플로리스트였다.

호텔 지하 매장에 입점해 있는 플라워샵의 사장이었는데, 내 연녀에게 꽃을 2천만 원어치나 선물한 남자의 아내가 플라워샵으로 쫓아와서 지수의 머리채를 잡으려는 순간, 호텔 신임 대표인 우석이 나타나 그녀를 구해 주는 내용으로 시작되었다.

그런데 쓰다 보니 웨딩드레스보다 꽃에 관한 이야기가 더 많이 나오기 시작했다. 그래서 과감히 지수의 직업을 웨딩플래너로 교체하였다.

그 과정에서 우석의 스토리를 보강하다 보니, 국내 호텔 대표였던 우석의 포지션이 외국 브랜드 호텔의 오닝컴퍼니 대표로 변경되었다. (호텔 업무에 관한 세세한 질문에 응해 준 17년 지기이자, H 호텔에서 근무 중인 H 양에게 이 자리를 빌려 감사 인사를 전한다.)

연재에서는 현시되지 않았던 특별 외전은 친구들과 신세 한탄을 하며 떠들었던 이야기를 모티브로 삼았다.

"우리 결혼 안 했으면 지금 뭐 하고 있었을까?"

"나는 이비자에 살고 있을 거야. 클럽에서 방탕하게 놀 거야."

"나도 한국엔 없을 것 같아. 분명 외국 어딘가에 가 있을 거야."

물론 지수는 스페인 이비자에 가서 방탕한 클럽 생활을 하기는커녕 우석에게 단번에 붙잡혀 버렸지만.

근 1년 반 만에 발간하는 종이책이다. 의도하고자 했던 내용이 책에 다 들어간 게 맞는지, 초조하고 불안하기만 하다.

또 여러 번 수정을 거듭한 원고이지만 미흡한 문장과 흐름이 계속 눈에 밟히는 듯해서 키보드에서 손을 떼기가 어렵다.

작가의 관점에서 새로울 게 없는 내용을 물리고 질리도록 읽은 뒤에는, 세상에서 내 글이 가장 재미없는 것 같은 자괴감에 빠지기도 한다.

부디 이 글을 읽으시는 독자님들께는 가슴에 와닿는 문장이 단 하나라도 있었으면, 하고 바랄 뿐이다.

※

새로운 글이 나올 때마다 응원해 주시는 독자님들과 정신이 혼미해지기 직전에 심폐 소생해 주시는 정시연 팀장님, 원고를 보는 눈이 흐려질 무렵 인공호흡기 대 주시는 주수지 대리님께 감사드립니다!

2018년 러시아 월드컵이 한창일 무렵
요안나 드림

PS.

작가 후기에서 세상 진지한 척은 다 하고 있지만, 제가 쓴 글은 로코가 분명합니다.

다음 글의 주인공은 사진작가인 현진으로 할지, 덕심 충만한 주은으로 할지 고민에 빠졌습니다. 아니면 접어 넣은 플로리스트를 다시 꺼내 들지……

세상 심각한 고민을 하는 듯하지만, 제가 이다음에 쓸 글도 로코가 분명합니다.